KB053532

아빠 수업

미문사

아빠 수업

2018년 9월 10일 초판 1쇄 발행

지은이 _ 오광조
펴낸이 _ 김종욱

표지 디자인 _ 북드림
편집 디자인 _ 박용
마케팅 _ 이경숙, 송이솔
영업 _ 박준현, 김진태, 이예지

주소 _ 경기도 파주시 회동길 325-22 세화빌딩
신고번호 제 382-2010-000016호
대표전화 _032-326-5036
내용문의 _ 010-2658-8767(전자우편 bebaram1@naver.com)
구입문의 _ 032-326-5036/010-6471-2550/070-8749-3550
팩스번호 _ 031-360-6376
전자우편 _ mimunsa@naver.com

ISBN 979-11-87812-06-7

아빠 수업

미문사

프롤로그

아버지는 참 낯선 존재다. 지금은 시대가 바뀌어 아빠는 아이들에게 가깝고 만만한 사람이지만 불과 한 세대 전만 해도 아버지는 집안의 가장이고 쉽게 대하기 힘든 어른이었다. 말붙이기도 어렵고 이야기하려면 어색하고 답답하고 피하고 싶을 정도였다.

기억 속의 나의 아버지도 그랬다. 나무라고 꾸중하고 지적하는 모습이 먼저 떠오른다. 직장 때문에 자식들의 성장기 대부분을 따로 살아서 좋은 추억을 만들 시간은 적었고 가끔 접할 때마다 부딪치고 반발했던 기억이 더 많다.

아버지에 대한 감정이 바뀐 건 내가 결혼하고 아빠가 된 뒤부터다. 내 아이를 키우면서 아빠의 마음을 이해하게 되었고 또 아버지는 내가 어릴 때 봤던 무뚝뚝한 아버지가 아니었다. 손자들을 대하는 모습이 너무 인자했다. 내가 기억하는 아버지, 나와 대립했던 아버지가 맞나 싶을 정도였다.

아버지에게 종아리를 맞은 아들이 매가 아프지 않자 늙으신 아버지를 보고 슬퍼 울었다는 이야기가 있다. 가식이라고 생각했지만 지나 보니 누구나 인생에서 한 번은 그런 느낌을 받는 때가 온다.

가끔씩 아버지 등을 밀어 드렸는데 세월과 함께 아버지의 등은 좁아졌다. 어릴 때는 서서 온몸으로 밀었다. 팔을 최대한 뻗어 원을 그려 밀어도 힘이 부쳤다. 언제부터인가 앉아서 밀었고 또 한 손으로도 충분했다.

아버지가 돌아가시기 얼마 전 "등 좀 밀어라" 하실 때 속으로 눈물이 났다. 내색은 안 했지만 '시간이 얼마 없구나' 하는 생각을 했다. 항상 정갈한 분이라 투병 생활 중에도 등은 깨끗했다. "때 없어요. 아버지" 했는데 때도 없고 살도 없었다. 그렇게 크고 탄탄한 등이 몇 뼘으로 쪼그라들었다.

내 막내는 "아빠 등 좀 밀어라"라고 하면 서서 밀면서 힘들다고 투덜거린다. 그래도 아빠 등을 민 기억은 남을 것이다.

아버지와 떨어져 살아 젊은 시절 아버지에 대한 기억도 적고 일상의 자잘한 추억도 별로 없다. 아버지와 추억이 없는 것이 항상 불만이어서 가족은 같이 살아야 한다고 주장했다. 하지만 아이들과 같이 살면 부딪치는 일이 많다. 매일 큰소리가 나고 아파트에서 창피할 정도인 날도 많았다. 나이 차가 별로 나지 않은 아이들이라 다툼이 없는 날이 드물었다. 자기들끼리 다투고 부모에게 혼나고 또 대들고.

어머니에게 아이들 키우기 힘들다고 하소연하면 한마디로 정리를 하신다. "다 너 닮아서"라고. 내 아이들이 자기들이 집에서 화날 때 하는 행동은 아빠에게 배웠다고 하니 할 말이 없다. 아빠가 된 걸 후회한 적은 결단코 없지만 아이 키우기가 너무 어렵다고 아내와 한탄한 적은 많다.

책을 쓰려고 한 이유도 내 삶에서 아버지에 대한 그리움과 감정을 정리하고 또 비록 아이들이 보기에 '아빠가 말도 안 통하고 답답하지만, 아빠는 너희를 사랑하고 너희가 아빠 인생의 목표이자 전부'라는 생각을 글로 남기고 싶어서다.

내 아버지는 아들 삼형제를 끔찍이 사랑했다. 젊은 시절 가족과 떠나 혼자 직장 생활을 하고 아이들을 잘 키우려 노력하고 또 자식들 잘되기만 바라셨다. 하지만 항상 섭섭했다. 왜 아버지는 표현을 안 할까, 안아 주지도 않고, 칭찬하지도 않고, 웃지도 않고, 항상 표정이 굳어 있을까.

아이를 키워 보니 알겠다. 사춘기 때 인상만 팍팍 쓰는 아이들을 보면 웃기가 힘들다. 웃으면 왜 웃느냐고 투덜거린다. 나도 사춘기 때 아버지 앞에서 인상만 쓰고 있었다. 함께한 시간이 많으면 오해도 풀고 서로 이해할 시간도 있었을 텐데 기회가 없었다. 대학 때는 집에 밤늦게 들어와 아버지와 만날 시간이 적었고 그러다가 결혼하고 독립을 한 뒤는 같이할 시간이 없었다.

시간은 가고 아이들은 또 아빠, 엄마가 될 것이다. 그때쯤이면 나는 세상에 없지만 그래도 아빠의 마음을 남기고 싶다. 아이들이 보는 엄마 아빠의 표정과 말이 전부는 아니다. 엄마 아빠도 사람이고 감정이 있다. 지나고 나니 그때는 엄마 아빠도 어렸다는 변명을 하고 싶었다.

이 책은 평범하고 아이들 표현대로라면 '답답하고 말이 안 통하고 고리타분한 아빠이자 남자의 성장 이야기'라 보면 된다. 부모 품의 아이를 지나고 어느덧 내가 기억하는 아버지의 나이가 된 남자의 중간 보고서다. 앞으로 지금까지의 세월 동안 더 아버지로 있을 한 남자의 반성문이자 다짐이다.

가끔은 눈물이 날 만큼 아버지가 격하게 보고 싶다.

차 례

03

아빠도 아프다

04

아빠는 무엇으로 사는가

05

아빠에서 아버지로

PART

아들,
남자 그리고
아빠

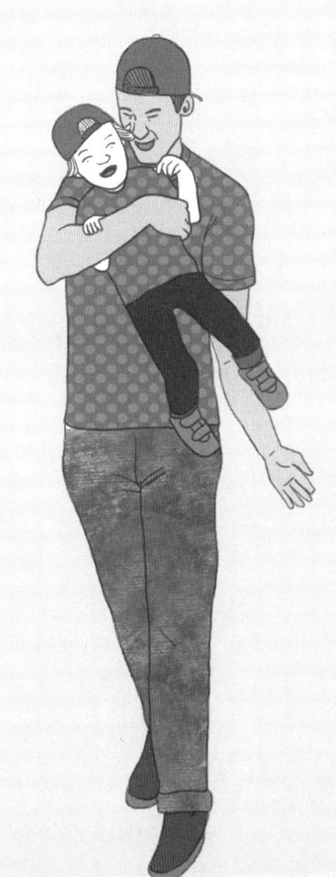

01

남자는 무엇으로 사는가

'1만 시간의 법칙'이라는 말이 있다. 어떤 일이든 1만 시간만 집중하면 전문가가 된다는 말이다. 서당 개도 3년이면 풍월을 읊는다고 했을 정도로 오랜 시간 한 분야에 몰입하면 익숙해진다. 파라켈수스는 이해하는 자는 사랑하고 주목하고 파악하며 한 사물에 대한 고유한 지식이 많으면 많을수록 사랑은 더욱더 위대하다고 말했다. 알아야 사랑한다.

그렇지만 익숙해도 모르는 게 분명 있다. 남자로 산 지 수십 년이 넘는다. 생물학적인 남성이 아닌 사회 문화적인 남자라는 인식을 가지고 산 세월이다. 초등학교도 남녀를 분리하던 시절이었고 남중, 남고를 나와 남자들만 우글거리는 군대까지 마쳤다. 이 정도면 남자 전문가가 되어야 한다.

그런데 남자는 무엇인가, 남자를 아는가, 남자는 무엇으로 사는가 묻는다면 쉽게 답이 나오지 않는다. 남자가 무엇인지는 안다. 여자의 반대말이고 외모가 다르다. 가정을 이루면 남편이 된다. 남자의 특질에 대해서도 대강은 말할 수 있다. 서서 소변을 눈다. 예외는 있지만 대부분 치마를 입지 않는다. 역시 예외는 있지만 여자를 더 좋아한다. 전투적이다. 공격적이다. 즉흥적이다 등등.

남자를 묘사하고 분석한 책은 아주 많다. 남자와 여자를 비교한 책도 많다. 존 그레이 박사는『화성에서 온 남자, 금성에서 온 여자』에서 남자와 여자는 근본적으로 다르다고 했다. 뇌 구조가 다를 정도로 다른 종족이라고 했는데 어느 정도는 맞는 듯하다.

성(性)은 생물학적인 성이 있고 사회적인 성이 있는데 생물학적인 성은 본능의 영역이라 크게 복잡할 게 없다. 여자와 확실히 구분되는 점은 종족 번식에서 역할과 외모다. 어려울 것 없이 생긴 대로 태어난 대로 행동하면 된다. 성적 주체성 혼란이나 유전에 따른 차이는 제외하자.

생물학적인 성역할은 외모와 호르몬에 의지한다. 외모만 봐도 남자와 여자 구분은 쉽다. 대부분 남자는 수염이 나고 털이 많고 딱딱하다. 여자에 비해 덩치가 크고 골격과 근육이 발달되어 있다. 근육이 강해 힘쓰는 일이나 사냥에 적합하다. 옷차림도 쉽게 구별이 된다.

사회적인 성역할도 대체로 구분이 된다. 여자의 사회 활동이 늘었다고 하지만 아직도 외부 활동은 주로 남자 몫이다. 여자는 가정에서 양육과 가정 경제를 책임지는 비중이 높다. 남자는 밖에서 돈을 벌고 주로 집 밖으로 떠돈다.

남자와 여자의 관계는 인류가 존재하는 한 영원한 갈등과 반목, 애증의 원천이다. 인류의 이야기는 대부분 남자와 여자 사이의 관계에 대한 이야기다. 남자만의 영웅담이나 우정에 대한 이야기가 있지만 거의 남자가 여자의 마음을 얻으려 노력한 이야기거나 반대의 경우다. 남자만 나오는 이야기나 여자만 나오는 이야기는 드물다. 동물이 주인공인 경우도 암컷과 수컷은 짝을 지어 나온다.

남자도 잘 안다고 할 자신이 없지만 여자는 더 모르겠다. 남자가 세상을 사는 이유도 잘 알지 못하는데 여자가 세상을 사는 이유도 이거다 말할 자신이 없다. 겉으로는 사회에서 성취를 하고 결혼을 하고 애를 낳고 잘 키우는 삶을 무난하다고 하는데 속생각까지는 알 수 없다. 세상이 바뀌면서 여자의 목표도 바뀐다. 역사 속의 이야기인 현모양처에서 알파걸, 양성평등을 넘어 여자도 세상의 주인이 되는 세상이 되었다.

남자의 시각으로 세상을 보면 경쟁과 도전을 빼놓을 수 없다. 학생때는 성적 경쟁, 이성을 알면 매력 있는 이성을 쟁취하려는 경쟁, 사회에 나서면 성공을 목적으로 경쟁한다. 남자의 삶은 기본적으로 경쟁을 토대로 한 삶이란 생각이다. 남자의 삶은 이겨야 하고 성취해야 하는 삶이다. 물론 예외는 얼마든지 있다. 투쟁보다는 협상을 선호하고 경쟁보다는 화합을, 도전보다는 지키는 남자도 있고 거꾸로 도전과 경쟁을 선호하는 여자도 있다. 그러나 주위 남자를 보면 보통은 경쟁을 선호한다. 일단 대화보다는 욱하면서 부딪치고 보는 게 남자다.

남자는 대부분 목적 지향적이다. 목표를 세우고 성취하는 걸 선호한다. 성취 자체가 목적인 경우도 많다. 흔히 전사의 삶이라고 한다. 태곳적부터 밖에 나가서 목숨을 걸고 사냥을 한 전사의 피가 흐른다. 죽이지 못하면 죽는다. 내가 죽으면 내 가족도 굶어 죽는다. 전쟁에서 밀리면 내 가족은 적의 손에 죽는다.

남자의 삶은 대부분 목숨을 거는 삶이다. 전쟁에서 지면 여자는 적의 손에 넘어가고 아이는 노예가 되더라도 목숨은 유지할 수 있지만 성인 남성은 예외 없이 죽는다. 반항의 씨앗을 없애려면 심지어 남자는 아이라도 다 제거했다. 남자의 삶이 치열하고 전투적이 될 수밖에 없는 이유다.

동물의 삶은 생존과 번식이 목적이다. 사람도 예외는 아니다. 자손 번식은 삶의 가장 중요하고 근본적인 목적이다. 애들을 잘 키운다는 것도 가문의 이름을 빛내겠다는 것도 남자가 여자 때문에 목숨을 거는 것도 다 자손 번식이 목적이다. 우아한 표현으로 바꾸었지만 본질은 같다. '남자는 무엇으로 사는가' 하는 주제도 번식이 목적인 동물로서 수컷이 왜 사는 가와 같은 질문이다.

남자의 사는 이유는 뭘까. 자존심, 목표, 책임감 등이 떠오른다. 동물로서 남자의 사는 이유는 단순하다. 살려고 산다. 자손을 남기려 산다. 하지만 사회적인 관점에서 남자로서 왜 사냐고 물으면 대답에 앞서 생각을 해야 한다.

남자로서 왜 사는가, 무엇으로 사는가 하면 생각이 멈춘다. 나는 왜 사는 걸까?

생존하기 위해 사는 삶은 단순하다. 먹고 자고 배설하고 일하고 인정을 받으려 노력하고 신분 상승을 꿈꾼다. 스스로 만족하려고 물건을 사고 고차원적인 포만감도 느낀다. 이른바 자아실현이다. 책을 보고 공부를 하고 선행을 한다. 안정감을 느끼려 집단에 속한다. 재산을 모은다. 여기까지는 사람이면 누구나 추구하는 삶이다.

하지만 남자가 구별되는 특징이 있을까?

일단 남자는 투쟁적이다. 승패를 가르는 걸 선호한다. 위계질서가 뚜렷하고 높은 신분으로 오르고 싶어 한다. 오래전에 이스라엘 키부츠에서 남아와 여아를 같이 평등하게 취급했다고 한다. 남자와 여자를 구별할 수 있는 사회 활동이나 역할 모델이 전혀 보이지 않게 생활하도록 했는데 시간이 흐를수록 여자아이는 모여서 인형놀이를 하고 남자아이는 전쟁놀이를 하면서 놀고 서열을 만들었다고 한다. 남자는 본능적으로 승부를 내고 싶어 한다. 나보다 강한 사람에게 복종하고 약한 사람은 이기고 휘하에 두고 싶어 한다.

남자에게 근육은 필수다. 혼자 있는 남자의 관찰 카메라에 어김없이 등장하는 장면이 갑자기 벌떡 일어나 팔굽혀 펴기를 하든가 근육 단련을 하는 모습이다. 여자는 의아해 하지만 남자는 다 맞는다고 한다. 남 보기에 당당한 근육을 키우는 일은 남자의 꿈의 목록에서 항상 위쪽에 있다. 근육은 강한 남자의 상징이다. 남자는 강하고 싶다. 누구보다도 강하고 적어도 다른 남자에게 꿀리지 않는 힘을 원한다.

남자는 결과물을 바란다. 과정에서 만족을 느끼기도 하지만 노력한 결과에 대해 기대하고 참고 투자한다. 결과물을 내야 만족한다. 과정 못지않게 결과물에도 큰 의미를 둔다. 결과를 보면 다음 목표를 세우고 다시 도전한다. 현실에 만족하기보다 자꾸 도전하고 성과를 내는 삶을 선호한다.

남자는 인정받고 싶어 한다. 세상에 자기를 알리고 싶어 한다. 남이 알아주고 인정해 주는 삶을 바란다. 그래서 참고 노력한다. 심지어 터무니없는 일에 도전한다. 위험한 도전에서 다치고 죽는 비율은 남자가 압도적으로 높다. 도대체 왜 그러는지 이유도 모를 일에 과감히 도전한다. 세상이 어이없어 하더라도 자기 기준에 맞춰 도전한다.

내 친구가 한 이야기다. 고등학교 때 제주도로 수학여행을 갔는데 남학생, 여학생이 무리로 모여 있는 바닷가에서 갑자기 남학생 하나가 바다로 뛰어들었다. 다들 놀랐다. 바다에서 나온 남자는 단순히 주목받고 싶었다고 했다.

노총각 아들과 어머니가 출연하는 「미우새」라는 TV의 인기 프로그램에서 출연자 중 한 가수는 터무니없는 일을 벌인다. 기네스북 도전이라고 코로 풍선불기, 터지는 팝콘을 손으로 잡기 등 이해할 수 없는 도전을 한다. 어이없으면서도 응원한다. 남자는 도전한다.

남자는 존중받기를 바란다. 인정을 받으려 무슨 일이든 한다. 남자를 가장 쉽게 조종하는 단어가 '당신 최고야', '자기뿐이야'다. 칭찬을 받고 존중을 받으면 미친 듯이 뛴다. 인정이야말로 남자를 뛰게 하는 원동력이다.

남자는 자존심이다. 세상이 바뀌었어도 약한 모습을 보이기 싫어한다. 단점을 메꾸려 발악한다. 여기에서 발전이 있다. 남자는 욕구 불만이 많고 만족을 모른다. 그래서 남자는 항상 아기다.

02

아들, 남자, 아빠

'사람으로 태어나 여자로 길들여진다'는 말이 있다. '제2의 성'이라는 구호도 있다. 남녀는 동등하게 태어나는데 성장 과정에서 다르게 취급받고 사회적인 기대가 다르다는 말이다. 여자뿐 아니라 남자도 사람으로 태어나 남자로 길들여진다. 남자라는 이유로 받는 제약이나 기대도 많다. '남자는 일생 세 번 눈물을 흘린다', '사내녀석이…', '가문의 영광' 등등.

남자로서 받는 압력은 생각보다 강하다. 남자 집단은 상당히 과격하다. 본질적으로 위계질서가 있고 상하가 구별된다. 대부분 남자는 잘 적응하고 편안하다고 느낀다. 처음 집단에 들어가면 막내다. 궂은일은 다하고 항상 뒤처리 담당이다. 그래도 불만이 별로 없다. 형님들이 막내라 특별히 잘 챙기고, 시간이 흐르면 서열이 올라갈 것을 안다. 지내다 보면 새로운 막내가 올 것이고 잡일에서 해방이다. 시간이 지날수록 후배는 계속 쌓이고 어느새 형님이 된다. 그리고 원로가 되고 은퇴한다. 남자는 그런 과정을 잘 알고 당연히 여긴다.

가끔 남자의 삶에 적응하지 못하는 남자가 있다. 흔히 말하는 여성형 남자다. 여자도 남성형 여자가 있다. 보통 20퍼센트 정도가 상대 성(性의) 성격을 띤다고 한다. 잘못된 게 아니고 개성이고 특성이다. 요새는 노골적으로 구박하지는 않아도 사회는 소수를 배려하지 않는다. 얼마 전까지만 해도 상대성의 특성을 나타내는 행동을 하면 "남자가 계집애처럼 논다. 질질 짠다. 여자가 선머슴같다"는 말로 은근히 타고난 성역할에 충실하라고 압력을 넣었다.

지금은 오히려 양성의 특성이 같이 있으면 장점이 되는 세상이다. 남자가 여성의 섬세함을 품고 있거나, 여자가 남성적인 특성이 있으면 중성 매력이 있다고 하거나 보이시(boyish)하다고 하면서 장점이 된다. 하지만 반대 성의 특질을 장점으로 승화하는 사람은 소수다. 대부분 집단에서는 성의 특성과 성역할에 충실하게 사는 게 편하다. 모나지 않고 부딪힐 일이 적다.

아들은 태어나면서 대부분 집안의 이름으로 환영을 받는다. 아들을 낳으면 며느리는 집안에 확실한 지분을 확보하는데 '아들의 엄마'라는 타이틀은 시부모도 함부로 대하지 못하는 보호막이다. 여기에 장손이나 종손이라는 메달까지 갖추면 확실한 보증서다. 가문을 크게 따지지 않는 가정이라도 아들을 낳으면 안심이 된다. 뭔가 가문에 대한 숙제라도 한 느낌이다.

나도 그랬다. 형이 첫째 아이를 딸을 낳고 나보다 먼저 결혼한 동생도 딸을 낳았다. 아버지는 손녀만 둘이고 손자는 없었다. 내가 첫 아이를 아들로 낳자 부모님께 선물을 드린 것처럼 뿌듯했다. 내놓고 표현은 안 했지만 아버지도 손자가 태어나자 안도한 듯한 느낌을 받은 것 같았다. 그렇지만 손자라고 더 예뻐하지는 않았다. 제일 예뻐한 아이는 내 조카딸, 즉 큰손녀다. 그래도 당신은 내가 가문에 책임을 다했다는 생각은 했을 것이다.

첫째 아들, 장남은 개인보다 가문에 바친다는 생각이다. 어릴 때부터 '나는 장남'이라는 반복이 알게 모르게 안에 자리 잡는다. 항상 자신보다 가족을 먼저 생각한다. 내 형을 보더라도 책임감을 가지고 집안일에 모두 참여한다. 가족들도 중요한 결정은 장남에게 미룬다. 장남은 또 장남끼리 통하는지 서로 동질감이 있어 보인다. 그에 비해 둘째나 막내는 훨씬 자유롭다. 그래서 둘째부터는 예술가나 비교적 규칙에서 자유로운 직업에 종사하는 사람이 많고 첫째는 틀이 잡힌 직업에 더 많이 종사한다는 연구도 있다.

아들은 어릴 때부터 아들로 교육받는다. 집안을 챙겨야 하고 가문의 행사가 있으면 꼭 참석시킨다. 성묘를 갈 때도 아들은 아무리 피곤하고 졸린다고 징징거려도 데리고 간다. 자라면서 집안일을 나눌 때 힘쓰는 일을 주로 맡는다. 내가 클 때만 해도 남자는 부엌에 들어오지 못하게 한 집도 있다. 아들은 운동도 해야 하고 남자다운 몸도 만들어야 한다.

운동도 근육을 키우는 운동을 하거나 축구나 농구처럼 남과 부딪치는 운동을 권한다.

아들은 자라서 사춘기를 지나면 남자로 대접받는다. 생물학적인 남자아이와 사회적인 남자는 다르다. 아이 때는 소변을 서서 보고, 바지를 주로 입는 정도의 차이지만 남자가 되면 여러 가지로 달라진다. 먼저 면도를 한다. 떡 벌어진 가슴과 복근을 만들려 노력하며 근력 단련은 중요한 일과로 삼는다. 의리를 강조하고 친구들과 우정을 중시한다. 사회적인 남성 역할에 충실하려 하고 남성성을 받아들이고 드러내려 노력한다. 외모부터 남자가 된다. 2차 성징이 완료되면 수염과 근육질 그리고 탄탄한 몸매가 도드라지며 아이에서 남자로 변신한다.

겉만 바뀌는 게 아니다. 생각도 바뀐다. 남자로서 세상을 살아야 할 고민을 시작한다. 무슨 일을 할까 어떤 삶을 살까부터 어떻게 하면 멋있게 보이고 이성에게 멋있는 남자가 될까를 고민한다.

여자 형제들과 싸움도 멈춘다. 남자아이들은 보통 한두 살 많은 누나와 엄청 싸운다. 처음에는 누나가 세지만 결국 힘으로는 남자가 이긴다. 누나는 말로 공격한다. 가끔 동생이 힘으로 누나를 제압하는 사태가 벌어진다. 그것도 잠시 동생은 더 이상 누나와 싸우지 않는다. 힘으로 상대가 되지 않는다는 자각과 함께 보호자를 자처하고 밤에 누나가 늦으면 마중을 나간다. 가족을 지켜야 한다는 책임감도 생긴다.

우리 집 막내도 두 살 터울 누나와 징글징글하게 싸운다. 서로 원수도 이런 원수가 없다. 하도 답답해서 여자 직원에게 물어보았다. 자기도 한 살 아래 동생하고 말도 못하게 싸웠는데 동생이 고등학생이 되자 싸움을 걸지 않았다고 한다. 크면 더 이상 누나는 힘으로 상대를 안 한다고 했다. 결국은 시간이 해결해 준다고 하는데 그때만 기다리고 있다.

남자는 세상을 살아나갈 모색을 한다. 시행착오도 겪고 터무니없는 도전도 마다하지 않는다. 가끔 괜한 시비를 걸다가 맞기도 한다. 걸음마를 막 뗀 아이의 좌충우돌보다 훨씬 확대된 도전이다. 아기 때는 양육자에 대한 도전이었는데 남자는 세상에 대한 도전을 한다. 그러다 배운다. 한계를 알면 철이 들었다고 한다. 꿈을 꺾은 것이다. 능력에 맞춘 재조정이다.

한국 남자는 군대를 피할 수 없다. 철없는 시절의 마지막 통과 의례다. 군대를 가기 전에는 모든 걸 미룰 수 있다. 일이 안되고 꼬이고 자신이 없을 때 훌륭한 도피처다. 리셋할 수 있는 마지막 사회적 장치다. 군대를 다녀오기 전에는 모든 것이 유예된다. 이때는 제대로 된 인생 계획을 세울 수 없다. 이성 관계도 장래 희망도 군대라는 담 너머 있다. 군대를 통과해야 비로소 독립된 성인으로 인정을 받는다.

남자는 군대를 다녀와야 철이 든다는 말이 있다. 군대를 다녀오면 더 이상 미성년자라고 핑계를 댈 수가 없다. 세상에서 도망칠 동굴의 문이 닫힌다. '군대까지 다녀온 놈'이라는 말은 남자에게 엄청난 압력이다. '꿈을 가져라' 같은 말에 더 이상 속지 않는다. 시선을 현실에 두고 현재의 생존을 고민한다. 성인의 시기가 시작된다.

혼자만 살기는 그렇게 어렵지 않다. 한창 팔팔한 나이에 생존만 생각한다면 부담이 없다. 목표가 있다면 오늘 힘들어도 참을 만하다. 초라한 밥도 괜찮고 쾌쾌한 잠자리도 창피하지 않다. 더 나은 내일을 꿈꾸면서 즐겁게 보낼 수 있다. 혼자라면 버틸 만하다.

하지만 아빠가 된다면 모든 것이 달라진다. 아빠는 오늘이다. 나만 생각하고 내 꿈만 소중한 삶에서 가족을 생각하고 아이의 꿈을 뒷받침하는 삶으로 변신이다. 꿈이 풍선이라면 아이는 족쇄가 된다. 꿈을 좇아 하늘로 날고 싶던 남자는 아이가 태어나면서 세상에 착륙한다. 아이는 남자와 세상을 단단히 묶어 두는 닻이다. 남자는 날고 싶은 꿈을 접고 세상에서 밭을 간다. 아이와 가정을 꾸려나가려 노동을 한다.

아이를 키우며 웃고 아이를 보면서 보람을 느낀다. 힘들고 피곤하고 아파도 일을 쉴 수가 없다. 아이가 자라 반항을 하고 아빠 품을 떠날 때 흐뭇하다. 잘 살았다고 생각한다.

맞다. 잘 산 것은 맞다. 세상에서 내 일을 하고 가문을 잇고 세상에 온 증거를 남겼으니 잘 산 삶이다. 눈에 보이게 남는 삶이다. 잘 살았는데 왜 남자의 꿈이 생각나고 못한 일에 미련이 남을까. 아빠도 남자다. 꿈에 도전하는 남자다.

03

수사자는 혼자 죽는다

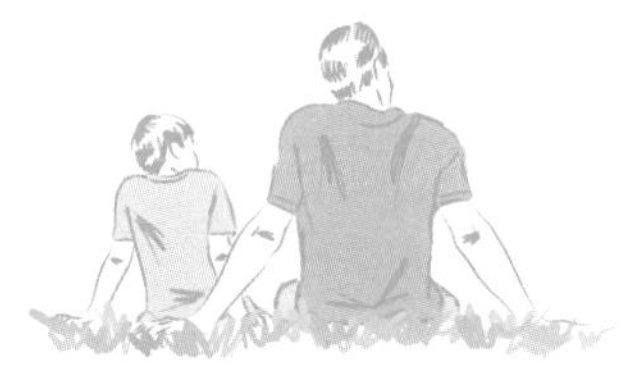

'동물의 왕' 하면 바로 떠오르는 이미지는 사자다. 물론 사자보다 강한 동물도 많다. 코끼리도 있고 코뿔소나 하마도 사자는 피한다. 백수의 왕 호랑이도 사자에 결코 밀리지 않는다. 그래도 동물의 왕은 사자라고 뇌리에 박혀 있다. 여러 이유가 있을 것이다. 아프리카 초원을 배경으로 한 방송은 항상 사자가 주인공이다. 자연스러운 반복 학습에다 서구 문명이 몰려오면서 그들에게 익숙한 사자가 왕에 등극했을 수도 있다. 디즈니를 비롯한 영화의 역할도 크다.

하지만 이런 배경에도 불구하고 사자를 왕으로 각인시킨 이유는 사자의 외모다. 긴 갈기를 휘날리며 지평선을 응시하는 사자의 모습은 모든 동물을 압도하고 남는다. 항상 당당하게 초원에서 모습을 드러내고 지긋이 먼 곳을 바라보는 모습은 왕이 자기 영토를 순시하는 모습과 겹친다. 여기에 빠지지 않는 화면이 항상 혼자 있는 수사자의 모습이다. 혼자 갈기털을 휘날리며 여유 있게 걷는다. 혼자 행동하는 모습이 왕의 이미지와 중첩된다.

일인자는 늘 외롭다. 주변에 득시글거리는 군상들은 그를 마음으로 존경하는 사람이 아니다. 단지 권력에 굴복하고 떨어지는 부스러기를 바라는 사람들이다. 권력이 강할수록 정점에 있는 기간이 길수록 왕은 외롭다. 가족과 자식도 적이다. 자식들은 그를 아버지로 사랑하지 않는다. 언젠가는 물려받을 권력을 움켜쥔 대상일 뿐이다.

왕은 항상 목숨의 위협을 느낀다. 믿을 사람도 없고 친할 사람도 없다. 약점이 잡히면 죽는다. 하지만 힘이 있는 한 제일 영광스럽다. 온 천하가 그 앞에 무릎을 꿇는다. 죽을 사람도 사면을 한다. 왕국의 모든 재산이 손안에 있고 백성은 모두 그의 신민이다. 마음만 먹으면 신과 동급이 된다. 태양도 그의 의지대로 움직인다고 믿는다.

힘 있는 왕 앞에서는 죽는 시늉을 할 만큼 모두 굽실대지만 그가 약해지면 후계자들은 암투를 벌인다. 약해지면 세상은 일제히 등을 돌린다. 주변의 개미보다 많던 사람이 죄 사라지고 간까지 꺼내 줄 듯 알랑대던 신하는 이젠 칼을 꺼낸다. 충성을 서약하던 입으로 왕의 잘못을 떠벌린다. 그가 받던 사랑은 그 무게만큼 저주와 비난으로 바뀐다.

화무십일홍(花無十日紅)은 꽃의 이야기가 아니다. 왕의 권력은 어느새 진다. 비록 왕은 사라져도 권력은 다음 왕이 가져간다. 왕좌는 권력을 매개하는 도구에 불과하다.

힘이 센 수사자는 초원의 지배자다. 그가 나타나는 순간 모든 동물은 숨기 바쁘다. 우아한 갈기는 메두사 머리카락처럼 보는 동물을 얼어붙게 만든다. 낮은 포효는 상대를 마비시킨다. 한창때의 수사자는 권력의 상징이다. 초원에 그보다 강한 동물은 없고 그보다 아름다운 동물은 없다. 한 하늘에 왕은 둘이 있을 수 없다. 극히 드문 예외가 있지만 수사자는 둘이 존재하지 않는다. 왕은 하나다. 혈투 끝에 왕으로 등극하면 모든 걸 차지한다. 패배는 죽음이나 추방이다.

그러나 노쇠는 필연이다. 모든 생명체는 자라고 강하다 약해진다. 사자도 늙는다. 왕의 시대는 막을 내린다. 힘세고 팔팔한 젊은 수사자의 도전이 이어진다. 세월과 함께 패배는 피할 수 없다. 싸움에 진 제왕은 왕좌에서 쫓겨난다. 왕의 말로는 외롭다. 쓸쓸하다. 자연의 섭리를 피할 수 없다. 마지막이 온다. 한때 동물의 왕이었던 수사자는 죽는다. 혼자 죽는다.

남자는 사자가 되고 싶다. 갈기를 휘날리며 초원을 호령하는 사자가 되고 싶다. 하지만 사자가 되려면 혼자가 되어야 하고 외로움에 익숙해야 한다. 혼자 될 자신이 없으면 사자가 되고 싶은 꿈은 버려야 한다. 초원을 지배할 꿈은 버리고 다른 무수한 동물 틈에 섞여 풀을 뜯다가 사자가 나타나면 죽을힘을 다해 뛰어야 산다.

풀을 뜯는 삶도 살 만하다. 목숨이 남의 손에 좌우되지만 꼴찌만 피하면 된다. 도망칠 때만 죽어라 뛰면 사는 데 지장이 없다. 사자가 배가 부르면 앞으로 지나가도 안전하다. 배부른 사자는 움직이지 않는다.

배부르게 잘 먹고 사는 초식 동물도 많다. 초원은 항상 포식자가 적다. 포식자는 먹을 만큼만 사냥을 한다. 초식 동물은 그래서 계속 개체가 늘어난다. 새끼도 더 많이 낳고 갓 태어난 새끼도 바로 뛴다. 초원을 머릿수로 점령한다.

사자가 없거나 사자와 떨어진 초원도 있다. 초식 동물도 우아하고 평안하게 삶을 영위할 수 있다. 집단에서 가장 빨리 달리면 평생 잡아먹힐 걱정 없이 살 수 있다. 풀은 사방에 있다. 힘들게 사냥을 하지 않아도 되고 몇 시간씩 먹이를 노리고 숨어 있을 필요도 없다. 먹이를 잡으러 전력 질주할 일도 없고 사냥에 실패할까 걱정도 없다. 먹이를 못 잡아 굶주릴 일도 없다. 고개만 숙이면 먹이가 있다. 초식 동물의 삶이 더 안정적일 수 있다.

사자의 삶은 항상 위험하다. 사자를 공격하는 동물은 없고 먹이는 사방에 있다. 그러나 사냥을 해야 한다. 목숨을 걸고 뛰어야 한다. 사냥에 실패하면 굶는다. 실패의 반복은 죽음이다. 사냥에 성공하면 그때는 행복하다. 그러나 다시 배는 고프고 먹이를 구해야 한다. 사냥감을 찾아 나서야 한다. 방금 전까지 주변에서 어슬렁거리던 그 많던 초식 동물은 사자가 몸을 일으키자 일제히 자취를 감춘다. 이제 사냥 준비를 한다. 저 멀리 먹잇감이 보인다. 몸을 최대한 숙이고 바람의 방향을 가늠하면서 뛸 준비를 한다.

평안은 짧고 배고픔은 길다. 풀은 도처에 널렸지만 사냥감은 도망갈 줄 안다. 사자의 삶은 주체적으로 사는 삶과 바꾼 배고픔이다. 사자는 굶어도 풀을 뜯지 않는다, 육식과 초식을 다 하는 잡식이라면 생존에는 훨씬 유리할 것이다. 그러나 육식과 초식을 다 하는 곰을 아무도 동물의 왕이라고 하지 않는다. 이것저것 다 먹는 곰은 훨씬 살아남기에 유리하다. 사자보다 덩치도 더 크다. 그래도 왕은 아니다. 단지 동물계의 강자 중 하나일 뿐이다.

육상 동물 중 사실상 최고 강한 동물은 코끼리다. 사자도 가볍게 한 방에 날아간다. 진정한 동물의 왕이다. 거대한 몸 자체로 위압감을 준다. 덩치에서 나오는 힘을 상대할 동물은 없다. 동물 탱크라는 코뿔소도 가볍게 날려버린다. 그렇지만 그에게 왕의 모습은 없다. 그는 풀과 과일을 먹는다. 다른 동물은 먼저 공격할 일이 없다. 그래서 겁이 나지 않는다. 물론 그가 화가 나면 피해야지만 평상시에는 위험하지 않다. 그들은 무리로 살고 무리로 다닌다. 왕은 절대 무리로 다니지 않는다. 왕국에서 그는 혼자다. 왕은 외로워야 한다.

코끼리는 털이 없다. 가죽이다. 바람이 불어도 날리지 않는다. 해를 등지고 서도 칙칙한 회색이다. 사자는 황금빛이 우아하다. 그래서 석양에는 눈부시다. 바람에 갈기가 날리고 햇빛에 털 한올 한올이 빛난다. 황금은 왕의 상징이다. 황금색으로 빛나는 궁전과 장식은 왕의 특권이다.

사자는 왕이다. 금빛 갈기를 휘날리며 석양을 등진 모습은 눈부시다. 초원에 홀로 우뚝 서서 지평선을 응시하는 진정한 군주다. 그는 항상 혼자다. 고독을 운명으로 알고 외로움을 참아낸다. 세상을 혼자 지배하고 때가 되면 물러난다. 그리고 혼자 삶을 마친다. 그래서 왕이다.

남자는 수사자를 흠모한다. 존경하고 흉내낸다. 그러나 대부분 거기까지다. 거의 초식 동물의 삶을 산다. 되지 못한 꿈이기에 더 간절하다.

04

사라질 유전자

예전에 인류의 조상이 확인되었다는 뉴스를 봤다. 이브의 고향은 아프리카라고 하며 조사는 미토콘드리아의 모계 유전자를 역추적하는 방법으로 했다고 한다. 사람의 염색체는 부모에게서 하나씩 받아 한 쌍이 된다. X 염색체는 부모, Y 염색체는 부계에서 받는다. XX는 여자, XY는 남자가 된다.

염색체는 자손에게 유전되는데 세대를 거치면서 양 부모에게 하나씩 유전자를 받는다. 내 자식에게는 내 유전자가 반절이 남고 손자에게는 1/4이 남으며 몇 대가 지나면 희석되어 거의 흔적이 사라진다. 그런데 미토콘드리아 유전자는 모계로만 유전되며 수백 대를 내려가도 흔적이 남는다.

슬프게도 남자의 유전자는 흔적을 찾을 수 없다. 성씨(姓氏)는 비록 남자 쪽을 따르지만 인류의 실질적인 주인은 여자란 말이다. 내 조상님들이 몇 대만 올라가면 나의 유전자와 연관이 없다. 무슨 오씨 몇 대손 해도 유전자는 다 남이다. 생물학적인 남인데 사회적으로 같은 성씨로 묶였을 뿐이다.

남자는 여자보다 평균 수명이 짧다. 어느 사회나 여자가 10년 정도 더 산다. 고령 사회가 되면서 노령층으로 갈수록 여자가 압도적으로 많다. 이유는 여러 가지다. 남자가 사회에서 더 위험한 일을 많이 한다는 연구도 있고 남자의 경쟁적인 습성이 사고를 많이 초래한다는 말도 있다. 유전자가 남자는 XY인데 여자는 XX라 같은 염색체가 두 개인 여자에 비해 손상을 받았을 때 회복에 불리하다는 연구도 있다. 해부학적인 차이도 남자보다는 여자가 더 발전된 구조다. 아무래도 번식을 책임지니까 보다 정교하고 손상에도 강하다. 몸도 지방이 많아 쿠션 작용이 좋다.

흔히 풍이라고 하는 뇌졸중이 있은 뒤 여자가 남자보다 회복이 잘된다. 양 뇌반구를 이어주는 뇌량이라는 부위는 여자가 훨씬 두껍다. 한쪽 뇌가 손상되면 몸의 반대쪽에 장애가 생기는데 여자는 양쪽 뇌를 이어주는 뇌량이 굵어 뇌의 한쪽이 손상을 받아도 반대편 뇌가 일을 맡아 하기가 쉽다. 즉 보상 작용이 잘 일어나고 회복이 잘 된다.

대부분 질병은 남자가 더 치명적이다. 수태 때 남녀 성비는 1.1대 1정도인데 출생 시는 1.06대 1이 되었다가 점차 1대 1에 수렴한다. 그만큼 남자가 사망률이 높다. 여자가 남자보다 많은 질환은 자가 면역 질환이다. 면역은 몸을 보호하는 역할을 하는데 이 면역 능력이 내 몸을 공격하는 병이 자가 면역 질환이다. 여자가 이 병이 많다는 것은 거꾸로 내 몸을 보호하는 기능이 과다하다는 의미다. 여러모로 남자보다 여자가 업그레이드된 신체다.

인류 역사를 보면 모계 사회로 출발했다. 여자를 중심으로 군집 생활을 하면서 남자는 사냥을 하고 여자는 양육을 책임졌다. 사냥은 위험한 활동이고 치사율이 높다. 남자가 중심이 된다면 우두머리의 잦은 부재로 그 집단은 유지되기 힘들 것이다. 비록 부족장은 남자가 맡더라도 여자를 중심으로 집단을 이루고 남자는 사냥을 해서 먹이를 잡아오고 사냥 중에 사망하면 바로 집단원이 보충을 하는 방식이 집단이 생존하고 유지하는 데 유리하다.

육체의 힘도 세고 먹이를 구하는 중요한 역할을 맡았더라도 남자는 집단의 주역이 되기 힘든 구조다. 언제 죽을지 모르는 남자가 어떻게 집단에서 자리를 잡을 수 있을까. 남자 가장 한 명에 가족이 의지하기는 너무 위험이 큰 시절에 여자를 중심으로 집단이 굴러가는 것이 필연이자 현명한 선택이다.

남자가 역사의 전면에 나선 것은 문병이 발생한 뒤 한참 뒤 일이다. 사냥에서 죽을 위험이 줄어들고 농경에서 가축과 육체의 힘이 중요하면서 경제에서 남자가 차지하는 비중이 늘었다. 거기에 사유 재산이 자리 잡으면서 집단은 소규모로 분화하는데 사회는 최소 단위로 쪼개진다. 백 명은 열 명으로 열 명은 더 작은 집단으로 갈라선다. 최소 단위는 한 명이다. 그런데 남자 하나나 여자 하나는 생존에도 불리하고 무엇보다 재산을 유지할 수가 없다. 그래서 남자 하나 여자 하나의 일부일처제나 강한 권력과 재산이 있는 남자를 중심으로 일부다처제가 자리 잡았다. 인류 역사가 남자의 역사인 듯하지만 실제로 남자가 주연이 된 지는 얼마 되지 않는다.

남자는 자기 유전자를 남기고 싶어 한다. 가문이라는 이름으로 자기 흔적을 남기지만 진실은 가문이 유지되어도 자신의 흔적은 사라진다. 아무리 가문이 번성해도 자손과 나는 따지면 남이다. 무리하는 경우도 있다. 근친혼으로라도 가문의 순혈을 유지하려 한다. 그에 따른 대가는 크다. 유전병이 따른다.

자연의 법칙은 사람을 큰 한 종으로 보고 개인은 고려하지 않는다. 내가 내 자손을 남기려 아무리 노력해도 자연에서 나는 사람종 중의 하나일 뿐이다. 가문이 내 대에서 끊어진다고 해도 아무도 안타까워하지 않는다. 사회도 자연도 무심하다. 유전자를 봐도 남자의 유전자는 사라진다. 몇백 년이 지나 후손이라고 같은 성을 쓴다한들 그는 이미 나와 아무 연관이 없다. 사회적으로 같은 성씨라는 끈은 남지만 이미 공통점이 없다. 정신적인 흔적만 이어 내려간다.

10대조 20대조 조상님의 피가 이어진다는 말도 우습다. 계속 모계의 피가 섞여 부계의 피는 흔적도 없는데 조상님이라고 자부심을 가지는 것은 정신적인 위안일 따름이다. 더구나 양자도 많이 들이고 전쟁 중에 족보도 흩어졌는데 애써 가문을 찾는 일은 안쓰럽다.

사회 문화적으로 남자의 흔적은 남지만 생명체로 남자의 흔적은 완전히 사라진다. 오래전 우리나라의 제일가는 기업가의 손자가 자살했다는 뉴스를 보았다. 그의 4촌 6촌들은 지금도 수조대의 재산가다. 그런데 같은 조상의 자손이고 가문에서 존재도 알고 있을 테지만 그는 스스로 생을 마쳤다.

가문, 자손, 성씨가 무슨 의미가 있을까? 단지 내가 세상에서 열심히 살았다는 흔적으로 자식과 손자까지는 의미 있을 것이다. 더 양보해서 증손자까지는 핏줄이라는 생각이 들 수도 있지만 그때는 3대가 지나고 세월로 80~90년을 훌쩍 넘는다. 관심은커녕 이름도 기억하기 힘들다.

명당이라고 한다. 조상님을 잘 모셔야 후손이 복을 받는다는 이론이다. 이름 있는 지관은 묫자리를 찍어 주고 상상하기 힘든 대가를 받는다. 하지만 조상의 입장에서 단순히 계산해 보면 자손이 두 명씩만 태어나도 5대손이면 32명, 10대손이면 512명이다. 5대손을 모두 합하면 62명이고 10대손을 다 합하면 2000여 명에 육박한다. 조상 한 명이 이 많은 자손을 무슨 재주로 먹여 살릴까? 또 다들 바라는 것은 같을 텐데 재산, 벼슬을 어떻게 나누어 줄까?

현실은 재벌도 3~4대를 이어가기 힘들고 왕조도 몇 대만 지나면 혈통이 바뀐다. 같은 왕가가 유지되어도 자손끼리는 온통 피가 튀는 골육상쟁이다. 과연 조상의 영혼이 있다면 그 모습이 생전 바라던 모습일까 의문이 든다.

혈통이 끊어지지 않고 이어졌더라도 5대조 10대조 조상과 내가 유전자 검사를 하면 일치율이 얼마나 될까 따지는 것은 무의미하다. 사람종이고 한민족이라는 정도 일치율일 것이다. 대를 잇는다는 말은 부질없는 욕심이다.

『이기적인 유전자』의 저자인 리처드 도킨스는 meme과 gene을 이야기했다. gene은 육체의 유전자로서 생명체는 유전자를 물려주는 도구일 뿐이라는 과격한 주장이다. 그의 주장에 따르면 나는 단지 나라는 포장 안에 있는 사람종의 유전자를 물려주는 전달 매체일 뿐이다. 나의 자손이나 나의 가문은 유전자의 관심 사항이 아니니다. 단지 사람종의 유전자만 이어지면 된다. 사람끼리 무슨 일이 벌어지고 무슨 가문이 득세해도 사람종만 멸종하지 않으면 된다.

우리 집에는 열대어 어항이 있고 항상 구피가 산다. 가끔 새끼를 낳고 몇 년째 개체수가 일정하다. 너무 개체수가 줄면 다른 데서 가져와 채운다. 나에게 구피는 개개의 존재가 아니라 어항이란 생태계를 유지하는 대상일 뿐이다. 한 마리씩 구피를 구별도 못하고 살고 죽는 일도 사실은 관심이 없다.

유전자의 입장에서 개인도 비슷할 것이다. 개인의 역사는 기억도 되지 않는다. 슬프지만 사실이다. 역사는 몇 년도에 전쟁이 있었다고만 짧게 기록한다. 전쟁 중에 죽은 수많은 사람은 기억 대상이 아니다. 셀 수 없는 비극도 개인에게 국한되지 인류라는 종을 보면 '관심없음'이다.

사람이 동물과 구분되는 특징에서 제일 두드러진 것 중 하나가 시간에 대한 개념이다. 동물은 오직 현재만 산다. 시간 개념이 없다. 간혹 과거에 대한 기억 능력이 있고 앞날을 준비하는 동물이 있다지만 확실하지 않고 대를 이어 준비하는 일은 없다. 세상이 망하더라도 사과나무를 심는 동물은 사람밖에 없다. 하지만 그렇게 대를 이어 준비한 내 자손이 불과 몇백 년을 이어가지 못한다. 생물학적인 자손은 흔적도 없이 사라진다. 여자의 자손은 수만 년이 지나도 흔적을 찾을 수 있지만 남자의 유전자는 흔적조차 없다.

하지만 인류라는 종으로 시야를 확대하면 그렇게 허무하지 않다. 도킨스의 밈 개념은 유전자처럼 사회로 전파되는 정신을 뜻한다. 사과나무를 단지 내 자손에 국한되어 심으면 부질없는 일이지만 인류에 대한 봉사나 자연에 대한 보답이라 생각하면 의미가 큰 행동이다. 좁게 내 자손만 위하기보다는 넓게 내가 존재할 씨앗을 준 인류와 실재할 근거를 제공한 지구에 보답하는 행동은 보람 있고 의미가 있다.

남자여, 유전자가 사라진다고 슬퍼하지 말자. 내 유전자는 사라져도 나를 기억하는 유전자는 수백 년을 내려갈 수 있다.

05

모든 남자가 아빠가 되지는 않는다

슈퍼맨 시리즈「맨 오브 스틸」은 슈퍼맨이 크립톤별에서 지구로 와서 자란 뒤 지구인 편이 되기까지 과정을 보여 준다. 여기에는 슈퍼맨의 두 아버지가 나온다. 러셀 크로우가 연기한 슈퍼맨의 친아버지인 조-엘과 지구에서 슈퍼맨을 발견하고 키운 지구인 아빠 조나단 켄트역의 케빈 코스트너다.

두 아빠는 공통점이 있다. 둘 다 아들을 위해 목숨을 버렸다. 크립톤별에서 슈퍼맨의 아버지는 목숨과 바꿔서 아들을 구한다. 지구인 아빠는 지구에서 정체성에 흔들리는 아들을 키우고 지구인이 받아들일 때까지 아들의 존재를 숨긴다. 아들은 묻는다. "그냥 계속 아빠 아들 하면 안 돼요?" 아버지는 말한다. "넌 내 아들이다. 하지만 저 멀리 어딘가에 다른 아버지도 있단다. 네게 다른 이름을 준 아버지가 있어."

그래도 아들은 반항한다. 운전 중 농사가 싫다고 대들다 말로 상처를 준다. "진짜 아버지도 아니잖아요. 들판에서 발견했잖아요." 그러는 도중 허리케인을 만난다. 아버지는 사람들을 피신시키고 반려견이 미처 차에서 나오지 못하자 개를 구하고 다친다. 아들이 구하러 가려고 할 때 "아직은 때가 아니다."며 아버지는 손과 눈빛으로 아들을 막는다. 그리고 허리케인에 사망한다. 슈퍼맨은 아버지를 믿었기에 돌아가시도록 내버려두었다.

영화는 슈퍼맨이 주인공이다. 하지만 이 장면만큼은 분명 아버지가 주인공이라고 생각한다. 아버지는 너무 담담하게 그러나 굳게 아들을 지킨다. 감정을 잘 나타내지도 않지만 아들 옆에서 앞에서 뒤에서 응원하고 앞길을 제시한다. 그런 아버지를 둘이나 만난 슈퍼맨은 능력뿐 아니라 운명도 선택받은 자다.

남자가 생물학적으로 아빠가 되는 건 아주 간단하다. 정자만 제공하면 된다. 그러면 유전자를 반절 닮은 아기가 태어난다. 그때부터 아빠란 타이틀을 얻는다. 남자가 유전자를 제공해서 아빠가 되기는 너무 쉽다.

미혼 노총각 아들과 엄마가 등장하는 「미우새」라는 TV 프로그램에서 한 어머니가 아이는 엄마가 배 속에서 키우니까 엄마 몫이 더 크다고 했다. 사회자가 남자가 한 일은 없냐고 물으니 "기분만 냈지."라고 답을 해서 다들 뒤집어졌다. 임신과 출산 과정에서 사실 남자가 직접적으로 할 일은 없다. 적합한 환경을 제공하고 보호하는 일을 한다고 해도 태아의 성장은 전적으로 엄마의 몫이다.

수컷과 함께 새끼를 키우는 동물이 있다고 하지만 자연계에서는 소수다. 사람처럼 엄마와 아빠가 함께 2세를 양육하는 일은 드물다. 햄스터를 오래 키워 그들의 생태를 잘 아는데 다른 동물들도 비슷하다. 햄스터를 키울 때 가장 신경 쓸 일 중 하나가 새끼를 배면 수컷을 떼어놓는 일이다. 까닥하면 수컷이 새끼를 물어 죽이거나 잡아먹는 일이 생긴다.

하지만 사람도 문명이 발달하기 전 모계 사회에서 양육은 엄마 몫이었다. 아이들은 모친을 중심으로 생활한다. 남자는 정자와 노동 제공자에 지나지 않는다. 일부일처제의 틀이 어느 정도 갖춰진 사회에서도 양육을 전적으로 여자에게 맡기는 일이 흔했다. 우리나라를 보더라도 아버지가 한량이든가 무능력하여 어머니가 먹을 것을 구해 오고 애를 키우는 집들이 많았다. 전쟁이나 사고라도 나서 아버지가 사망하면 어머니 혼자 일해서 애를 키웠다. 어떻게 보면 양육과 번식에 남자의 역할은 있으면 좋고 없으면 불편한 정도다.

그 반대는 드물다. 일단 남자는 아이를 낳을 수 없다. 간혹 갓난아기를 혼자 키운 남자가 있기는 하다. 심봉사는 심청이를 키웠지만 사실상 동네 엄마들이 키웠다. 젖동냥이 아빠의 일이다. 남자가 아이를 혼자 키우기는 어렵다. 대부분 남자들은 혼자 육아를 해야 하는 상황에 빠지면 도움을 청한다. 자기 어머니에게 맡기거나 새로운 여자를 구한다. 스스로 육아를 자처하는 남자는 극히 드물다.

아빠되기를 포기하는 남자도 꽤 있다. 딩크족(Dink: Double income no kids)은 맞벌이를 하므로 수입은 풍족하지만 애를 가지지 않는 부부를 말한다. 책임과 구속이 싫다는 삶의 방식이다. 부부 사이의 의견 일치로 딩크를 결정할 수도 있지만 결혼 자체를 피하는 남자도 있다. 자기 인생은 자기가 즐기겠다는 뜻이다.

대부분 남자는 준비 없이 아빠가 된다. 언제 결혼하고 아이는 언제 가지겠다고 계획하는 남자는 없다. 적어도 내 주위에는 없었다. 어쩌다 결혼하고 엉겁결에 아빠가 된다. 결혼도 계획에 따라 하기보다는 인연이 생기거나 주위의 압력에 쫓겨서 한다. 사실 혼자 아무리 계획을 세워도 계획대로 되지 않는다. 마음에 드는 사람을 만나는 일부터 말 그대로 인연과 우연의 연속이다. 또 양쪽이 결혼할 마음과 사정이 되어야 하는데 이게 지나고 보면 운명이라 할 수밖에 없다. 그렇게 결혼을 하고 가정을 꾸린다. 아이를 미룰 수는 있지만 원하는 대로 가지긴 힘들다. 대부분 기습적인 통고를 받는다. 전화로 "오늘 좋은 소식이 있어." 또는 "의논할 일이 있어."라고 통보를 받는다.

대부분 느낌이 온다. 아이가 생겼다는 소식을 듣는 남자는 정신이 아득하다. 주변 동료의 축하와 함께 멍한 시간을 경험한다. 축하주를 마시기도 하고 위로주를 마시기도 한다. 임신 소식을 듣는 남자는 안다. '나의 시간은 이제 끝났구나.'라고 생각한다. 내가 보호하고 키워야 할 조그만 생명이 우주에서 내 옆으로 내려온 기적을 느낀다. 결심한다. 새로워지자. 부끄럽지 않은 아빠가 되자.

그렇게 남자는 아빠가 된다.

임신 소식에 대부분은 현실감이 없지만 받아들인다. 하지만 모두 기쁜 반응을 보이지는 않는다. 일부는 부정을 거듭한다. 너무 어린 나이에 아빠가 된 남자들에게 주로 보인다. 내 주위에도 학생 때 불장난으로 임신하고 여자는 낳아 키우고 그러다 나중에 결합한 경우가 있다.

방송에 단골로 등장하는 미혼모 스토리는 무책임한 남자의 이야기다. 누구의 책임을 묻기 힘든 경우도 있지만 여자가 아이를 키우겠다고 결심을 해도 남자는 도망을 간다. 그런 일을 보면 가슴이 먹먹하다. 철없는 아빠 엄마가 아닌 아이가 너무 불쌍하다. 축복과 함께 태어나도 세상은 만만치가 않은데 낳자마자 천덕꾸러기가 된 아이의 인생은 무슨 죄가 있다고.

미혼모의 상대인 아빠는 나이가 어린 경우가 많다. 심지어 10대도 있다. 그 나이 남자는 아이에 대한 책임은커녕 자기 인생이 뭔지도 모른다. 정신 연령이 초등학생과 비슷하다. 책임감을 보이면 기특할 뿐이다. 대부분 무섭고 겁이 나서 일단 도망치고 본다. 20대는 좀 낫기는 해도 아직 어리다. 몸이 근질근질하다. 세상은 넓고 여자는 많은데 발목이 잡히기가 억울하다. 조금만 책임이 버겁다면 도망갈 나이다.

결혼을 앞둔 남자들은 이구동성으로 말한다. 결혼 전날에 거리를 걷다 보면 세상 여자들이 다 미인으로 보이고 이 많은 여자들을 두고 결혼을 하려니 너무 아쉽고 억울하다고. 한마디로 망상 수준의 착각이지만 다들 이해는 한다. 하긴 생각만으로 무슨 꿈을 못 꿀까.

세상을 좀 알고 나이도 먹었지만 철이 덜 든 남자도 많다. 자기 삶을 더 사랑하는 남자도 있고 본질적으로 인생에 대한 책임감이 없는 남자도 있다. 그런 남자가 있을까 하지만 은근히 있다. 자기 삶에 대한 책임도 못 지는데 가족과 아이에 대한 책임감은 기대하기 힘들다. 장기적인 계획보다는 즉흥적으로 산다. 일이 잘 풀리면 다행이지만 어려울 때 민낯이 드러난다. 낙타가 무서울 때 머리만 모래에 파묻고 외면한다고 하는데 어려움이 닥치면 판단력을 잃고 멍하니 있다. 자기만 쳐다보는 아이와 가족이 있는 데도 행동을 미룬다.

가정이나 아이보다 자기 인생을 더 아끼고 자기 삶을 더 사랑하는 남자도 있다. 수입과 시간도 자기에게 우선 투자하고 가족과 아이는 뒷전이다. 그래도 목표를 이루려 현재를 아껴서 투자하는 남자는 낫다. 목표를 이루면 가족과 함께하겠다고 약속한다. 가족도 기쁘게 참는다.

어릴 때 살던 동네에서 이웃집 남자가 아이들이 한참 자랄 때 외국으로 유학을 갔다. 지금 아니면 기회가 없을 거라고 자기 혼자 훌쩍 떠났다. 어머니를 비롯해서 동네에서 다들 비난 일색이었다. 가족을 버리고 떠난 무책임한 행동이란 결론이다. 뒷이야기는 모른다. 하지만 미래를 위해 개인과 가족의 현재를 참고 나에게 투자하는 남자는 이해하고 격려한다.

아주 이기적인 남자도 있다. 가족을 위해 자기에게 투자하는 게 아니라 자기 만족이 목표다. 취미나 유흥에 무척 신경을 쓴다. 당연히 수입도 가정보다는 자기에게 더 쓴다. 내가 고생했으니까 나를 위해 쓴다고 해도 정도가 있다. 맞벌이라도 해서 가정 경제가 유지되면 그나마 다행이지만 가장이 버는 돈에 의존하는 가정이라면 항상 쪼들린다.

자기가 버는 돈 이상을 쓰기도 한다. 가정에 보탬이 되기는커녕 손해를 끼친다. 남자가 저지른 사고를 처리하느라 가족이 힘들다. 가족을 부양하려 일하다 잘못된 경우는 이해도 되고 용서도 된다. 하지만 대책 없이 친 사고는 모두가 힘들다. 결국 아무 일도 하지 말고 집에만 있으라는 말이 나온다. 노는 게 도와준다는 말도 나온다. 남자는 자존심이 상한다. 쌓이고 쌓이면 결국 폭발한다.

아이가 어릴 때는 아이에게 잘해 주면 좋은 아빠다. 그러나 아이가 자라면 그 기준이 바뀐다. 냉정하게 말하면 좋은 아빠의 기준은 경제력이다. 현실이 그렇다. 그래도 아빠가 경제력이 풍부하지는 않지만 가족을 위해 최선을 다하고 있으면 아빠를 이해하고 위로도 하고 격려도 한다.

이것도 저것도 아닌 아빠는 급속도로 가족에게서 추방당한다. 유전자를 제공했다는 이유만 가지고 아빠가 설자리는 없다. 아이가 자랄수록 아빠는 쪼그라든다. 어디부터 잘못되었을까.

06

남편이 된다는 건

아빠가 되기 전 반드시 거쳐야 하는 과정이 있다. 무책임한 소수의 남자가 아니라면, 또 특별한 사연이 없다면 보통은 결혼을 하고 남편이 먼저 된다. 전통 사회에서 남편은 가장과 같은 말이다. 많이 퇴색된 느낌이 있지만 아직도 남편은 가정을 대표하고 가정을 보호하며 가정 경제를 책임진다.

내가 자란 시절에 결혼은 책임을 진다는 말이었다. 남자가 여자에게 할 수 있는 가장 큰 약속이 '책임진다'였고 여자가 남자에게 확인하는 말도 '책임질 수 있어?'였다. 시대가 달라졌어도 책임의 의미는 변하지 않으리라 본다.

결혼은 쉽지 않은 과정이다. 정신 질환의 치료 결과를 평가할 때 결혼 생활을 유지한 사람은 예후가 좋다는 항목이 있을 정도다. 또 삶의 사건을 점수로 매긴 스트레스 척도에서 결혼은 50점으로 상당히 높은 점수를 부여한다.

환경이 바뀌면 생명체는 스트레스를 받는다. 적당한 스트레스는 발전의 밑거름이지만 심하면 생명 활동이 정지된다. 아이들도 동생이 태어나면 잘 가리던 대소변을 못 가리는 퇴행이 일어나기도 하고 집안의 화초도 이사를 가면 시들 때가 있다. 단기간의 변화도 큰 영향을 끼친다.

결혼은 수십 년간 다른 환경에서 살던 성인이 같은 공간에서 공존하는 일이다. 익숙한 환경과 결별하고 낯선 환경에 적응하는 과정이다. 그런데 이게 집 같은 무생물에 나만 익숙해지면 해결되는 것이 아니고 같은 적응 과정을 거쳐야 하는 상대가 있다. 서로 양보하고 노력해도 힘든 과정이다. 사소한 충돌이 계속 발생한다.

치약을 위쪽부터 짜냐 아래쪽부터 짜냐 하는 사소한 일부터 바다가 좋냐, 산이 좋냐, 고기냐 생선이냐 등까지 매일 매일 적응하고 맞춰가는 과정에는 어마어마한 에너지가 필요하다. 서로 맞춰 가다가도 조금만 틀어지면 극한 대립까지 간다. '애 없을 때 정리해 버려'라는 결사 항전도 나온다. 초기에 잡아야 한다는 어설픈 조언에 따라 애꿎은 가구를 부수는 시늉도 하고, 다짜고짜 집을 나오기도 한다. 나도 그랬다. 새벽에 편의점을 숱하게 들렀다.

식습관도 다르고 취미도 다르고 생각하는 방식도 다른다. 거기다 남녀는 각자 집안을 대표한다. 양쪽 집안의 영향력이 알게 모르게 작용한다. 양가 부모와 친척까지 끼어들어 한마디씩 거들면 툭 던지는 말도 보통 스트레스가 아니다.

좋아서 결혼했지만 좋은 모습은 결혼식까지다. 결혼 후에는 180도 바뀌는 경우가 많다. 바뀠다기보다는 결혼 전에는 미처 보지 못했던 모습이 보이는 거다. 결혼 전에는 더 있자고 집에 안 보내려 하더니 결혼한 뒤에는 기회만 되면 집에 안 들어오려고 한다는 푸념이 나온다.

결혼 후 변했다고 하는데 거꾸로다. 결혼 후 변하지 않았기 때문에 다툰다. 변하지 않은 모습으로 계속 산다면 매일 전쟁터다. 정리하길 싫어하는 사람과 깔끔하게 정리하는 사람이 만나면 둘 중 하나가 맞춰줘야 한다. 아니면 중간선에서 타협을 보든가.

개인의 특성 못지않게 남녀의 생물학적인 차이와 정서적인 차이도 크다. 대화 방식, 사고방식, 신체적 기능, 정서, 사회성 등 옳고 그름이 아닌 다름이다.

남자는 약점을 드러내길 싫어한다. 낯선 길을 갈 때도 묻기보다는 스스로 찾으려 한다. 이스라엘 사람들이 시나이 반도에서 몇십 년을 헤맨 이유가 모세가 자존심 때문에 길을 물어보지 않아서라는 농담도 있다. 여자는 모르면 묻는다. 남자는 스스로 해결하려 한다. 나와 본질적으로 다른 독립된 인격의 존재를 인정해야 실마리가 풀린다.

신혼 초에는 짜릿함과 신선함이 있다. 아직 연애 감정도 있고 상대에 대한 어려움과 존중감이 있다. 서로 맞추려 노력한다. 그러나 신혼의 신선함은 잠시고 바로 투쟁의 시간이 온다. 관계의 주도권을 잡으려는 공식 비공식 투쟁이다.

이때 주변에서 사회의 통념으로 중재를 한다. 아내는 이래야 하고 남편은 저래야 한다는 교훈과 경험을 들려준다. 하지만 해결은 둘의 몫이다. 겉으로는 화기애애하지만 속으로 끓는 경우도 많다. 양보가 비결인데 그게 쉽지 않다.

수십 년간 집 밖으로 다투는 소리 한 번 들리지 않고 산 부부 이야기가 있다. 사람들이 비결을 묻자 아내가 말했다. 신혼여행을 갔는데 여행지에서 탄 낙타가 말을 듣지 않았다. 남편이 조용히 "하나" 하고 낙타를 끌었고 낙타는 계속 고집을 피웠다. 그러자 남편은 말릴 겨를도 없이 총을 꺼내 낙타를 쏘아 죽였다. 아내가 남편에게 항의하자 남편이 조용히 "하나" 했다. 그걸로 끝이었다. 아내는 일절 남편과 싸우지 않았다.

나도 "하나" 해보았다. 구박만 더 들었다.

남편은 여러 뜻이 있다. 사회적으로 부인의 반대말이다. 가정에서는 집안의 가장이다. 부인에게는 세상에서 제일 듬직한 내 편이다. 사이가 나쁘면 남의 편이다. 결혼 직후 남편은 내 편이 아니다. 평소처럼 자유롭게 살기를 원하는 사내다. 퇴근 후 돌아갈 집은 익숙하고 포근한 엄마 집이 아닌 아직 낯선 여자가 버티고 있는 집이다. 엄마 집은 밥도 챙겨 주고 청소를 안 해도 되고 전기 요금, 전화 요금, 세금을 안 내도 된다. 하지만 신혼집은 청소도 해야 하고 공과금도 챙겨 내야 하고 밥값도 스스로 벌어야 한다.

남자에게 남편은 전혀 새로운 역할이다. 역할 모델을 보고 자랐으면 흉내를 낼 수 있는데 대부분의 아버지는 아이에게 남편의 모습을 보이질 못한다. 아버지 노릇도 못하는데 남편 노릇을 기대하기 어렵다. 남편으로서 본 아버지 모습은 차려 주는 밥 먹고 방에서 자다가 일하러 가거나 가끔 전구를 갈 때, 짐 옮길 때처럼 힘쓸 때만 등장한다.

과거에는 남자의 일과 여자의 일을 구별했다. 교본이 있어서 모델을 보지 않아도 글과 교육으로 배울 수 있었다. 이젠 더 이상 고전적인 남녀 역할은 없다. 남편도 가정에서 역할을 새로 개척해야 한다. 시행착오를 거치고 투쟁을 하면서 역할을 나누고 영역을 정의한다. 아기가 태어날 때까지 남자는 아내와 싸운다. 연약한 여자에게 지는 건 자존심 문제다. 겉으로 참아도 속으로는 언젠가는 뒤집으리라 칼을 간다.

아이가 태어나 아빠가 되면 게임의 룰이 바뀐다. 둘 사이에 아이가 끼어든다. 둘이 마주보는 삶이 아니라 둘이 아이를 보는 삶이 된다. 마주보고 달리면 충돌이 생기고 싸움이 나지만 같은 방향을 보고 달리면 부딪힐 일이 없다. 공동의 목표가 생기고 이야깃거리가 생긴다. 둘은 한 팀이 된다.

아빠가 되면서 남자는 과거와 결별을 한다. 결혼하며 레테강을 넘는 게 아니라 아빠가 되면서 새롭게 태어난다. 나보다 가족을 생각하고 앞날을 설계하고 오늘을 참기 시작한다. 아내의 남편에서 가정을 책임지는 가장으로 새로 자리를 잡는다.

철든다는 말은 사리를 분별하고 판단할 줄 안다는 뜻이다. 단지 나이를 먹고 결혼한다고 절로 철들지는 않는다. 책임감을 느끼고 희생할 각오가 되어야 어른이다. 남편은 그냥 아내의 짝이 되는 말이 아니다. 남편이란 말에는 아내를 사랑하고 지키고 가정을 이루고 키우며 아이를 기른다는 전제가 따른다. 힘들어도 일터로 나가고, 가족의 위험을 예방하고 더 나은 앞날을 만들려 희생하는 남자가 남편이다.

남자가 남편이 되면 한 글자 차이지만 달라지는 게 많다. 늦게라도 돌아가야만 하는 집이 생긴다. 항상 어깨에 가족을 태우고 산다. 모든 판단 기준에 가족이 제일 우선순위다. 제멋대로 살던 삶에 목표와 의무감과 책임감이 생긴다.

남편은 가족과 아이를 먹여 살리는 사람이다. 발판이다. 가족이 세상으로 나가는 디딤돌이고 외풍을 막아 주는 담이자 지붕이다. 세상의 풍파를 맨 앞에서 먼저 맞고 문단속을 한 뒤 가장 늦게 방으로 들어온다. 남편은 책임이자 의무다.

07

남자에서 아빠로

남자와 아빠를 구별할 한 단어는 책임감일 것이다. 남자는 아빠가 된다고 겉모습이 달라지지 않는다. 여자처럼 배가 나오거나 살이 트거나 또는 가슴이 커지는 변화는 없다. 사실 남자는 전혀 변화가 없다. 온몸 구석구석을 검사해도 입을 다물고 있으면 알아낼 방법이 없다.

예전에는 결혼반지를 끼는 게 관습이었지만 요새는 반지를 끼지 않는 사람도 많다. 나보다 먼저 결혼한 친구들이 결혼식 뒤풀이에서 반지를 빼고 갔다가 들통이 나서 단체로 혼났다는 말을 들었다. 나는 반지를 끼어 본 적이 없다. 다른 이유는 없고 몸에 달라붙거나 조이는 것을 싫어한다. 목걸이, 시계도 차지 않는다.

아빠가 되면 달라지는 것이 무얼까? 일단 가족이 늘고 주민등록 서류를 떼면 없던 이름이 달린다. 나 다음으로 따라오는 이름을 보면 바짝 긴장을 안 할 수 없다. 비로소 '내가 아빠가 되었구나. 내가 가장이 되었구나' 하는 현실감이 든다. 혼인 신고를 하면 이름이 하나 늘고 출생 신고를 하면서 아기가 태어나면 둘, 셋으로 늘어난다. 한번쯤은 이름을 보면서 발목에 칭칭 감긴 쇠사슬이라 생각한 사람도 있을 것이다. 아니면 어깨 가득 세상을 메고 있는 아틀라스처럼 가족을 지고 있는 상상도 해봤을 것이다.

아이가 태어나면 여기저기서 축하를 받느라 정신이 없다. 그러면서 꼭 따라오는 말이 있다. 좋은 시절이 끝났다. 진짜 어른이 되었구나. 정신 바짝 차리고 살아라 등등. 결혼할 때와는 전혀 다른 인사와 덕담, 격려 그리고 위로가 쏟아진다. 기쁘면서 한편으로는 무겁다.

나는 큰애가 태어날 때 지도 교수에게 혼나고 있었다. 전공의 때였는데 보고를 잘못해서 서서 지적을 받고 있었다. 밤에 분만실에 같이 있다가 아침에 출근해서 혼나는 중에 연락을 받았다. 아빠가 되는 순간에 혼나는 사람도 드물 것이다. 첫째는 조그맣게 태어났다. 2.66kg이니까 보통 아가보다 한참 작았다. 아이의 첫 모습은 잘 기억이 나지 않는다. 둘째, 셋째는 그래도 기억이 난다.

아빠의 삶은 그 전의 삶과 확실히 구분된다. 결혼 전은 대부분 친구와 놀이에 치우친 삶이다. 마시고 놀고 몰려다닌다. 오늘은 이 친구 만나고 내일은 저 친구 만나고 밤새 술 마시고 노래하고 게임을 한다. 앞날 걱정이 없고 오늘 벌어 오늘 사는 삶이다. 시간도 많고 능력도 되면 인생에서 제일 즐거운 시절이다. 삶에서 길지 않은 축복 기간이다.

결혼하면 미혼의 자유는 없어진다. 그래도 아직 철은 들지 않는다. 배우자는 동등한 관계다. 책임보다는 구속이라는 느낌이 강하다. 총각 때처럼 놀고 싶어도 잔소리가 무서워 집에 들어오지만 기회만 되면 핑계를 대고 탈출한다. 제일 많이 동원하는 명분이 상가다. 오죽하면 주변 사람의 부모는 다 사망 신고를 했다는 말도 나오고 잠깐 방심하면 죽은 사람 또 죽이는 일도 생긴다. 가기 싫은 학회는 꼭꼭 참석하고 당직도 기쁘다. 그렇게 싫은 예비군 동원 훈련도 기다린다.

아이가 생기면 모든 게 바뀐다. 나를 닮은 조그만 생명체의 위력은 어마어마하다. 남자는 모든 연락을 끊는다. 주변 친구들도 협조한다. 결혼해도 상상할 모든 이유를 대면서 집에서 탈출하던 남자는 이젠 반대로 한 가지 이유로 집으로 들어온다. 아기의 구심력에 남자와 여자, 가정의 모든 에너지가 빨려든다.

아기가 가문에서 첫째거나 절실히 바라던 대를 이을 남자아이라면 흡인력은 블랙홀급이다. 집안의 관심을 송두리째 받으며 성장한다. 예전보다 아들을 선호하지는 않지만 지금도 남자아이를 하나쯤 원하는 마음은 여전하다. 특히 집안의 장남이 받는 압력은 무시할 수 없다. 아직도 아들을 낳으려 무리수를 두는 사람이 많이 있다.

남자는 결혼하면 사회에서 어른으로 대접받는다. 조선 시대에는 어린아이도 장가를 가면 상투를 틀고 어른 대접을 받았다. 가장이 되면 책임감이 있고 가정을 꾸리는 독립된 성인으로 인정을 받았다는 이야기다.

현대 한국 사회는 결혼했다고 상투를 틀지 않는다. 표식도 없다. 결혼반지가 있지만 끼지 않는 사람도 많다. 유부남이라는 말로 결혼한 남자를 지칭하지만 장가든 남자를 상징하는 상투처럼 책임감이나 존중감을 부여하지 않는다.

오히려 가정에 매달리는 자유를 잃은 남자라는 분위기가 있다. 뜻도 썩 긍정적이지 않다. 유부남의 불륜이나 일탈 등 부정적인 뉘앙스가 풍긴다. 남자도 유부남을 일부러 드러내지 않는다. 총각 같다는 말을 은근히 좋아한다. 은근히다.

하지만 아빠가 되었다는 말은 긍적적인 의미가 훨씬 크다. 한 여자의 남편에 아기까지 더하면 주변의 반응은 축하가 압도적이다. 대부분 남자는 아이가 태어나면 책상의 사진이 바뀐다. 자랑스럽게 아이 사진이 올라가고 휴대 전화 화면이나 컴퓨터 배경을 아이 사진이 점령한다. 수다스럽게 자랑을 하지는 않지만 머릿속에는 아이 생각으로 꽉 차고 틈만 나면 집으로 전화를 한다. "아이는? 아이는?" 가끔 아내에게 너무 아이만 챙긴다는 구박을 받으면서 온통 아이 생각뿐이다.

아이를 키우는 기쁨은 인생에서 무엇과도 바꿀 수 없는 축복이다. 특히 갓난아이의 순간순간은 기적과 다름없다. 태어나서부터 자라는 성장이 눈에 보인다. 하루가 다르다는 말을 눈으로 확인한다. 겉모습만 자라는 게 아니라 매일 새롭게 변신한다.

경이로운 시간을 아이와 같이 하면서 아빠는 문득 걱정이 된다. 아이를 키우면서 들어가는 경비를 계산하면 정신이 아찔하다. 아내와 둘이 살 때보다 조그만 아기 하나가 쓰는 생활비가 훨씬 크다. 평소 의식하지 않던 냉난방에 신경을 쓰고 공기청정기를 살까 고민한다.

기저귀 값도 만만찮다. 아이에게 어른 먹을 것을 먹일 수는 없고 분유도 사야 한다. 아기용품은 죄다 새로 장만한다. 아기 옷은 옷감도 적게 들어갈 텐데도 어른 옷보다 비싸다. 유모차에 카시트까지 아이를 키우는 일은 돈을 쓰는 일이다. 아이가 자라면서 돈은 계속 들어간다. 아이 때는 잔병치레도 많아서 소아과 단골이 된다. 초등학교 고학년이 될 때까지 소아과를 많이 다녔다. 그러다 어느 때부터인지 병원에 가지 않는다. 안 아픈 것만으로도 감사하다.

맞벌이가 아니면 아이를 키우는 돈은 아빠가 책임진다. 일의 의미가 달라진다. 돈을 벌어야 할 이유가 명확해지고 일을 대하는 태도도 바뀐다. 돈의 인식 단위도 새로워진다. 총각 때는 술병으로 환산하던 단위가 아빠가 되면 분유통으로 단위가 변한다. 자신이 먹을 것, 쓸 것까지 아낀다.

골초도 아기가 있으면 담배를 끊는다. 밖에서 피든가 나중에 다시 피우더라도 아이 앞에서는 절대 금연이다. 지금껏 자기만 알고 살아온 행동 방식이 송두리째 바뀐다. 모든 일에 아이를 우선순위에 둔다.

아기를 처음 안으면 여러 생각이 든다. 그중 하나가 만약 '나와 아이 중 하나만 구해야 한다면'이라는 무시무시한 질문을 던져 본다. 난 아이를 택하기로 결정했다. 상상 속이지만 스스로 대견했다. 아빠가 되다니 내가 아빠가 되다니. 세상에 나를 닮은 생명체가 존재한다니 하면서 감격했다. 모든 행동과 사고에 아이는 참여한다. 그것도 감시자로.

파놉티콘은 360도를 감시하는 초소다. 아이는 아빠의 초소이자 족

쇄다. 그러면서 아빠를 달리게 하는 눈앞의 당근이다. 아빠에게 설치된 브레이크 겸 액셀러레이터다. 남자는 아빠가 되면 좌충우돌하는 남성성을 일부 포기한다. 대신 자상함이 늘고 책임감이 충만해진다.

마초는 거칠게 남자다움을 과시하는 말이다. 좀 희화화된 돈키오테는 마초의 최고봉이다. 영화에서 최고의 마초는 단연코 슈퍼맨이다. 크립토나이트가 없다면 지구에서 그는 무적이다. 눈에 총알을 맞아도 총알이 튕겨나간다. 처음 극장에서 슈퍼맨을 보고 경악했다. 동경했다. 모든 남자의 마음을 흔들었다. 근육질의 몸은 아놀드 슈왈제네거도 있고 다른 배우도 많지만 하늘을 날고 무너지는 다리를 들어 올리고 심지어 지진으로 가라앉는 캘리포니아 대단층을 들어 올려 맞춘다. 압권은 사랑하는 여인이 사망하자 지구 자전의 반대 방향으로 빛보다 빠른 속도로 날아 시간을 되돌린다. 그는 차원이 다른 남자였다.

슈퍼맨은 그 뒤 여러 시리즈로 나왔다. 영상 기술의 발달로 화면은 갈수록 세련되고 웅장해졌지만 내용과 감동은 첫 편만 못하다. 하지만 영화를 보면서 슈퍼맨의 힘과는 다른 메시지를 발견했다. 바로 아버지다. 슈퍼맨의 고향은 폭발한 크립톤별이고 아버지는 아들을 살리러 지구로 보낸다. 〈슈퍼맨 리턴즈〉 시작 부분의 아버지와 아들의 관계를 나타낸 서사시가 무척 인상적이다.

우리는 비록 죽지만 넌 혼자가 아니다.
나와 같은 힘을 갖고
넌 너의 눈으로 아버지의 삶을
난 나의 눈으로 네 삶을 볼지니
아들은 아버지가
아버지는 아들이 된다.

아버지와 아들의 관계를 가장 극적으로 표현한 말이다.
남자는 세 번 태어난다. 아이로, 남자로, 아빠로.

08

나도 한때는 아들이었다

나는 내 아버지에 대한 기억은 많지만 아빠라 부른 시절은 별로 생각나지 않는다. 내 또래의 아버지들은 대부분 비슷했을 것이다. 내가 초등학교(그때는 국민학교) 5학년 때 교육 때문에 시골에서 도시로 이사했다. 아버지는 직장이 있는 시골에 남았다. 요새말로 기러기 생활을 했다. 경찰 공무원인 아버지는 여기저기 옮겨 다니고 가끔 집에 들렀다. 아버지가 가족과 같이 지낸 건 내가 고등학교 때부터다. 거의 십여 년을 떨어져 살다가 가족에 합류했다.

오랜만에 아버지가 집에 계시니까 어색했다. 낯선 남자가 갑자기 집에 들어와 이래라 저래라 하는 느낌이었다. 한창 예민한 나이 때 통제를 받으니 반항심만 가득 찼다. 그래도 크게 대들지는 않은 듯하다. 자신 있게 말할 수 없는 이유는 나는 대들지 않았다고 생각하는데 그때 부모님 입장에서 생각하면 그렇지 않다고 생각할 수 있기 때문이다. 내가 아이들 키우다 보니 아이들은 자기들이 부모의 말을 잘 듣는다고 우기는데 속이 뒤집힐 때가 너무 많다.

어릴 때 아버지에 대한 추억이 없지는 않다. 아주 어릴 때 형제들과 자는데 밤에 아버지가 과자를 사 와서 모두 "와" 하고 일어난 기억이 어렴풋이 있다. 어머니 말로는 아버지는 삼형제를 매일 목욕시키는 게 즐거운 일과였다고 한다.

내 발목에는 파인 상처가 있다. 초등학교 들어가기 전 아빠와 산에 갔다가 깨진 유리병을 밟았다. 날카로운 모서리가 발목을 찔러 피가 철철 났고 놀라서 뛰어온 아빠의 표정이 어렴풋이 생각난다. 아빠 등에 업혀 산을 내려왔다. 상처가 따뜻하다. 아빠와 내가 가장 오랫동안 접촉한 기억이다.

중학교 때 형과 둘만 버스를 타고 아버지에게 놀러간 기억이 있다. 그때 난생 처음 환타를 먹고 경악했다. 이렇게 시원하고 맛있는 음료가 세상에 있다니. 그리고 만원 버스 운전석 옆에 형제를 태우고 아버지가 기사에게 잘 부탁한다고 신신당부한 기억이 난다.

고1 때 기타를 배우고 싶었다. 집 가까운 학원이 있어 아버지께 말하니 악기를 배우는 것은 반드시 필요하다고 흔쾌히 허락하고 당시 큰돈을 들여 기타를 사 주었다. 지금도 가끔 그 기타를 연주할 때면 아버지 생각이 난다. 1년 동안 거의 매일 학원에서 기타를 쳤다. 꽤 수준이 올랐지만 지금은 잘 안 쳐서 그저 그런 수준이다. 지금도 그 기타는 안방에 있고 가끔 연주한다. 고등학교 2학년 올라가면서 문이과를 결정할 때 아버지의 의견을 듣고 단번에 결정했다. 그게 마지막 순종이었다.

그 뒤로는 반항뿐이다. 다정한 아빠는 기억에 없고 부딪친 일들만 생각난다. 고등학교 때 같이 살면서도 일이 바빠 집에서 같이한 시간은 거의 없었다. 고3 때 방송에서 아버지 이름을 봤다. 당시에는 경감은 상당히 높은 계급이고 진급도 어려웠다. 계급 정년이라 이번에 진급에 실패하면 직장에서 옷을 벗는 막다른 길에 몰렸다고 했다. 그때 제일 많이 생각나는 아들이 나였다고 한다. 대입을 준비하는 아들이라 더 신경이 쓰였을 것이다. 방송에서 경감 승진자 6명 중 아버지 이름이 있었다. 왠지 뿌듯했다.

내 인생의 진로에 가장 큰 결정은 대학 선택인데 이건 전적으로 아버지 뜻이었다. 나는 서울에 있는 공대를 가려고 했다. 그런데 목표한 성적은 나오지 않아 재수를 선언했다. 그해 겨울은 눈이 많이 왔다. 당시 진안에서 근무 중이던 아버지는 차를 타고 집에 와서 나를 설득하고 애원하며 제발 국립의대를 지원하라고 했다. 공무원 월급으로 재수는 못 시키니 학비가 싼 국립대를 가라고 사정을 했다. 형이 대학생이고 동생이 고2인 집안 사정에 당연한 상황인데 난 계속 우겼다. 그러다가 원서를 넣고 바로 휴학을 하겠다고 마음먹었다.

나중에 알고 보니 아버지는 모래재라는 험한 고개를 넘어왔는데 당시 눈 때문에 차량 통제 상태였다고 한다. 한마디로 아버지는 목숨 걸고 온 거다. 그 몇 해 전 모래재에서 버스가 굴러 수십 명이 사망하고 평소에도 차가 수십 미터 낭떠러지로 떨어지는 일이 흔한 악명 높은 길이라는 걸 나중에 알았다.

대학 때 아버지와 격렬하게 부딪쳤다. 군사 독재 시절의 대학은 데모와 휴강의 반복이었다. 학교에는 전경이 주둔하고 낯선 사람이 보이면 하던 말도 멈췄다. 방학 때 책을 읽자는 모임을 했는데 주도한 선배가 대학 투쟁위원장이었다. 딱 한 번 모였는데 경찰서에서 전화가 왔다. 정보과로 나오라고 했다. 정신이 아득했다. 지금은 공권력이 너무 권위가 없다지만 당시는 경찰의 힘은 막강했다.

추운 날 잔뜩 긴장하고 경찰서로 들어갔다. 나를 앞에 두고 자기들끼리 뭐라고 했다. 당시 경찰 고위 간부인 아버지 이야기인 듯했다. 조사를 마치고 시켜 준 점심을 먹고 집으로 왔다. 참고인이라 아무 일은 없을 듯했는데 당시에는 쥐도 새도 모르게 끌려간 뒤 전방으로 보내지던 시절이었다.

아버지는 경찰서를 다녀온 날 나와 담판을 지었다. 당신도 독재 정권이 싫다. 그러나 가족이 먹고 살아야 하지 않겠느냐 하며 품에서 사직서가 적힌 봉투를 꺼냈다. 어차피 아들이 운동권으로 구속이 되면 경찰 간부인 아버지는 옷을 벗어야 한다고 하면서 나보고 조용히 학교를 다닐지 아비가 실업자가 될지 결정하라고 했다. 조용히 학교를 다니겠다고 했다.

방에서 나가는데 내가 이미 학교에서 제적되었을지도 모른다는 소리가 들렸다. 그 소리가 가슴에 오래 남았다. 그래서인지 난 지금도 등 뒤에서 말을 절대 안 한다. 그렇지 않아도 거리감이 있던 아버지와 나는 완전히 남처럼 지냈다.

며칠 뒤 아버지가 풀이 죽은 나를 데리고 서점에 갔다. 읽고 싶은 책을 맘껏 고르라고 했는데 나는 『사회 사상의 흐름』이라는 책을 골랐다. 아버지는 얼굴이 굳었다. 다른 책을 고르라고 했는데 난 고집을 피웠다. 사실 꼭 읽고 싶은 생각은 없었다. 나중에도 읽지 않았고 책 이름만 기억에 남았다. 그걸로 끝이었다. 부자는 어색한 침묵 속에 집으로 왔다.

그 뒤로 대학을 졸업할 때까지 아버지와 부딪힐 일은 적었다. 학교생활은 빡빡했다. 본과에 올라가면서 학습량이 늘어나서 도서관에 있는 시간이 많았고 방학 때는 연극한다고 매일 늦게 들어왔다.

대학교 3학년 때는 시위만 했다. 나중에 6.10 항쟁이 된 민주화 운동 현장이었다. 당시 동생이 전투경찰로 군대를 가서 시위 현장에 있었고 아버지는 진압 부대 쪽이었다. 말로만 듣던 부자 간 대치 상황이 벌어졌다. 아버지는 시위에 큰 말은 안 했다. 다치지만 말라고 했다. 군부 독재는 끝나고 방학 때는 미룬 수업을 보강하느라 정신이 없었고 졸업을 했다.

대학을 졸업하고 서울에 있는 병원에 원서를 넣고 합격했다. 시험에 합격하고 2월 말까지 출근하라고 연락받고 집을 떠났다. 10년 넘게 지낸 방을 정리하고 집을 나왔다. 난생 처음으로 집을 떠났다.

집에는 4년 후에 다시 돌아왔다. 레지던트 시험에 떨어지고 군대를 다녀온 뒤 집에서 생활을 했다. 그때는 직장을 다녀 집에는 거의 붙어 있지 않았다.

그리고 결혼, 이렇게 집을 완전히 떠났다. 부모님 슬하에서 아들로 살면서 대부분 기억은 부모님에게 대든 기억뿐이다. 학교는 잘 다니고 공부도 나름 했다. 하지만 그것 말고 자식으로서 도리를 제대로 했냐고 물으면 쉽게 대답할 자신이 없다. 부정적이고 전투적이라는 말을 들을 정도였다.

사실 나는 부모님의 사랑과 격려를 받을 만큼 받았다. 교육도 최고 교육까지 받았다. 그리고 독립했다. 당시 사회에서 배울 수 있는 한 다 배웠다. 집안 사정이 허락하는 최고의 투자를 받았다.

아들이 성인으로 자라는 중간 과정만 본다면 난 분명 성공적인 성장 과정을 보냈다. 하지만 부모님 입장에서 볼 때 성공적인 아들 키우는 과정이었냐고 묻는다면 그렇다고 말할 자신이 없다.

PART
02

어쩌다 어른,
어쩌다 아빠

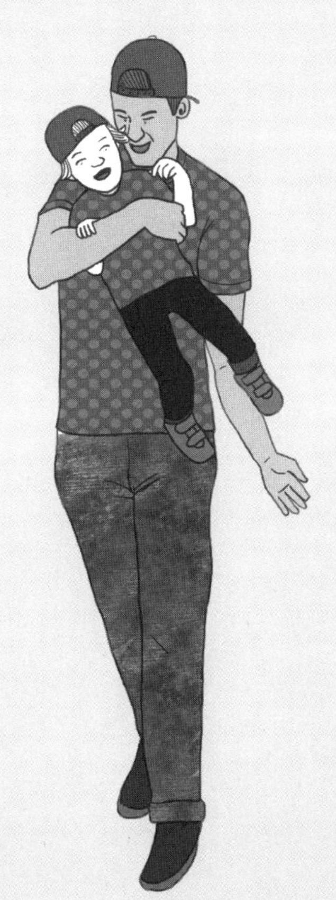

01

나와 아버지

아버지와 아들의 관계는 애증과 도전과 좌절의 관계다. 아버지는 태양처럼 사랑을 비춰 주는 대상이었고 가까이 하기에는 너무 뜨거운 거대한 존재였다. 아들에게 아버지란 어릴 때는 한없이 커다란 울타리였다가 자라면 부수고 나가야 할 장벽이다. 아버지는 경이와 경외의 대상이었다가 극복해야 할 대상이 된다.

아들은 아버지를 존경하고 흠모한다. 하지만 아들이 아버지를 짝사랑할 때 아버지는 바쁘다. 밖에서 거인들과 싸우기에도 힘이 부친다. 집에 오면 아버지는 쓰러진다. 힘을 비축해서 내일 또 전투에 나간다. 아들은 아버지의 힘센 팔과 등에서 놀고 싶다. 그러나 아버지는 피곤하다. 머릿속에는 내일 싸울 적으로 가득하다. 문을 닫고 불을 끈다. 아이는 엄마 손에 부드럽게 그러나 단호하게 끌려 나간다. 그렇게 영웅은 가까이하기엔 먼 존재다.

시간은 흐른다. 아들은 자란다. 어느덧 하늘같이 높았던 천장도 깡충 뛰면 손이 닿는다. 엄마보다는 진작부터 키도 크고 힘도 세다. 갑자기 아버지와 눈높이가 같아진다. 아버지를 더 이상 올려다보지 않는다. 눈앞에서 본 아버지는 주름도 많다. 흰머리도 많다. 영웅은 죽어버렸다.

아버지가 나와 같은 사람에 지나지 않는다는 걸 알면 마음이 복잡하다. 엄마보다 키가 클 때하고는 느낌이 다르다. 아버지가 나보다 키가 작다는 건 받아들이기 힘들다. 양가감정(兩價感情)이다. 항상 나보다 강하고 내가 원하는 건 다 들어 줘야 하고 내가 어려울 때 해결해 주는 아버지 모습과 함께 '이젠 나를 내버려 두세요', '내가 알아서 할게요', '더 이상 내 인생에 간섭하지 마세요' 하는 마음이 공존한다.

자식은 부모 마음에 못을 박으면서 자란다. 행동으로 말로 표정으로. 부모는 자식이 박은 못을 가슴에 품고 비가 오나 눈이 오나 나무처럼 그 자리를 지킨다. 녹이 슬어 녹물이 벌겋게 흘러내리고 세월은 흘러 껍질이 못을 덮는다. 나중에 자식이 못을 빼도 자국은 사라지는 않는다. 부모는 항상 괜찮다고 한다.

아이가 던진 말에 가슴이 많이 쓰리다. 삼키는 건 내 몫이다. 어릴 때 아이의 말과 행동은 그저 귀엽다. "아빠 미워" 해도 귀엽고 "저리가" 해도 귀엽다. 아빠를 통통 칠 때는 "아야"하면서 하나도 안 아프다. 언제

컸는지 흐뭇하기만 하다. 아이가 자라면 말에 압력이 실린다. 한마디 톡톡 던지는 말이 언제부터인지 따끔따끔하다. 아이가 더 크면 이젠 아프다. 아주 많이 아프다. "미워", "싫어"라는 말에 나도 모르게 얼굴이 굳는다.

아이들과 부대끼면서 부딪치면서 가끔 부모님 생각이 난다. 당신들도 자식들을 이렇게 키웠을 텐데. 어머니는 "나도 너희를 그렇게 키웠다"고 하신다. 아버지는 그런 표현을 전혀 하지 않았다. 칭찬을 받아본 기억이 없다.

아주 어릴 때 아버지와 찍은 흑백 사진이 있다. 지금 나보다 훨씬 젊은 아버지. 내가 서 있고 뒤에서 양손으로 어깨를 감싼 사진이다. 나도 전신이 나오고 아버지도 전신이 나온 사진인데 나와 아버지만 찍은 사진으로는 하나뿐이다. 같은 자세로 큰아이와 아내가 찍은 사진이 있다. 나와 내 아이의 표정은 놀라울 만큼 닮았다.

그 뒤 형제들과 어릴 때 아버지가 찍어 준 사진도 있고 그다음에는 대학 입학 때 가족사진 그리고 내 아이들과 할아버지와 찍은 사진으로 점프한다. 손자를 보는 할아버지의 표정은 참 흐뭇하다. 내가 어릴 때 나를 보는 아버지의 표정도 그랬을 것이다. 하지만 기억이 나지 않는다. 내가 기억하는 아버지의 표정은 항상 굳어 있었다.

내가 성장기 때 아버지는 가족과 따로 지냈다. 사춘기에 들어간 남자아이는 세상이 다 싫고 원망스럽다. 세상에서 내가 제일 불쌍하고 불만투성이다. 논리는 없고 감정만 남는다. 행동으로 옮기지 못했지만 항상 가출을 꿈꿨다. 가끔 집에 오는 아버지와는 계속 부딪쳤다. 아버지는 나무라고 난 입 딱 다물고 무언의 반항을 했다.

아버지는 자식에게 말을 함부로 하거나 매를 들지 않았다. 남에게 욕을 먹거나 사회적으로 비난받을 행실도 하지 않았다. 열심히 살고 바르게 사는 쪽이었다. 그런데 낯설었다. 아버지는 초등학교 때부터 할머니와 떨어져 혼자 자취하며 생활했다고 했다. 부모에게 사랑을 받아본 적도 없고 사랑을 표현하는 방법을 배운 적도 없다고 들었다. 항상 자식과 어색해했다. 내가 철이 들고 한 번도 애정 표현을 한 적이 없다. 그나마 같이 지낸 시간도 적다. 무척 낯선 존재였다.

대학을 졸업하고 첫 직장을 서울에서 얻었다. 3월 1일부터 근무인데 이틀 전 전화가 와서 응급실 근무라 인수인계 사항이 많다고 미리 출근하라고 했다. 부랴부랴 짐을 싸서 집을 떠났다. 가방 두 개에 옷과 책을 가득 싸서 기차를 탔다. 두려움 반, 설렘 반으로 아무 생각 없이 집을 나왔다.

나를 보내는 부모님은 생각할 겨를이 없었다. 자식은 부모를 생각하지 않고 자기 일에 바쁘다. 자기를 바라보는 부모님은 쳐다볼 생각을 안 한다. 큰아이는 유치원 다닐 때 어머니가 몇 년간 키웠다. 집으로 아주 데려오는 날 아이가 대성통곡을 하면서 울었다. 당황스러웠다. 다음 날 어머니에게 전화해서 아이는 잘 자고 있다고 했다. 통화를 마치려는데 갑자기 어머니가 "너는 니 새끼만 걱정하냐? 보낸 어미 생각은 안 하냐?"고 하셨다. 너무 죄송해서 어쩔 줄 몰랐다. 몇 년을 재우면서 키운 손주를 보낸 어머니 마음은 얼마나 허전할까? 밤새 보고 싶어 눈물도 났을 것이다.

내가 인턴 수련을 받은 서울 적십자 병원은 지금 보면 중규모 병원이지만 당시는 역사도 오래되고 꽤 큰 병원이었다. 환자도 많고 수술도 많았다. 일이 힘들었지만 처음 하는 수련생활이라 다 그렇게 하는 줄 알았다. 잠도 제대로 못 자고 밥도 먹는 둥 마는 둥 하는 날이 대부분이었다.

어느 날 문득 창밖을 보니 활짝 핀 꽃이 보였다. 계절이 바뀐 줄 몇 달 만에 처음 알았다. 멍하니 밖을 보는 나에게 중환자실 수간호사가 시간은 금방 가니까 조금만 참으라고 위로를 했다. 사람의 말 한마디가 큰 힘이 된다는 걸 다시 느꼈다. 집이 사무치게 그리웠다.

1년 365일 24시간 근무지만 외박 때는 무조건 집에 왔다. 학생 때는 그렇게 떠나고 싶은 집이 정말 가고 싶었다. 휴가를 받아 들떠서 집에 왔는데 3박 4일 휴가 첫날부터 온몸이 다 아팠다. 온몸이 흠씬 두드려 맞은 것처럼 아파 휴가 기간 내내 끙끙대다가 복귀했다. 한 발자국도 집 밖으로 나가지 못했다.

처음 출근할 때 이젠 집을 완전히 떠날 각오로 짐을 정리하고 나갔다. 내가 쓰던 방도 최대한 정리하고 치웠는데 첫 외출 때 집에 와서 습관적으로 내 방문을 열었다. 텅 비었고 이상했다. 내 방이 아니었다. 문을 연 채 들어갈 수 없었다. 한참 서 있다가 그대로 방문을 닫고 뒷걸음질로 물러났다. 뒤에서 어머니가 “재 봐라 아직도 제 방인 줄 안다”고 하셨다. 집을 떠나면 방이 없어지고 돌아올 곳이 사라지는 것을 알았다.

나중에 어머니가 아버지는 내가 짐 싸고 나간 날 빈방을 오랫동안 보면서 "떠나니 섭섭하네. 그래도 오래 데리고 있었네" 했다고 한다. 아버지가 내가 떠난 빈방을 보고 한참을 허전해하고 아쉬움을 감추지 못했다는 말을 듣고 마음에서 찐한 얼음이 녹아 흘러내리는 느낌이 들었다. '아버지는 나를 사랑하시는구나' 하고 느꼈다. 그렇게 아버지와 혼자 화해했다.

나는 아버지에게 직접 대든 기억은 없다. 나의 반항은 항상 소극적이었다. 입 다물고 꼼짝하지 않는 것이 최고의 반항이었다. 또 아버지에게 매를 맞거나 심한 소리를 들은 기억도 없다. 하지만 항상 불편했다. 몇 번의 대화가 다 혼난 기억이라 마음을 꾹 닫고 살았다. 일단 아버지와 말하려면 불편했다.

가장 큰 반항은 고등학교인지 대학교인지 아버지에게 혼난 뒤 방에서 나와 먹던 사과를 담벼락에 힘껏 던진 일이다. 사과는 박살이 났고 그날 악몽을 꾸었다. 대학을 졸업하고 아버지하고 부딪치는 일은 없었다. 졸업 후 집은 쉬는 날이나 휴가 때 잠만 자러 들렀다.

인턴을 마치고 레지던트시험에 떨어져 군대에 갔다. 군대 생활을 힘든 곳에서 했지만 장교라 외박, 외출은 비교적 자유로웠다. 휴가 때도 집에 자주 오고 3년차 때는 후방 근무라 외출도 잦았다. 처음 휴가 나온 날에는 온 가족이 환영하고 대접을 했다. 그런데 몇 번 더 휴가를 나오니까 어머니가 슬그머니 열쇠를 하나 내밀었다. 순간 '뭐지?' 했다. 어머니는 "집 열쇠다" 했다. 앞으로는 집에 올 때 굳이 연락하지 말고 알아서 다니라는 뜻이었다. 열쇠는 그 뒤 한참을 썼다.

제대 후 원하던 과에 2년 연속 떨어져 다시 집으로 들어왔다. 3수 끝에 모교 병원 마취과(지금은 마취통증의학과)에 지원해서 합격하고 전공의 2년차 때 결혼을 했다. 우여곡절이 있었지만 부모님이 적극적으로 나섰다. 지금도 기억나는 건 휴일날 낮잠을 자는데 아버지가 발로 툭툭 차면서 결혼식장 잡았다고 했다. 깜짝 놀라 일어났다. 아마 놔두면 노총각으로 나이를 먹을 듯하고 또 우연히 아내를 봤는데 인상이 괜찮고 해서 결정한 듯하다.

대부분 시아버지가 그러겠지만 아버지는 아내를 많이 챙겼다. 또 손자들에게 한없이 자상했다. 그 모습을 보면서 '원래 저런 분인데 왜 나는 따뜻한 아버지의 기억이 없을까' 생각도 했다. 아마 내가 기억을 하지 못했을 것이다.

전문의를 마치고 개업을 할 때 아버지는 당신이 공무원으로 퇴직한 뒤 돈이 없어 못 밀어줘 미안하다고 했다. 난 키워 주신 것만 해도 평생 고마운데 별 말씀 다하신다고 했다. 이미 내 맘에 벽은 다 사라졌다.

개업 초기 아버지는 전단지를 한 뭉텅이씩 들고 길을 따라 주변 동네를 몇 시간을 걸으며 보는 사람마다 전단지를 나눠 줬다. 항상 자식이 잘되기만을 바랐다. 독립하고도 가까운 지역에 살고 또 같은 교회를 다녀 부모님 댁에는 자주 갔다. 가끔은 아버지와 술을 마셨다. 아버지는 항상 "허허" 웃으셨고 김치만둣국을 끓여 주시곤 했다. 부모님은 그저 계시는 것으로 든든하다.

술기운을 빌려 두 번 속마음을 전했다. "바르게 살아오신 삶을 존경합니다." 아버지는 잠깐 물끄러미 쳐다보더니 "고맙다" 하셨다. 두 번째는 "결혼을 승낙해 주셔서 고맙습니다." 하니까 "시답잖은 소리 하지 마라"고 하셨다. 화해의 시간은 오래가진 않았다. 지금 아버지는 세상에 안 계신다. 살아 계시면 손자들을 참 많이 예뻐하고 가족들과 더 오래 추억을 만들었을 텐데.

당신은 생전에 화장을 원했지만 형과 나는 강하게 묘를 주장했다. 아버지의 흔적이 세상에서 완전히 사라지는 게 너무 싫었다. 생전 모습만큼 무덤이 포근하다. 언젠가는 나도 아버지가 돌아가신 나이를 지날 테지만 아버지는 생전 모습 그대로 내 맘에 있고 나는 아주 어릴 때 아버지 등에 업혀 산을 내려오던 어린아이로 있을 것이다.

생각할 추억이 있는 삶에 감사한다.

02

인생의 무게이자 의미 1,2,3호

빅터 프랭클 박사는 나치 치하의 유대인 수용소에 살아남은 경험을 쓴 책 『죽음의 수용소에서』에서 의미가 있으면 사람은 어떤 환경에서도 삶을 포기하지 않는다고 했다. 사는 이유 중 의미는 큰 부분을 차지한다. 방송에서 아주 힘든 시절을 참아낸 사람들이 꼭 하는 이야기에 "포기하려는데 아이가 떠올랐다, 때려 치려고 하는데 어머니가 떠올랐다"는 말은 빠지지 않는다.

나도 학생 때는 큰 의미나 목적을 찾지 못하고 살았다. 열정이 있거나 치열한 삶은 절대 아닌, 시키는 대로 하는 삶이다. 나름 목표를 세우고 열심히 했던 시기는 고3 때 대입 시험에서 목표 점수를 세운 것이 처음이었다. 대학은 성적에 맞춰서 갔고 생각 없이 학생 시절을 보냈다. 대부분 술 마시다 시험 보면서 가끔 사소한 목표를 세우기는 했다.

사실 인생은 거창한 계획이나 목표도 중요하지만 중간 중간 소소한 목표를 세우고 달성하는 재미도 쏠쏠하다. 책을 읽겠다, 자격증을 취득하겠다, 마라톤을 하겠다 등 능동적으로 도전하는 삶은 지루하지 않다. 거창한 의미를 찾는 삶도 보람이 있지만 자그마한 목표를 이뤄가는 삶도 권할 만하다.

인생의 목적이나 의미는 삶의 어느 지점에 있는가에 따라 계속 바뀐다. 개인의 삶에서도 바뀌고 시대의 요구에 따라서도 바뀐다. 왕조 시대에는 왕에게 충성하고 벼슬을 해서 가문의 영광을 일구는 것이 삶의 목적이었다면 현 시대는 커다란 가치보다는 개인에 초점이 더 맞춰진 시대다.

학생 때는 공부를 해서 성적을 올리고 진학을 하는 것이 의미 있는 삶이었다. 내가 대학생일 때는 민주화 운동이 시대의 소명이었다. 학생 운동은 당연했고 참여하지 않으면 뒤에서 응원을 했다. 한번은 도로에서 경찰과 대치를 하고 있는데 최루탄 연기를 뚫고 나이가 지긋한 분이 다가왔다. 당시 큰돈인 만 원을 쥐어주면서 음료수 마시라고 응원을 보냈다. 힘이 났고 시대의 요구에 앞장서고 있다는 자부심이 들었다.

지금 시대와 다르겠지만 내가 학교를 다닐 때는 삶의 의미를 많이 추구했다. 삶의 본질에 대한 고민도 하고 당연히 철학책은 읽어야 하는 분위기였다. 영화에서처럼 밤새 술을 마시면서 인생에 대한 토론을 하는 시대였다.

하지만 학생 신분에서 의미를 찾는 일은 한계가 있다. 지나고 보니까 진지한 고민이라기보다는 술 마시고 노는 핑계로 인생을 논하고 낭만을 논했다는 생각도 든다. 경제 성장기인 그 시절 대학생은 지금보다 일자리에 대한 고민이 덜했다. 더구나 진로가 정해진 전공의 학생은 현실보다는 현학적이고 뜬구름 잡는 고민이 많았다.

같은 학생이라고 해도 집안 사정에 따라 인생을 대하는 태도가 달랐다. 나처럼 집에서 편하게 먹고 자고 학비 걱정 없이 다니는 학생에게 대학 시절은 심심해서 좀이 쑤시는 시간이었고 수업은 빼먹는 게 낭만이었다. 또 군사 독재 시절이라 암울한 홍콩 르와르가 한창 유행이었고 다들 주윤발처럼 성냥개비를 씹던 시절이었다.

학생 때까지는 인생에 대해 큰 고민이 없었다. 당연히 큰 목표도 없었고 삶에 의미도 막연한 가치였다. 남들 가는 길 따라 생각 없이 보냈다. 생각대로 사는 삶이 아니라 사는 대로 생각하는 삶이었다.

의미는 만드는 것이다. 내가 고민하고 애정과 시간을 들여야 의미가 생긴다. 어려운 시절을 같이한 친구는 동지가 되고, 힘들 때 의지했던 신은 인생의 든든한 후원자다. 무형물도 의미를 부여하면 가치가 있고 소중하다. 인생도 의미 없는 시간은 기억도 나지 않는다. 단지 시간에 따른 사건의 나열일 뿐이다.

'의미를 갖는다'는 말은 시간과 노력과 정성을 쏟았다는 뜻이다. 의미는 극히 개인적인 경험이다. 한 시인은 내가 그의 이름을 불러 주었을 때 비로소 의미가 되었다고 했다. 세상의 숱한 사물과 장소는 무심히 지나가면 배경일 뿐이다. 눈을 맞추고 귀를 기울이며 상호 작용을 하면 눈에 보인다. 수없이 많은 대상 중에 오직 하나만 눈에 보인다. 그렇게 의미가 된다.

인생에서 의미가 전면에 부상하는 때는 내 선택이 끼어들 때부터다. 내가 선택하고 결정하고 고생을 하면서 삶을 살아간다는 생각이 들었다. 삶의 물결에 무기력하게 흘러가다가 비로소 몸무림을 치는 느낌이었다. 세상을 사는 방법에 따라 세상 물결에 튕겨나간 사람, 물결에 쓸려가는 사람, 물결을 박치기하며 나가는 사람이 있다. 대부분 생각 없이 흘러간다. 물결에 저항할 때 자기의 인생이 시작된다.

인턴 과정부터 스스로 고민하고 선택을 했다. 전문의 과정을 마치고 취업과 개업을 고민하다가 남이 주는 월급에 얽매이기 싫어 개업을 택했다. 능력이 있으면 성공하고 없으면 도태되는 삶이 시작되었다. 선택과 책임이 내 몫이 되면 인생의 의미와 무게가 다르게 다가온다.

의식하지 못한 삶의 무게를 본격적으로 느낀 것은 결혼하고부터다. 그래도 성인 둘이 같이 사는 거라고 생각하면 책임이 나에게만 있지는 않다. 더구나 맞벌이를 하면 의존감이 생긴다. 인생의 무게를 같이 나눈다. 남자의 꿈은 셔터맨이라는 말이 있다. 아내가 돈벌이를 하고 자기는 아침에 출근해서 셔터 올리고 퇴근길에 셔터 내리고 낮에는 빈둥거리는 삶을 꿈꾼다고 한다. 가끔 그렇게 살면 참 편할 거라는 생각은 해봤다.

무겁다고 불편한 건 아니다. 무게가 없다면 사람은 지상에서 살지 못한다. 헬륨 가스처럼 둥둥 떠다닐 것이다. 바다에서 다이빙을 할 때는 추를 달고 내려간다. 가벼우면 물속으로 깊이 잠수할 수 없다. 인생도 무게감을 못 느끼면 붕 떠 있는 삶을 산다. 부초처럼 여기저기 안착하지 못하고 떠내려간다.

방랑하는 삶도 멋있다. 김삿갓처럼 발길 닿는 대로 살아보기도 하고 여행자나 수도승처럼 정처 없이 떠나는 것도 의미 있는 삶이다. 하지만 사람들은 대부분 불안한 자유보다 어느 정도 구속이 있더라도 안전과 안정을 선호한다. 집단을 만들고 사회를 만들고 리더를 뽑는 이유다.

평범한 사람의 삶도 가치가 있다. 제자리를 지키고 열심히 살면 다른 사람에게 도움이 된다. 보통사람이 가장 능동적으로 타인에게 도움이 되는 사건은 부모가 되는 일이다. 세상에 존재하지 않는 생명을 만들고 키우는 일은 사회의 연속성에 이바지할 뿐 아니라 태어난 아이에게도 무한한 가치다. 낳아만 놓는 걸로 책임을 다했다고 할 수 없고 아이를 독립된 성인으로 양육해야 진정한 책임을 다했다고 할 수 있다.

의미가 클수록 가치가 크다. 개인에게 가장 큰 의미는 목숨을 걸 수 있을 정도의 경우다. 독립운동을 하는 애국지사는 조국의 독립에 목숨을 건다. 조국이 그의 의미다. 진리를 추구하는 사람은 목숨을 걸고 면벽(面壁) 수련을 한다. 그의 의미는 진리다. 목숨을 건 의미가 크면 위인이 된다. 평범한 사람은 목숨을 아낀다. 그런 그가 목숨을 걸 때가 있다. 가족이다. 특히 자식이다. 자식이 위험하면 평범한 사람도 불길로 뛰어들고 칼을 막아선다. 그 순간 자식은 그의 전부고 인생의 의미다.

위급한 상황이 아니더라도 일상에 자식은 그의 의미다. 자존심이 상하고 수모를 당해도 가족을 부양하고 자식을 잘 키우려고 참는다. 몸이 아무리 무겁고 아파도 가족이 있는 남자는 집을 나선다.

자식이 없는 사람은 현재에 산다. 내 몸 하나 먹여 살리면 만족한다.

오늘 잘 보내면 내일에 대한 걱정이 없다. 극단적으로 이 한 몸 끝나면 된다. 배고파도 내 배가 고프고 아파도 내 몸만 아프다. 하지만 자식이 있는 사내는 넓고 길게 본다. 나를 넘어 자식의 앞날까지 본다. 오늘 쓸 돈도 아낀다. 아이를 키우는 일은 적어도 이십 년을 보는 농사다. 하루만 살던 사람이 수십 년을 계획하는 삶으로 바뀐다.

의미가 없어도 살아갈 수는 있다. 단지 생존에만 관심을 둔다. 무료하게 여기저기 어슬렁거린다. 그러나 의미가 생기면 눈빛이 달라진다. 목표가 생기면 시간을 투자하고 집중한다. 삶이 생기가 돈다.

너에게 묻는다
–안도현–

연탄재 함부로 차지 마라
너는 누구에게
한 번이라도 뜨거운 사람이었느냐!

나를 알아주고 내가 필요한 존재가 있으면 삶이 기쁘다. 힘든 일도 힘들지 않다. 의미 없는 삶이 흘려보낸 시간이라면 의미를 찾는 삶은 만드는 삶이다. 인생의 진정한 뜨거운 순간이다. 삶의 의미와 무게인 존재. 나는 가족이 있고 세 아이가 있다. 그게 내가 살아갈 이유이자 목적이다.

03

좌충우돌 초보 아빠

초보 때는 모든 게 서툴다. 운전도 초보 때는 조심스럽고 불안불안하다. 확인하고 또 확인해도 항상 빠뜨린다. 내가 운전을 배울 때는 수동 변속기 차가 대부분이었다. 자동 변속기 차는 어지간해서는 시동을 꺼뜨리지 않지만 수동은 다르다. 기어와 클러치, 액셀러레이터의 삼박자가 맞지 않으면 바로 시동이 꺼진다. 신호등에서 파란불이 들어왔는데 출발하지 못하는 차는 십중팔구 시동이 꺼진 차다. 당황하면 차가 덜컥거리면서 튄다. 뒤차들도 더 이상 말하지 않고 비켜 간다. 초보 때 시동을 꺼뜨리는 일은 당연하고 그 과정을 거치면서 운전에 익숙해진다.

뒷유리에는 항상 '초보 운전'이라고 큼직하게 써 붙이고 다녔다. 몇

달이 지나서 운전에 자신이 생기면 종이를 뗀다. 종이를 떼어내는 날은 진짜로 면허를 받은 기분이다. 지금도 길을 보면 뒷유리에 초보 운전을 표시한 차들이 많다. 병아리 그림이 대표적이고 여러 표어를 붙인다. '1시간째 직진 중', '앞만 보고 달려요' 등. 슬며시 웃음이 나는 경우도 있고 눈살이 찌푸려지는 글도 있다.

운전뿐 아니라 삶의 모든 부분에서 초보는 반드시 거쳐야 할 과정이다. 초식 동물은 태어나자마자 뛴다고 하지만 사람은 기는 과정을 거치지 않고 걷는 아이가 없듯이 서툰 과정을 거쳐야 다음 단계로 넘어간다. 시행착오와 반복을 통해 익숙해진다.

초보 때는 모두 이해를 한다. 아이가 말을 실수해도 귀엽게 웃어넘기고 신입사원의 "죄송합니다. 아직 제가 서툴러서요" 한마디는 면죄부다. 점차로 경험이 쌓이면서 실수가 줄고 베테랑이 된다. 초보 과정은 사회가 베푸는 유예 과정이고 연습 과정이다. 일정 시간이 지난 뒤에도 초보 때의 마음이나 태도로 방심한다면 가차 없이 퇴출된다. 초보 기간에 최대한 빨리 일에 익숙해지는 것이 생존과 적응의 지름길이다.

결혼도 마찬가지다. 신혼이라는 달콤한 말로 표현하지만 초보 부부란 말이다. 가정에서 아들딸로 이기적인 위치에서 살다가 배려하고 양보해야 할 상대와 좁은 공간에서 사는 일은 자체가 스트레스다. 상대의 눈치도 봐야 하고 의견도 물어야 한다. 내 공간에서 내 시간을 자유롭게 쓰다가 남과 시공간을 공유해야 하는 일은 쉽지 않다. 신혼 초에 연애 감정이 유지될 경우는 양보가 어렵지 않지만 상대에 익숙해지면 원래 습관이 나온다. 이때부터 충돌이 생긴다.

충돌을 극복하고 부부의 역할에 익숙할 무렵 아이가 생긴다. 그러면 다시 초보 부모가 된다. 초보 부부와는 비교가 불가능할 정도로 큰 사건이다. 둘이 살던 공간에 낯선 제삼의 생명체가 자리를 잡는다. 말도 못하고 걷지도 못하는 조그만 생명체다. 할 줄 아는 것이라고는 먹고 울고 자고 응가하는 일뿐이다. 하지만 이 조그만 생명체가 지금까지 보존해 온 엄마 아빠의 인생을 송두리째 뒤흔든다. 인생의 우선순위가 죄다 바뀐다.

초보 엄마도 아이를 키우는 데 실수를 반복하겠지만 초보 아빠는 훨씬 더 당황해한다. 마음가짐과 준비 상태가 다르다. 여자는 임신 중에 어느 정도 엄마가 될 준비를 한다. 미안하지만 대부분 남자들은 생각이 없다. 아이가 태어난 뒤 그때야 허둥거린다. 아빠가 되었는데 어떻게 하지? 뭘 해야 하지? 어쩔 줄 모른다.

아기를 안아 보면 그때 현실감이 든다. 갓난아이는 여기저기 살펴봐도 예쁜 구석이 없다. 쭈글쭈글하고 눈도 뜨지 않은 상태다. 신기하기는 하지만 덜컥 겁도 난다. 안을 때 떨어뜨릴까 겁이 나고 혹시 세게 잡으면 부서질까 무섭다. 출산 과정과 출산 직후에 남자가 할 일은 별로 없다. 병실 밖에서 안절부절못하거나 아니면 아내 손에 꽉 잡히는 일이 전부다.

출산 후 산후조리원에서 있다면 크게 어려움을 못 느낀다. 퇴근하고 아기와 아내를 보고 오면 된다. 진검승부는 아기를 집으로 데려오면서 시작한다. 낮에는 친척 어른들이 같이 있어주기도 하는데 밤에는 아기와 초보 엄마, 아빠만 남는다. 바짝 긴장한다. 아기가 조금만 달라 보여도 장모님, 어머니에게 전화를 건다.

조언을 들을 수 있는 어른, 선배에게 죄다 전화를 한다. 아기가 잘 안 먹어요, 아기가 길게 울어요, 변 볼 시간이 지났는데 변을 안 봐요, 아기가 덜 움직여요, 잠을 너무 자요 등등. 밤을 홀딱 새며 아이를 집중 관찰한다. 이렇게 며칠 지나면 아이는 더 먹을 때도 있고 덜 먹을 때도 있는 걸 알고, 잠을 더 잘 때도 있고 덜 잘 때도 있는 걸 안다. 아이는 다 다르다. 정해진 틀대로 자라는 게 아니라 제 시간표대로 자란다.

갓난아이는 제멋대로다. 아무 때나 자고 깨고 먹고 보챈다. 말 그대로 내 새끼니까 키운다. 아이가 낮에 놀고 밤에 자면 고마울 따름인데 아이의 잠 주기에 반드시 밤낮이 바뀌는 시기가 있다. 아이를 보는 엄마 아빠는 미친다. 아무리 어르고 달래도 밤은 깊은데 눈은 말똥말똥하다. 그리고 놀아 달라고 보챈다.

아이의 눈동자는 참 예쁘고 천사 같다. 어른은 눈에 잡티도 많고 핏줄도 터져 맑지 못한데 갓난아이의 눈동자는 맑음, 그 자체다. 나를 응시하는 그 모습을 보려고 자는 아이를 일부러 깨우기도 한다. 그러나 밤낮이 바뀐 아이의 초롱초롱한 눈빛은 공포다. '이젠 자기는 틀렸구나' 한숨이 나온다. 다행인 건 주변에서도 갓난아기가 있다고 하면 많이 이해를 한다. 아기를 키우면 겪는 과정이라고 응원한다.

다음 날을 생각해서 밤에 부부가 번갈아 불침번을 선다. 잠은 돌아가면서 옆방에서 잔다. 군대에서 보초를 서는 것처럼 시간이 되면 교대한다. 상대가 너무 곤히 자면 더 자라고 교대 시간을 미루기도 한다. 그러다가 어느 순간 잠에 떨어지고 아가가 울거나 보채면 깜짝 놀라면서 깬다.

아빠는 아기를 보는 데 엄마보다 창의적이다. 엄마는 아이와 안거나 업거나 눈을 마주보며 논다. 아빠는 다양한 기술을 구사한다. 보행기에 앉혀놓고 발로 밀기, 이불로 담을 만들고 안에다 안전하게 모셔놓기, 배에 엎어놓고 딴짓하기, 침대 안쪽에 놓고 몸으로 막거나 밑에서나 몰라라 잠들기 등등.

나도 큰아이가 기기 전 침대에 눕혀 놓고 밑에서 잠들었다가 깜짝 놀라 깼다. 분명 침대 안쪽에 잘 눕혔는데 내 얼굴로 떨어졌다. 자다가 호박이 넝쿨째 떨어진 느낌으로 깼다. 아이는 자지러지게 울었지만 다행히 다친 데는 없었다. 아직까지 비밀이다.

기저귀를 갈고 목욕시키기는 일은 아기를 키우는 데 아주 중요한 일이다. 하지만 아빠가 제일 약한 부분이다. 기저귀 갈 때 엄마는 거의 표정 변화가 없는데 아빠는 얼굴을 많이 일그러뜨린다. 이 부분에서 엄마에게 한수 접는다. 목욕시키는 일은 쉽지 않다. 대부분 쫓겨난다. 아기가 좀 클 때까지 목욕은 엄마 전담이다. 나는 옆에서 시키는 대로 보조 역할만 했다. 주먹보다 조금 큰 아기를 익숙하게 몸을 씻기고 머리 감기는 모습을 보면 참 신기했다.

손톱 깎는 일도 고역이다. 아기 손톱은 자주 깎아 줘야 하는데 너무 짧게 깎으면 안 된다. 손톱이라고 손톱깎이 반절 크기도 안 된다. 집중해서 손톱을 깎다 보면 아가가 운다. 나도 모르게 손에 힘을 꽉 줘서 아픈 거다. 바로 아내에게 경고를 받고 물러난다.

아기들 밥 먹이는 건 인내심을 기르는 일이다. 모유를 먹일 때는 할 일은 없다. 분유를 먹일 때부터 아빠도 투입된다. 먼저 온도를 맞춘다. 손등에 떨어뜨려 온도를 확인한다. 물의 양을 잰 뒤 정해진 숟갈을 넣고 분유를 마구 흔든다. 그리고 한 방울 마셔 본다. 참 맛이 밍밍했다.

갓난아기는 분유를 먹인 뒤 꼭 트림을 해야 한다. 이걸 무시하면 토하기도 하고 배에 가스가 차서 배앓이를 한다. 내 큰아이와 동갑인 조카가 갓난아기 때 배앓이가 너무 심해서 응급실로 데리고 갔다. 마침 내가 데리고 가서 피 같은 돈 10만 원을 초음파비로 지급할 때는 속이 많이 쓰렸다. 아기가 트림을 하고 나면 밥을 다 먹인 것이다. 그러면 눕히고 또 달아날 궁리를 한다.

아기가 분유를 다 먹고도 보채면 일단 공갈젖꼭지를 물린다. 엄마는 이가 안 예쁘게 난다고 질색을 한다. 이는 나중 문제고 일단 편하고 싶다. 가끔 아기가 밥을 안 먹으면 아빠는 계속 젖병을 물린다. 결국 토할 때도 있다. 포대기로 업고 다녀도 아기는 엄마 등과 아빠 등을 구분한다. 아빠가 옆에 있으면 아기는 더 울고 엄마가 옆에 있으면 희한하게 울음이 그친다. 아기와 둘만 있으면 아빠는 무섭다. 계속 SOS다.

이래저래 초보 아빠는 계속 초보다. 아빠가 초보를 벗어나는 지름길이자 가장 확실한 방법은 아기가 자라는 길뿐이다.

04

아찔한 순간들

아이를 키우면서 누구나 즐거운 때만 있기를 바라지만 속상할 때나 아파서 안쓰러울 때를 피할 수 없다. 아이는 굉장히 활동적이고 호기심이 많다. 여기저기 안 뒤지는 곳이 없다. 지나고 나서 생각하면 온몸에 소름이 돋은 적이 수없이 많다. 그래서 아이는 저마다 지켜 주는 천사가 있다고 한다.

나도 아이들이 자라면서 아찔했던 순간들이 여러 번 있었다. 다행히도 크게 다치거나 어긋나지 않고 잘 자라 줘서 너무 고마울 뿐이다.

맨 처음 걱정이 된 일은 큰아이가 배 속에 있을 때다. 아내가 걱정스러운 목소리로 애가 놀지 않는다고 전화를 했다. 그럴 수도 있지 했지만 전화를 끊기 전부터 불안감이 확 올라왔다. 부랴부랴 산부인과를 갔다. 다행히 아이의 심장 박동 소리는 "쿵쿵쿵" 잘 들렸고 초음파 검사 결과 애는 잘 있었다. 첫아이 임신 후 초보 엄마 초보 아빠가 경험한 첫 긴장감이었다.

큰아이는 다행히 잘 먹고 잘 자랐다. 아파서 병원치레는 별로 하지 않았다. 그래도 자잘한 사건은 여러 번 있었다. 유치원 다닐 때 친척집에 다녀오는데 길에서 뛰다가 택시와 부딪쳤다. 택시 바퀴가 아이 발등을 넘었다. 순간 온몸이 정지되고 머리가 하얗게 되었다. 다행히 아무 일 없었다. 아이는 깜짝 놀랐고 10년이 지난 지금도 그때를 기억한다.

가장 큰 상처는 집에서 자전거를 타고 놀다가 발코니에서 넘어진 뒤 생겼다. 입술 아래 턱이 찢어져 맞창이 났다. 다행히 이는 괜찮았지만 상처는 깊었고 여러 바늘을 꿰매고 흉터가 남았다.

유치원 다닐 때 가까운 고등학교 체육관을 빌려 재롱잔치를 했다. 2층에서 보는데 아이가 두리번거리더니 열린 문으로 쏜살같이 뛰어나갔다. 날은 어둑어둑하고 깜짝 놀라 따라 나갔다. 다행히 선생님이 아이를 붙잡았다. 어린아이들은 보기보다 훨씬 빠르다. 뛰어나가면 찾기 힘들다.

또 집 부근 소아과를 다녀오다가 횡단보도에서 먼저 뛰어가더니 사라졌다. 유치원 때지만 집에는 갈 수 있을 거라고 생각했는데 집에 없었다. 심장이 두근거리고 어쩔 줄 모르고 있는 중에 전화가 왔다. 같은 아파트 다른 층에 사는 아주머니가 애가 길을 잃은 것 같아 데리고 집에 있다고 했다. 같은 동이니까 안면이 있었다. 아이가 말하길 아빠랑

같이 나왔는데 "아빠가 없어졌다"고 했단다. 졸지에 길을 잃은 아빠가 되었다. 엄마가 가니 안방에서 다리 꼬고 누워서 과자 먹고 있더라고 했다. 애를 보호한 아주머니께 지금도 매우 감사한다.

큰애는 성격도 순해서 크게 사고 치거나 부모를 놀라게 한 일은 적다. 둘째, 셋째는 좀 달랐다. 둘째는 기어 다닐 때부터 호기심이 많았다. 닥치는 대로 뒤지고 잡아당겼다. 한번은 가족들이 모여 있는데 와장창 소리가 났다. 난을 심은 화분을 잡아당겨 넘어져 화분이 깨지고 주위가 흙투성이가 되었다. 얼른 뛰어가 안았는데 다친 데도 없고 울지도 않았다. 눈만 깜박거리고 있었다. 화분이 거의 아기 몸만 한 크기였는데 다행히 다른 방향으로 넘어졌다. 그 당시 이를 악물고 기어 다니는 영상을 보고 있으면 그때 모습이 생생히 떠오른다.

딸은 유난히 잔병치레를 많이 했다. 유행하는 병도 다 걸렸다. 수두도 앓고 신종플루도 걸렸다. 1주일간 학교를 안 가니까 좋아라 하는데 헛웃음이 나왔다. 하긴 나도 그 나이에 학교 가기 싫으면 아프고 싶던 기억이 있다.

세 아이를 키우면서 가장 떨었던 때는 딸이 두통이 심해 단골 소아과에서 정밀 검사를 권유받았을 때다. 친한 후배인 소아과 원장이 조심스럽게 두통 양상이 보통하고 다르니까 검사를 해보라고 말했다. 의사들이 조심스럽게 정밀 검사를 해보라고 할 때는 중한 병일 때가 많다. 두통에 대한 이 말의 의미는 뇌 안에 신생물이 생겼을 수 있다는 말이다. "형님, 별일 있겠어요?" 했지만 나중에 물어보니 이런 두통이 있는 아이 중 몇 명에서 뇌종양이 발견되었다고 한다.

병원 문을 나서면서 다리가 후들거렸다. '그럴 리 없어' 하면서도 자꾸 나쁜 생각이 들었다. 괜히 왈칵 눈물도 났다. 종합병원에 MRI 촬영 예약을 했는데 한 달 이상 기다려야 했다. 아내도 어쩔 줄 모르고 며칠이 지났다. 하루 종일 머릿속이 복잡했다. 후배와 통화를 하니 꼭 큰 병원 아니더라도 사진만 찍어 확인하면 된다고 했다. 그리고 나쁜 병은 아닐 거라고 격려를 해줬다.

가까운 영상의학과에서는 바로 찍을 수 있다고 했다. 한달음에 애를 데리고 달려갔다. 평소 두통이 있던 아내도 MRI를 같이 찍고 결과를 조마조마하니 기다렸다. 아내에게 전화가 왔다. 둘 다 뇌는 깨끗하다고 했다. 나도 모르게 기도가 나왔다. 속으로 방정맞게 딸을 잃는 거 아닌가 걱정까지 했는데 결과를 듣고 만세를 부르고 싶었다.

둘째는 수술도 했다. 큰 수술은 아니지만 발바닥에 티눈이 나서 수술을 했는데 입원하는 동안 엄마가 병실을 지켰다. 나중에 들으니 수술하면서 얼마나 고래고래 소리를 질렀는지 외과 선생님이 참 힘들었다고 했다. 그래도 수술이라고 환자 옷 입고 병실에 누워 있는 모습을 보니 짠하고 기특했다.

상상하기 싫은 장면도 있었다. 가족들과 차를 타고 외출했다가 뒷자리 창문을 올리는데 느낌이 이상했다. 돌아보니 딸이 머리를 내놓고 창밖을 보는데 창문을 올린 거다. 딸은 십 년 넘은 그 순간을 정확히 기억하고 있다. 아무 일 없었지만 순간적으로 너무 놀란 사건이고 그 뒤로 아이들 안전에 더 신경을 썼다.

딸은 팔을 데기도 했다. 엄마랑 요리하다가 프라이팬이 닿았는데 꽤 깊게 화상을 입었다. 성형외과를 다니면서 두 달 넘게 치료했는데 흉터가 한참을 갔다. 팔을 보면서 너무 미안했다.

막내도 크게 다친 적이 있다. 초등학교 때 식당 주차장에서 폴짝폴짝 뛰다가 넘어져 안전바에 눈을 찧었다. 피가 철철 났다. 깜짝 놀라 뛰어가니 오른쪽 눈이 피투성이였다. 최대한 냉정하게 피를 닦고 상처를 살폈다. 다행히 안구는 괜찮고 눈썹 부위가 꽤 깊게 찢어졌다. 밤이 늦어 응급실로 가서 꿰맸다. 다행히 애도 잘 참고 흉터가 거의 생기지 않는 부위라고 했다. 잘 참은 아이가 대견하다.

아이가 다치거나 속상하게 할 때는 왜 이런 시련을 주시나 했는데 지나고 나면 그때 들인 정성과 노력이 아이에 대한 사랑을 더 굳게 만든다. 미운 정 고운 정 다 든다는 말이 있다. 아이를 키우면서 평탄하고 예쁜 모습만 봤다고 하면 편하게는 키웠어도 한쪽 면만 보고 키운 꼴이다. 귀족처럼 아이를 낳기만 하고 유모에게 맡겨서 키우면 부모자식 간의 강한 정서적 결합이 생길까 의문이다.

아이를 키우는 과정에 즐거운 일만 있지는 않다. 잠도 못 자며 고생도 하고 마음앓이도 하고 간절하게 기원도 한다. 아이를 낳을 때 나이는 보통 20대 후반에서 30대 초반이다. 당시는 세상과 인생을 다 아는 것처럼 생각했지만 지나고 나면 그때는 어렸다는 말이 나온다.

애를 키우면서 부모도 같이 자란다. 특히 첫아이는 좌충우돌하면서 키운다. 배우면서 키운다. 둘째도 크게 달라지는 건 없다. 아이가 울거나 보채도 당황하지는 않는다. 하지만 고생은 똑같다. 도리어 보살필 아이가 둘이 되고 또 애가 큰 기간만큼 부모도 나이를 먹으면 몸이 매우 힘들다. 무엇보다 아이는 개성이 다 다르다. 큰애와 둘째는 닮은 데가 없다. 새로 적응한다. 셋째는 또 다르다. 그래도 경험이 쌓여 여유는 생긴다. 깨물어 안 아픈 손가락 없다고 한다. 애들은 다 예쁘고 다 밉다. 단지 아이 셋을 키우고 하는 말이 아니라 조카까지 일곱을 갓난아기 때부터 자주 접하고 부대끼면서 느낀 결론이다.

아이를 키우다 아찔한 순간을 극복하면 스스로 대견하다는 생각이 들고 진짜 아빠가 되었다는 자부심에 뿌듯하다. 아이는 아무 생각이 없는데 혼자 운명 공동체라는 생각도 한다. 아이가 어릴 때는 아프거나 사고가 제일 걱정이다. 또 속상한 마음이 드는 것은 대부분 아프고 다칠 때다. 그러다가 어느 정도 크면 자잘한 사고는 벗어난다. 그다음에는 학교 문제, 친구 문제, 학습 문제나 부모에 대한 반항이 수면으로 올라온다.

아이가 학교 다닐 때 제일 무서운 전화는 학교 선생님에게 오는 전화다. 좋은 일에는 전화가 거의 오지 않는다. 대부분 사고를 치거나 문제를 일으킬 때 학부모에게 전화를 한다. 많지는 않지만 전화를 받았다. 심장이 뚝 떨어지는 느낌이다. 그럴 리가 없는데 우리 애가 그럴 리가 없는데 부정을 하지만 야속하게도 전화 내용은 틀리지 않는다. 대부분 엄마가 학교로 가서 죄송하다고 거듭 사죄를 한다. '그럴 수도 있지' 하지만 마음이 불편하기는 마찬가지다. 사안을 판단해 애를 혼내거나 위로하지만 학교 선생님 전화는 참 피하고 싶다.

예외는 있다. 막내가 중학교 2학년을 마칠 무렵 담임 선생님이 엄마에게 전화를 했다. 아이가 학기 초와 너무 달려졌다고 칭찬을 하려고 일부러 전화를 했다고 한다. 인사치레니 했는데 다시 전화가 와서 진심으로 아이의 변화를 칭찬한다고 했다. 그제야 뭉클했다고 한다. 이런 전화는 수십 번을 받아도 기쁘고 수백 번을 이야기해도 흐뭇하다. 아이를 키우면 팔불출이 된다.

지금은 아이들이 어느 정도 자라 자잘한 사고는 없다. 하지만 내 부모님을 보더라도 자식이 아무리 장성해도 바람 잘 날은 없는 것 같다. 자식에 대한 관심과 애정은 걱정과 비례한다.

05

나는 매일 집으로 출근한다

내가 어릴 때 아버지의 권위는 절대적이었다. 밥상도 따로 차리고 아버지가 쉴 때는 "아버지 주무신다" 한마디면 조용히 하라는 소리였다. 밖에서 힘들게 일한 아버지의 휴식 시간을 방해하지 말자는 가족의 약속이었고 꼭 필요할 때만 아버지께 조심스럽게 부탁하는 분위기였다.

어머니의 증언에 의하면 아버지가 젊었을 때는 밥상을 늦게 차리면 상을 뒤집었다고 한다. 그래서 밥그릇과 간장 종지 하나라도 일단 내놓았다고 하는데 상상이 되지 않았다. 내가 보기에는 설거지나 집안일도 자주 하는 분이 그랬나 의심이 들 정도다. 군사부일체 시절에 집에서 아버지는 왕이었다.

세상은 빨리 변한다. 내가 자랄 때 흔하던 가부장적인 남자는 이제 역사책이나 영화 속에서 볼 수 있다. 그것도 고리타분하고 시대에 뒤떨어진 이미지로 나온다. 맞벌이가 일반화된 현대 사회에서 더 이상 외벌이 때 아버지상을 유지하는 것은 무리다.

내가 어릴 때 아버지는 가끔 요리도 하고 실거지도 했지만 당시 세대에 흔한 일은 아니었다. 객지 생활을 오랫동안 해서 청소나 요리가 몸에 배긴 했더라도 가족이 있는 집에서 일부러 집안일을 하지는 않았다. 남자는 큰일을 해야 한다고 하던 시절이었고 집안의 중요한 일은 가장이 최종 결정했다.

그렇게 막강한 힘이 있었는데 나중에 생각해 보니 아버지만의 공간이 없었다. 형편이 괜찮은 집은 서재라고 해서 아버지의 공간이 있는 경우도 있지만 평범한 가정은 안방, 아이들방, 거실, 부엌의 구조였다. 형제가 다 독립하고 나가니까 빈방이 아버지의 서재가 되었다. 아버지가 서재를 꾸미고 정리하며 신나셨다는 말을 나중에 어머니에게 듣고 의아했다. '집이 다 아버지 집인데 굳이 개인 공간이 필요할까'라는 생각이 들었다.

생각해 보면 안방을 부모님이 쓰지만 아버지는 개인 공간이 없었다. 어머니는 작지만 화장대와 옷장이 있고 부엌이라는 큰 공간이 있었는데 아버지는 책장이나 옷장도 따로 없었다. 한참 지나 안 사실이다.

출근의 반대는 퇴근이다. 출근은 일하러 집에서 나서는 것이고 퇴근은 쉬러 집으로 들어오는 것이다. 다른 말로 일터에서 떠난다는 뜻이다. 재택근무자나 자영업자는 출퇴근이 섞일 경우도 있지만 일반적인

생활인의 삶은 출퇴근이 구분된다. 퇴근의 의미는 휴식을 기본으로 한다. 휴식은 편안한 공간이 있고 편안한 시간이 있어야 가능하다. 다른 사람 눈치 보지 않고 방해받지 않는 공간과 몸과 마음이 이완될 시간이 있어야 한다.

그런 의미에서 요즘 남자는 퇴근이 없다. 일단 집에는 남자의 공간이 없다. 방은 아이들이 하나씩 차지하고 있고 안방은 아내의 공간이다. 또 아파트에 하나씩 있는 옷방은 아내의 영역이다.

결혼하기 전에는 내 방이 있어 가족과 독립되어 있을 수 있었고 내 물건을 늘어놓을 수도 정리할 수도 있었다. 또 책장에는 내 책을 꽂고 컴퓨터는 나 혼자 썼다. 차도 내 차였다. 좋아하는 음악도 맘대로 들을 수 있고 일이 없을 때는 방에 틀어박혀 글을 읽든 잠을 자든 그림을 그리든 내 자유였다.

일하는 시간과 가족 행사 등을 제외하고 내 의지대로 시간을 보냈다. 가끔 남는 시간을 주체할 수 없을 정도였다. 내가 번 돈은 내 마음대로 쓸 수 있어 농담으로 친구나 후배에게 "돈 좀 쓰자. 돈 쓸 일 좀 만들어라"라고 호기를 부리기도 했다.

결혼하고 아빠가 된 뒤 남자는 사라진다. 먼저 남자가 버는 돈은 남자의 것이 아니다. 가족의 돈이다. 항상 모자라기 때문에 남자가 스스로 쓸 수 있는 돈은 거의 없다. 또 아빠가 되면 돈을 쓰기가 아깝다. 술 한잔 마셔도 밥 한 끼 먹더라도 이 돈이면 우리 애들 과자가 몇 봉지인데, 아이들 삼겹살을 먹일 수 있는데 계산을 한다. 여자는 더하겠지만 남자도 아빠가 되면 모든 소비와 행동의 기준이 아이와 가족이 된다.

차는 유일한 남자의 공간이다. 출퇴근 시간에 차 안에서 남자는 해방감을 만끽한다. 방해받지 않고 음악도 듣고 내부도 꾸밀 수 있다. 하지만 이마저 퇴근 후나 공휴일에는 가족의 차가 된다. 관광차나 통학차로 바뀐다. 아이들이 어릴 때는 동요에서 뽀로로송까지 아이들 노래만 듣는다.

아빠의 시간도 가족의 시간이다. 퇴근 후 절대 휴식은 불가능하다. 아이와 놀아 줘야 하고 집안일을 거들어야 한다. 어쩌다 피곤해서 양해를 구하고 쉬어도 마음은 불편하다. 이래저래 남자의 공간은 없다.

나도 집에 내 방이 없다. 방은 전부 아이들이 차지하고 나의 독립된 공간은 없다. 모든 취미는 미뤘다. 아이들은 자라면서 아빠의 영역을 급속도로 침범한다. 싫지는 않다. 오히려 격려한다. 아빠가 듣던 음악을 소개하고 아빠가 읽은 책을 권한다. 아이들은 맘에 들면 "가져갈게요" 하고 재빨리 가져간다. 한때 아빠의 소장품은 아이들 방에 나뉘어 꽂혀 있다.

안방은 가족의 방이다. 시도 때도 없이 벌컥 열고 들어온다. 아이들 방은 함부로 들어갈 수 없다. 노크하지 않으면 뭐라고 하면서 아빠가 쉬고 있는 안방은 공용 공간이다. 집에서 아빠는 사생활이 없다.

텔레비전은 아내와 아이들 차지가 된 지 오래고 아빠가 좋아하는 프로그램은 항상 뒷전이다. 리모컨은 아이들이 잠든 늦은 밤에 되어야 아빠의 손에 들어온다. 늦은 밤 술 한잔 마시면서 소파에 비스듬히 누워 영화를 보다 자신도 모르게 잠들기도 한다. 내일 출근해야 하는 평일에는 여유도 사치다.

집의 컴퓨터는 거의 아이들 전용이다. 아이들 숙제와 게임용이다. 바탕화면에는 아이들 폴더만 잔뜩 깔려 있다. 아빠가 컴퓨터를 쓰고 싶어도 아이들 과제가 있으면 물러나야 한다.

아이들이 어릴 때는 아이와 놀고 목욕시키고 재우면 하루가 끝난다. 아이가 학교를 다니면 과제를 마치거나, 학원을 다니면 학원에서 돌아와서 간식을 먹고 잠이 들면 그제야 하루가 끝난다. 아이들이 자라서 밖으로 놀러 나가면 늦게라도 집에 들어와야 하루가 정리된다. 이것저것 아이들 일이 마무리가 되어야 편하게 잠자리에 들 수 있다. 거의 매일 같은 반복이다. 오늘 참 길다고 느끼며 누울 때면 늦은 밤이다. 아침이 되면 또 일하러 출근한다.

어떤 면에서는 직장이 더 편하다. 직장에서 남자는 자기 공간이 있다. 직급이 낮으면 책상이 있고 직급이 높으면 방이 있다. 자영업을 하면 직장이 내 공간이다. 직장에서 업무로 스트레스를 받더라도 대부분 자기 영역에서는 존중을 받는다. 직급에 따라는 힘을 과시할 수도 있다. 가족은 아빠를 잠옷 입은 남자 어른으로만 대하지만 사회에서 남자는 김 과장, 이 사장, 박 원장으로 직함을 앞세우고 조직원을 거느린 파워맨이다.

아이들도 학년이 오르고 나이가 들어 세상을 알면 아빠의 사회적 위치에 관심을 갖는다. 잘나가는 아빠는 자부심의 대상이 된다. 그래도 가정에서 아빠를 대하는 모습은 별로 달라지지 않는다. 엄마 아빠가 이룬 사회적 성취는 세상에 나가면서 다시 보기 시작한다.

가끔 아빠도 집에 들어가기 싫을 때가 있다. 약속이 있다면 그 시간은 자유다. 집으로 출근 시간을 늦추는 거다. 시간이 늦어 전화가 오면 그때서야 들어간다. 잔뜩 취하는 게 낫다. 술 냄새가 심하게 나면 얼른 씻고 들어가 자라고 타박한다. 대충 씻고 잠자리에 눕는다.

학생 때 수업을 빼먹는 걸 '땡땡이'라고 한다. 일탈은 항상 짜릿하고 유혹적이다. 집안일을 하루 땡땡이치면 짜릿하다. 직장은 피할 수 없지만 집안일은 피해도 지장이 없다. 거기에 일 때문에 못 마시는 술을 먹고 피곤에 쩐 모습으로 들어오면 인정도 받는다. 일거양득이다. 지나치지 않는다면 회식은 직장과 집에서 양쪽을 한번에 벗어날 수 있는 기회다.

남자도 집에서 쉬고 싶다. 사람 만나기를 좋아하면 회식이 좋지만 휴식이 좋은 아빠는 집이 좋다. 해주는 밥 먹고 방해받지 않고 자기 시간을 가지고 싶다. 하지만 현실은 집으로 오는 발걸음이 무겁다. 사춘기 아이들은 더 이상 아빠를 반기지 않는다. "오셨어요?" 한마디면 끝이다. 아내가 반겨 주고 챙겨 주면 다행이지만 그렇지 않는 날은 외롭다. 아이들이 대들거나 일이 있으면 휴식은 물 건너간다. 집안의 일을 해결하고 가족과 신경전을 펴면 직장보다 피곤하다. 차라리 기러기 아빠가 부럽기도 하다. 원룸을 잡고 혼자 살고 싶은 생각이 굴뚝같다.

돈을 버는 일은 아주 중요하다. 그런데 돈을 버는 아빠는 인정받지 못한다. 빈자리가 생겨야 그제서야 중요한 걸 안다. 이래저래 아빠는 힘들다.

06

아빠의 잔소리

아이들이 어릴 때는 그저 보고만 있어도 예쁘고 행복하다. 자는 모습도 사랑스럽고 먹는 모습도 사랑스럽다. 엄마, 아빠를 찾는 목소리는 천상의 하모니로 들린다.

아이들이 자라면 슬며시 욕심이 생긴다. 이왕 키우는 김에 남보다 잘 키우고 싶고 또 내가 고생하는데 아이가 잘 자라서 보람을 느끼고 싶은 마음이 생긴다. 사실 딱 거기서 멈춰야 한다. 속으로 생각하고 밖으로 나타내지 않는 게 맞다고 마음먹지만 쉽지가 않다.

아이를 키우면 "욕심은 내려놔라"는 충고를 많이 듣는다. 세상에서 제일 맘대로 안 되는 일이 아이를 내 뜻대로 양육하는 일이다. 아이는 독립된 인격체면서 자기 인생이 따로 있다. 어릴 때는 부모의 의지대로 자라는 듯해도 바로 제 갈 길을 간다. 아이의 독립성을 존중하지 않으면 충돌이 생기고 부모가 너무 강하면 의존적인 성격으로 자라 인생이 끌려 다닌다.

산책을 나가면 아이는 종종 먼저 통통 뛰어간다. 그럴 때 위험하다고 내 뒤에 따라오라고 하는 부모는 없다. 넘어지지 않게 조심하라고 하면서 뒤에서 따라간다. 다치지 말기를 바라면서 아이를 지켜보기만 한다. 아이는 무섭거나 낯설면 부모에게 돌아오거나 가끔 돌아보며 보호자를 확인한다. 그리고 또 뛰어간다.

아이의 성장하는 과정에서 부모의 태도도 비슷해야 한다. 아이를 내 뜻대로 만들기보다는 인생을 스스로 탐구하고 시행착오를 하는 과정을 겪을 때 부모는 뒤에서 지켜보고 응원해 주는 역할에 머물러야 한다. 시행착오를 줄이면 더 빨리 성공하고 다른 기회를 가질 수 있지 않을까 생각하지만 인생은 성공만으로 이루어지지 않는다. 실패도 소중한 경험이고 또 지나면 추억이 된다. 부모가 실패의 기회를 뺏는 건 아이 인생의 한 축을 없애버리는 행위와 같다.

가능하면 아이에게 부모의 욕심을 강요하지 않으려 하지만 그래도 바람이 목에까지 올라온다. 인생을 먼저 산 선배로서 아이들에게 바라는 것이 몇 가지 있다. 아무리 말해도 아이들은 듣기 싫다고 “잔소리, 잔소리” 하면서 귀를 막고 도망간다. 그래도 열심히 이야기를 한다. 콩나물시루에 물을 주면 물은 밑으로 다 빠져 내려가도 콩나물이 쑥쑥 자라듯 부모의 바람을 흘러들어도 사는 데 도움이 되리라는 마음으로 한 말 또 하고 또 한다.

아빠가 아이들에게 들려주는 말을 적은 책은 많다. 『아들아 너는 인생을 이렇게 살아라』라는 베스트셀러도 있고 다른 책도 많다. 내용은 다 비슷하다. 동양이나 서양이나 과거나 현재나 부모의 바람은 같다. 자식이 부모보다 잘되고 세상에서 인정받기를 바란다.

나도 우리 애들이 나보다 잘되고 성공하고 세상에서 인정받고 행복하게 살기를 기원한다. 부모로서 아이들에게 자주 강조하는 말이 있다. 내가 세상을 살다 보니까 중요하다고 느끼는 점이기도 하고 또 내게 부족했던 점일 수도 있다. 대부분의 부모, 아빠가 아이에게 하는 소리는 비슷비슷할 것이다. 성실해라. 정직해라. 최선을 다해라.

세상을 사는 공식, 성공하는 법칙은 어느 시대 어느 사회나 비슷하다. 기원전 수메르 시대의 점토판에도 "요즘 젊은 것들은 버릇이 없다"고 적혀 있다고 한다. 세상의 작동 방법, 갈등 구조는 변하지 않았다는 말이다. 심지어 미국 펜실베이니아대 박물관에 있는 기원전 2000년경 수메르인의 점토판 내용에는 "오전에 암송을 하고 오후에 필기 연습을 했다. 시험을 봤는데 암송할 때 불필요한 동작을 한다고 선생님에게 맞았다. 필기도 제대로 못해 또 맞았다"는 말도 나온다. 오늘날 학생 모습과 다를 바 없다. 지금도 학생에게 공부가 제일 부담이지만 수천 년 전에도 공부는 중요하고 만만한 게 아니었다.

세상은 어지러울 정도로 빨리 변한다. 폴더폰이 나온 기억이 아직 선한데 어느새 휴대 전화가 필수품이 되었다. 학생 때 배운 지식은 더 이상 사회에서 써먹을 수가 없다는 이야기는 상식이다. 하루아침에 사라진 직업도 셀 수 없다. 변화가 너무 심해 변화를 따라가기 힘들다.

그래도 사람의 본성은 변하지 않는다. 인문학이 갈수록 각광을 받는 이유가 사람의 본성을 성찰하는 학문이기 때문이다. 수천 년 동안 내려온 사람의 갈등과 대화, 타협의 방법이 시대를 건너 지금도 효과가 있다. 칼을 쥐고 싸우던 사람들이 핵무기를 놓고 위협하는 방법으로 바뀌었을 뿐 사람의 본성은 변하지 않았다.

아버지의 아버지의 아버지부터 내려온 교훈이나 가훈이 지금 시대에도 유용하다. 오히려 고전으로 칭송을 받고 앞다투어 배운다. 일상생활에서 내가 아이들에게 하는 잔소리도 달라진 것은 없다. 일찍 일어나라. 주변 정리 잘해라. 약속 잘 지켜라. 성실하라. 지나치게 감정표현하지 마라. 낭비하지 마라 등등이다.

싫었지만 나도 아버지의 통제와 잔소리를 들으며 자랐다. 중학교 때 혼자 새벽 영어 방송을 듣는다고 책을 신청하고 며칠 듣다가 관뒀다. 책은 깨끗한 채로 다달이 쌓이고 한참 뒤 아버지에게 책을 들켜서 된통 혼났다. 의지가 없고 낭비했다고 나무랐다. 고개만 숙이고 인상을 쓰면서 들었던 기억이 있다.

대학생 때 친구가 내 방에서 며칠 같이 지낸 적이 있다. 하숙비를 술로 탕진한 뒤 갈 데가 없어 우리 집에서 숙식을 해결했다. 방학 때고 돈도 없어 사흘 밤낮을 10원짜리 고스톱을 쳤다. 현금이 오간 건 아니고 장부에 적었다. 정산하니 내가 370원을 땄고 지금까지 받지 못했다. 새벽까지 고스톱을 치는데 문이 빼꼼 열렸다. 아버지가 아들 방에 불이 켜져 있고 소리가 나니까 쳐다보신 거다. 번개처럼 몸을 날려 불을 껐

다. 아무 일 없는 것처럼 누웠다. 친구와 수십 년 지난 지금도 그때 일을 이야기하며 웃는다. 지금 내 아이들과 실랑이하는 모습, 아이들 방문을 빼꼼 열면 "꽝" 문을 닫는 모습이 그때와 똑같이 겹친다.

아이들의 인생에 어디까지 끼어들어야 하나 항상 고민한다. 생각 같아서는 "나를 따르라" 하고 싶은데 일단 애들이 따라오지 않는다. 큰애는 초등학교 때부터 선을 그었다. 자기에게 장래 직업이나 아빠의 바람을 일절 말하지 말라 했다. 아빠의 말에 의해 자신의 꿈이 영향을 받는다고 했다. 공부하라는 말도 거의 못했다. 공부의 '공'자만 나오면 말을 막고 알아서 한다고 했다. 필요하면 지원했지만 공부하라는 말은 거의 하지 않았다. 다행히 스스로 알아서 잘 해나가고 있다. 섭섭한 부분이 있지만 나의 욕심이라 생각한다. 가끔 남들처럼 계획적으로 몰아붙였으면 어땠을까 하는 생각도 들지만 강요해서 할 아이가 아니라는 결론을 내렸다.

속으로 가장 많이 하고 싶은 말은 공부하라는 말이지만 가장 자제하는 말이다. 공부는 학생의 일이니까 당연히 해야 한다고 에둘러 말한다. 시험을 못 봐도 혼낸 적은 없다. 잘 봤다고 칭찬하지도 않는다. "열심히 하더니 한만큼 나왔구나" 정도로 끝낸다.

아이들에게 제일 많이 하는 잔소리가 방 정리와 일찍 자기, 휴대 전화나 게임을 너무 하지 않기다. 어느 집이나 요새 애들과 실랑이하는 가장 큰 이유가 휴대 전화일 것이다. 우리 집도 마찬가지다. 좀 시대에 뒤떨어졌다는 생각도 들지만 나는 전자 기기를 심하게 통제하는 편이다. 스티브 잡스가 아이들에게 휴대 전화를 쓰지 못하게 했다는 말도 있고 빌게이츠는 주말에만 컴퓨터 사용을 허락했다는 말에 용기를 얻어 집에서 컴퓨터 사용 시간도 제한했다. 휴대 전화는 큰애는 대학 갈 때 사 주고 둘째는 여자아이라 중학교 3학년 때 장만해 줬다. 그리고 막내는 중학생인데 아직 휴대 전화가 없다.

집에서도 휴대 전화를 오래 하면 잔소리를 많이 한다. 밖으로 꺼내 놓으라고도 하고 와이파이를 끄기도 하고 매일 신경전을 벌인다. 좁은 화면을 오래 보니까 눈이 상하고 피동적으로 시간을 질질 흘려보내는 것은 좋지 않다는 신념이다. 아마 아이들이 독립할 때까지는 끊임없이 갈등이 있을 듯하다.

두 번째로 통제가 심한 건 게임이다. 주말만 컴퓨터를 사용하는 걸 원칙으로 하고 시간도 2시간씩으로 제한한다. 집 컴퓨터는 비밀번호가 걸어져 있다. 불만이 아주 많다. 그래도 몇 년째 바꾸지 않고 있다. PC방도 갈 때는 허락을 맡고 가라고 한다.

컴퓨터 사용을 제한하니 발생한 일이 있다. 막내는 컴퓨터나 과학에 관심이 많다. 집 컴퓨터를 부품을 하나씩 바꿔 완전히 새로 만들었다. 복잡한 부품을 갈고 설정을 바꾸는 걸 보면 대단하다는 생각이 든다. 비번을 뚫으려 갖은 노력을 한다. 나중에는 어떤 재주를 부렸는지 비번을 초기화했다. 방법은 절대 말하지 않는다. 신통했지만 칭찬은 아꼈다. 막내와 숨바꼭질은 지금도 현재 진행형이다.

그 외 잔소리는 일반적이다. 아침에 늦지 마라. 숙제 꼼꼼히 챙겨라 등이다. 그래도 성적이 나쁘다고 잔소리는 해본 적이 없다. 공부하라고 해도 할 것 같지도 않고 때가 되고 필요하면 하리라는 믿음이 있다.

아이를 키울 때 잔소리는 사람뿐 아니라 동물도 피할 수 없다고 생각한다. 또 문자가 있기 전부터 아이에게 지혜와 문명을 전달해 준 도구다. 부모 눈에 자녀는 항상 어린애다. 나도 잔소리를 듣기 싫어했지만 이렇게 잔소리를 하고 아이들은 싫어하면서 대를 물린 삶을 반복하고 있다.

07

아빠 되기 매뉴얼

“아버지의 힘 !… ‘반군 피랍 12년’ 아들을 구했다. 12년 애절한 부성애(父性愛)가 결국 아들과의 극적인 재회를 이뤄냈다”

얼마 전 한 TV 프로그램에서 아버지가 반군에 포로로 잡힌 아들을 구한 방송을 보았다. 군 복무 중인 아들이 19세에 콜롬비아 무장혁명군(FARC)에게 끌려간 뒤 12년 만에 아버지의 끈질긴 노력으로 석방된 내용이었다.

1997년 아들인 몬카요는 반군에게 납치되었다. 다들 죽었다고 포기했는데 우연히 반군이 공개한 영상에서 아들이 살아 있는 걸 본 아버지 구스타보는 아들의 석방을 위해 나선다. 2007년 6월 29일 반군이 포로를 묶는 방식대로 쇠사슬로 손목을 묶고 목에 두른 채 전국 도보 행진을 시작했다. 셔츠에는 반군이 공개한 아들의 모습을 새기고 한 달간 1000㎞를 걸었다. 이유는 단 하나, 포로 교환에 정부가 나서 달라는 것이었다. 콜롬비아 정부뿐 아니라 다른 나라에도 아들의 석방 지원을 탄원했다.

그의 행진으로 아들 몬카요의 억류 사실이 세상에 알려지고 사람들은 그와 함께 걸으며 위로했고 그를 '평화의 보행자'라고 불렀다. 그의 이야기는 주변국과 교황청에 전해져 '반군과 협상할 수 없다'는 입장을 고수하던 정부의 방침을 바꿨고 협상 후 반군은 12년간 포로생활을 한 아들 몬카요를 석방했다. 19세에 납치된 아들이 32세가 되어서야 돌아왔다.

아버지는 아들을 구하려 몸에 쇠사슬을 감고 한 달에 1000km를 걸었다. 절대 협상은 없다던 정부도 그의 노력에 감동한 여론에 굴복했다. 아버지는 울지 않았다. 포기하지 않았다. 행동했다.

아버지가 되는 건 온몸에 쇠사슬을 감고 걷는 길이다. 아버지의 사슬은 가족이다. 가족은 아버지의 짐이고 목표고 의미다. 세상이 바뀌어 여자의 권리가 향상되고 가정에 충실한 전통적인 여성상이 재정의가 되는 현 시대에도 남자의 역할은 별로 달라지지 않았다. 가정을 먹여 살리고 가정을 지키고 가정의 울타리 역할을 하는 전통적인 남성상은 더 강화되는 느낌이다.

아빠가 도리어 울지 않는 법을 배워야 한다. 그는 가정의 최전선이다. 외부 충격의 일차적 방어막이다. 그가 무너지면 충격이 가정으로 바로 밀려온다. 해일을 막는 방파제다. 버티지 못하면 가정은 기댈 데가 없다. 힘들어도 울면 안 된다. 엄마는 눈물이 무기다. 가끔 눈물로 아이와 소통한다. 아빠의 눈물은 항복의 눈물이다. 더 해볼 방법이 없을 때 마지막 절규다.

아빠는 아프면 안 된다. 그가 아프면 가정은 무너진다. 남자가 사냥에 실패하면 가족은 굶는다. 빈손으로 돌아오면 재앙이다. 동물에게 배고픔은 생존의 문제다. 그의 노동력, 경제력은 가정의 경제력이다. 아빠는 아플 수가 없다.

아이들은 부모가 아픈 걸 모른다. 아니 같은 사람이란 사실을 모른다. 지금도 기억나는데 고등학교 때 어머니가 "나 아팠다"고 하소연 아닌 하소연을 한 적이 있다. 몸이 아파 죽겠는데 아들 셋은 관심도 없고 툴툴거리기만 하니 오죽 답답하면 그렇게 말을 했을까? 지금 생각하면 죄송하다. 그렇지만 그땐 속으로 '왜 그러시나, 안 아파 보이는데' 하고 넘어갔다. 어머니는 항상 딸이 없는 게 제일 후회스러운 일이라고 한다. 주변에 딸 있는 집은 딸과 친구처럼 지내는데 아들은 말도 안 통하고 이해도 못하고 외롭다고 하신다.

나도 심하게 아픈 적이 있다. 10년 전쯤 이른바 오십견을 앓았다. 큰아이를 팔베개를 해서 재웠는데 어느 날부터 어깨가 아팠다. 정말이지 눈물이 절로 났다. 애들과 한창 배드민턴을 치던 때인데 결국 포기했다. 밤에 눈물이 나게 아파서 혼자 깬 적도 많다. 그렇게 1년 넘게 고생했다. 혼자만 끙끙대며 보냈다. 아이들은 어렸지만 눈치도 못 챘다. 아마 자랐어도 몰랐을 것이다.

아이가 있는 집은 잡다한 일이 많다. 못 박고 전구 갈고 자잘한 고장은 다 손을 본다. 아이들은 일단 엄마 아빠부터 찾는다. 또 다들 경험하는 일 중 하나가 변기가 막히는 일이다. 잘 먹고 소화 기능이 좋다는 뜻이다. 수도 없이 변기를 뚫으면서 이젠 상태만 봐도 기다려야 하는지 뚫어야 하는지 알 정도가 되었다. 아빠는 집안의 문제 해결사다.

아이들은 질문이 매우 많다. 궁금한 것투성이다. 부모는 아이가 처음 만나는 백과사전이다. 낯선 상황, 낯선 용어가 나오면 알려 주고 조언도 필수이다. 아이의 '왜?'는 피할 수 없다. '왜?'가 무서운 시기가 반드시 온다.

사람 사는 곳은 항상 의견 충돌이 있다. 가정도 사회다. 항상 충돌이 생긴다. 형과 동생, 누나와 동생, 오빠와 동생이 항상 티격태격한다. 아이들은 아빠에게 이른다. 시도 때도 없이 재판이 열린다. 승자도 없고 패자도 없다. 아빠는 판결하면 안 된다. 듣고 이해하고 진행한다. 사회자다. 답은 아이가 구하고 결론도 아이가 내야 한다. 아빠는 가정 평화의 수호자이자 중재자다.

기다려야 부모다. 아이는 부모의 바람대로 자라지 않는다. 나무는 정원사의 전지가위에 따라 자라고 분재는 화분 크기에 맞게 고정되지만 아이는 절대 부모의 입맛대로 크지 않는다. 아빠나 엄마가 기대를 강요하면 바로 반항하고 반대 방향으로 튄다. 부모는 지켜볼 줄 알아야 한다. 멀찍이 떨어져 벗어나지 않게 울타리를 치고 안에서 마음대로 뛰어도 조용히 지켜봐야 한다. 정원수는 몇 년에 만들지만 아이는 수십 년의 시간을 투자하지 않으면 절대 만들지 못하는 인생의 작품이다.

아이 앞에서 모범은 기본이다. "바담 풍하지 말고 바람풍 하라"고 해도 바담풍 하듯이 아빠가 말만 하면 아이는 듣지 않는다. 아빠는 피곤하다. 지친다. 쉬고 싶다. 그러나 아이는 아빠가 피곤한 줄 모른다. 아이가 책을 보길 원하면 같이 책을 보고 운동을 하길 원하면 같이 운동을 하면서 아이에게 원하는 걸 먼저 몸으로 보여야 한다.

아빠는 가정의 중심이다. 지금은 중요도가 덜하지만 가문을 이어 주는 통로다. 할아버지 할머니와 연결하는 연락처다. 큰아빠 작은아빠의 형제다. 부모를 통해 친척이 이어지고 명절에 가족이 모인다.

휴가나 여행 때 운전은 아빠 몫이다. 늦은 밤에 나들이를 다녀오는 차 안에서 아이들이 피곤해서 자는 모습을 보면 정신이 바짝 든다. 쉴 새 없이 커피를 마셔대며 졸음을 쫓는다. 조수석의 엄마와 의지하면서 안전하게 아이를 집까지 모신다. 자는 아이를 업고 양손에 짐을 가득 들고 집에 들어와 아이를 잠자리에 누이면 아빠의 휴가는 끝난다. 엄마도 운전을 하지만 가족을 다 태운 차는 주로 아빠가 운전을 한다. 우리 아이들은 엄마가 운전하면 잔뜩 긴장하고 말하지 않아도 안전띠를 맨다. 무사고 10년이 넘었지만 미덥지 않다고 한다.

아빠는 가끔 장난감도 되고 장식품도 된다. 아이들이 어릴 때 아빠를 두고 숨바꼭질도 하고 등에 타고 말타기도 하고 팔에 매달려 운동도 한다. 아빠 발을 밟고 한걸음씩 돌아다니고 아빠가 밀고 끌면서 미끄럼도 탔나. 엄마는 넝치가 삭아 아빠처럼 놀 수가 없다. 아이 셋을 매달고 씩씩하게 철컹철컹 걸어 다닌다. 팔이 저리고 부들부들 떨려도 아이가 원하면 로봇이 된다.

힘이 센 아빠는 아이들이 보면 천하장사다. 못하는 일도 없고 아무리 무거운 물건도 번쩍번쩍 들어 올린다. 목마도 태우고 아이 셋을 등에 태우고 이 방 저 방으로 다 다닌다. 지치지 않는다. 무거운 책상도 불끈 들고 침대도 쉽게 움직인다. 우리 집의 삼손이다. 아이와 손가락 하나로 팔씨름을 한다.

아이가 어리면 아빠 배가 훌륭한 침대다. 아이를 엎드려 배에 재우면 편안하게 잠을 잔다. 아이가 깰새라 몇십 분씩 한자세로 있어도 즐겁기만 하다. 숨에 맞춰 아이가 오르락내리락 하는 경험은 아이와 완전한 교류다. 아쉽게도 아주 짧은 기간만 경험할 수 있다. 아이는 금방 자란다. 아빠 배는 더 이상 푹신한 침대가 되기 어렵다.

아빠는 돈을 벌어 가족을 부양하는 일 말고도 아이에게 해줄 수 있는 게 너무 많다. 돈이 들지 않아도 조금만 시간을 투자하고 신경을 쓰면 아이와 시간 가는 줄 모르고 놀 수 있다. 아이가 어릴 때는 과자 한 봉이면 "아빠 최고" 소리가 나온다. 아이가 자랄수록 돈의 액수와 투자하는 시간이 커진다. 작은 걸로 기뻐하고 토라지는 아이의 존재는 인생의 가장 행복한 축복이다.

08

아빠가 매일 집을 나서는 이유

의과 대학 학생 때 임상 실습을 도는데 산부인과 교수님이 한 말이 지금도 기억에 선하다. 자궁 근종으로 자궁 적출술을 한 환자에게 회진을 하면서 한 위로의 말이다. 여자의 상징인 자궁을 떼어냈으니 허전함과 상실감은 크다. 교수님은 환자를 우아하게 위로를 했다. 누구 씨는 빈궁마마고 이제 히스테리가 없을 거라고. 무슨 말인지 어리둥절한 환자에게 친절하게 설명을 이어갔다.

그리스 시대 의사들은 히스테리가 여자에게 많아서 원인이 자궁에 있다고 생각했다. 그래서 자궁을 제거하면 히스테리가 사라질 거라고 추측했다. 자궁 제거술이 영어로는 히스테렉토미(Hysterectomy)다.

즉 "당신은 이제 히스테리가 없을 것이다". 환자는 그제야 뜻을 알고 빙그레 웃었다. 뒤에서 쫓아다니면서 적기만 하던 학생 시절에도 참 멋있어 보였다.

'간도 쓸개도 없다'는 속담이 있다. 비굴하고 줏대가 없는 사람을 비유할 때 하는 말이다. 사람을 너무 잘 대할 때는 '간도 쓸개도 다 빼준다'고 표현한다.

친구들과 이야기하면서 농담처럼 말한다. 우리는 아침에 간과 쓸개를 냉장고에 곱게 모셔놓고 나왔다가 퇴근하면 간과 쓸개를 다시 몸에 집어넣는다고. 간도 없고 쓸개도 없으니까 아빠는 굽신거린다. 손님에게 절대 화내지 않는다. 자존심은 돈과 친하지 않다. 자존심을 세우면 돈이 운다. 아빠는 돈을 벌어야 한다. 가족을 먹여 살려야 한다.

전날 밤을 꼬박 새웠더라도, 아파서 밤새 시달렸더라도, 아무리 피곤해도 아침이면 집을 나선다. 책임감이다. 나는 가장이라는 몸에 각인된 책임감. 세수를 하고 면도를 하고 옷을 갖춰 입고 일터로 전쟁터로 나선다. 습관적으로 나가기도 하고 집이 답답해서 나가기도 한다.

제일 큰 이유는 돈을 벌려고 나간다. 일이 좋아서 나가는 사람도 있고 직장이 더 즐거운 사람도 있다. 그러나 드물다. 대부분 직장은 피라미드 구조다. 명령을 하는 사람은 소수고 명령받는 사람이 다수다. 아빠는 대부분 아래쪽이다. 명령을 받고 시키는 일을 해야 한다.

일은 필연적으로 충돌을 낳는다. 충돌은 반드시 충격이 있다. 물리적인 충격이면 외부의 손상이 있다. 차끼리 부딪치면 충격을 많이 받은 차가 더 크게 부서진다. 사람끼리도 충돌이 있으면 손상이 발생한다. 주먹다짐이면 외상이 생기지만 말도 마음에 상처를 준다. 무언의 압력에도 상처를 받는다. 외상이 없더라도 내상이 생긴다. 남자의 내상은 자존심의 상처다. 내가 이러자고 공부를 했나. 내가 이런 취급 받으러 이 직장에 들어왔나. 이런 대접을 받으면서까지 이 짓을 해야 하나.

남자가 홀몸이거나 혈기가 왕성한 청년이면 분명 충돌이 난다. 대들고 싸우고 뛰쳐나간다. 하지만 자녀가 딸린 남자는 그럴 수 없다. 욱하고 올라오더라도 바로 가족 생각이 따라온다. 시원하게 상사를 한 대 치고 사표를 던질 수 있다. '그래 산 입에 거미줄 치겠냐' 하는 생각이 굴뚝같다. 하지만 그는 안다. 내가 욱하면 자존심은 살지라도 가족이 힘든다는 사실을. 그는 홀몸이 아니다. 가정을 대표하고 가족의 생계를 책임지는 수입원이다.

왜 돈을 벌어야 할까? 맛있는 것 먹으려. 폼 나는 옷 사려고. 새 차 사려고. 다 조금씩은 이유가 된다. 하지만 그가 돈을 버는 이유는 하나다. 가족들 먹여 살리려고 번다. 돈을 벌어야 생활비를 충당한다. 아이들 학비를 대고 아이들 용돈을 준다. 일부 생계가 해결된 가장을 제외하고 아빠들이 일하는 이유는 다 같다.

「극한직업」이라는 프로그램이 있다. 제목대로 육체적으로 엄청나게 힘든 일을 하는 사람을 취재한 내용이다. 빌딩 꼭대기에서, 고압선에서, 파도가 심한 배에서, 푹푹 찌는 용광로에서. 다들 다양한 삶의 현장에서 열심히 산다. 화면으로 보기에도 아슬아슬한 장면투성이다. 나는 절대로 못할 것 같다는 생각이 든다. 방송 후반부에 빠지지 않는 인터뷰 장면이 있다. "왜 이렇게 힘든 일을 하세요?" 하고 PD가 묻는다. 그러면 모두 한결같은 답을 한다. 가족 때문에, 가족을 부양하는 보람과 책임 때문에 일한다고 한다.

대부분 남자다. 아버지다. 힘들어도 아이와 아내를 생각하면 쉴 수가 없다고 말한다. 그리고 일을 마치고 숙소에 돌아오면 가족들 사진을 보거나 가족과 통화하는 일이 낙이다. 아버지에게 가족은 삶의 동기이고 목적이며 즐거움이다. 힘든 일을 견디게 하는 멍에이자 진통제다.

언제까지 일을 계속할 거냐고 물으면 힘닿는 데까지 할 거라고 한다. 그 힘닿는 데까지는 몸의 힘도 포함되지만 아이들을 다 키울 때까지다. 아이가 어리면 일을 해야 하는 기간이 늘어난다. 나도 출근하기 싫은 날에는 언제까지 일을 해야 하나 계산을 한다. 답은 이미 나와 있다. 막내가 독립하는 날까지다. 막내가 학업을 마치고 사회에 자리 잡는 때가 내가 타의에 의한 노동을 마치는 날이다. 그 뒤는 원해서, 심심해서, 좋아서 일을 할 수 있다. 아직 매일 집을 나서야 할 날은 아주 많이 남았다.

아침에 일어나서 가족들이 자고 있으면 일부러 깨우지 않는다. 아이들 방문을 소리 나지 않게 열고 자는 모습을 잠깐 보고 나온다. 마치 계백장군이 장맛만 보고 집에 들르지 않은 것처럼 현관문을 열고 나선다. 아빠에게 아침은 일터로 가는 시간이다. 노동을 제공하고 일당을 받으러 출동하는 시간이다. 자아실현을 하러 가는 시간일 수도 있지만 직업인으로서 아빠의 아침은 삶의 현장으로 이동하는 시간이다.

본격적으로 일과가 시작되면 노동은 수당으로 환산되고 몸값으로 계산된다. 일의 난이도나 강도에 따라 단위 시간당 차이는 있지만 결국은 몸값이다. 모든 노동은 돈을 버는 행위다. 세상과 독립되어 자급자족을 하지 않는 한 돈을 벌어 밥과 바꿔야 한다.

가끔 복에 겨워 취미와 적성이 일치하는 사람이 있다. 일이 좋아서 하다 보니 돈이 따라 온 경우도 있다. 하지만 대부분의 노동은 일이 목표가 아니다. 일에 따른 보상이 목표다. 더구나 부양가족이 있는 사람은 보상의 크기와 연속성에 민감하다.

부양가족이 딸린 가장에게 일을 하면서 자아 성취, 자기 계발은 사치다. 가장에게 일은 생존이다. 선택이 아닌 필수다. 아빠의 아침 출근길은 비장하다. 즐겁게 여행 가듯이 다녀오는 길이 아니다. 겉으로 보듯 편안하게 '다녀올게'는 더욱 아니다. 수렵 시대라면 마지막이 될 순간이기도 하다. 그때라면 모든 가족이 나와서 배웅을 했을 것이다.

오지에서 생존하는 「정글의 법칙」이라는 프로그램에서 족장은 가장의 마음을 잘 나타낸다. 부족원에게 뭐라도 먹여야 한다는 책임감으로 얼음물에도 뛰어들고 올가미도 만든다. 사냥에 실패하면 쫄쫄 굶는다. 사냥에 성공하면 배부르게 먹고 따뜻하게 잔다. 가끔 먹을 것을 못 구해 배고파 허덕이는 장면이 나온다. 방송이니까 그렇지 만약에 현실이었다면 정말 절망적인 상황이었을 것이다.

가족의 생존 앞에 가장이 받는 압박감은 상상을 초월한다. 줄어드는 통장 잔고를 보며 가장은 입이 바짝바짝 탄다. 그래서 급하게 창업에 뛰어들어 실패하기도 한다. 가족의 생계를 혼자 지고 가는 가장은 외롭다. 더구나 어려움을 내색하기는 더 힘들다. 매일 집을 나서는 아빠는 현관문을 나서는 순간 전사가 된다.

PART

아빠도 아프다

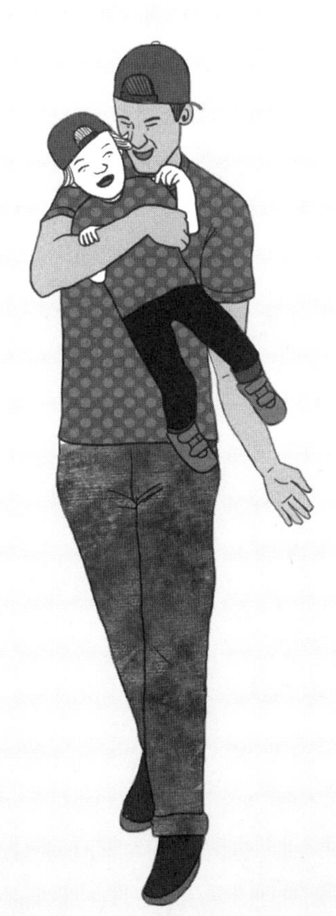

01

아빠는 이방인

아빠는 왜 있는 거지

엄마가 있어 좋다
나를 이뻐해 주어서
냉장고가 있어 좋다
먹을 것을 주어서
강아지가 있어 좋다
나랑 놀아 주어서
아빠는 왜 있는지 모르겠다

얼마 전 방송에서 소개된 초등학교 2학년의 시다. 시를 보고 웃을 수가 없었다. 집에서 아빠의 위상을 너무 정직하게 나타냈다. 엄마보다 낮은 건 당연하지만 냉장고나 강아지보다 못한 존재라니. 이해는 된다. 애들이 자는 모습만 봤다는 아빠도 있다. 아침에 애들이 잠에서 깨기 전에 출근하고 잠든 뒤에 퇴근하는 삶을 사는 아빠는 아이들이 깨어 있는 모습을 보기 힘들다. 거꾸로 휴일이면 주중에 쌓인 피로에 눌려 종일 잠만 잔다.

아이들 시선에 아빠는 보이지 않는다. 주말에도 아빠는 바쁘다. 밀린 일을 마저 하거나 밖으로 나간다. 집에 있어도 TV를 보거나 잔다. 집에서 그는 '잠자는 집속의 남자'다. 어쩌다가 깨어서 만나도 어색하다. 아빠는 억울하다. 아이들과 놀고 싶고 같이 하고 싶다. 하지만 그럴 수 없다. 아빠가 아이와 같이 하는 시간을 늘리면 수입이 준다. 아이는 엄마에게 맡기고 아빠는 돈을 벌러 나간다.

인터넷에서 보고 찡한 영상이 있다. 아이가 아빠에게 돈 좀 달라고 조르면서 한 시간에 얼마나 버는지 묻는다. 어이없는 질문에 아빠는 화를 낸다. 알고 보니 아이가 한동안 모은 돈을 아빠에게 주면서 한 시간만 놀아 주라고 한다. 아빠는 아이를 안고 감동적으로 끝난다. 감동적인 것은 맞다. 동심을 파괴해서 미안하지만 아빠가 아이와 계속 놀면 아이에게 줄 돈을 벌지 못한다. 슬프지만 현실이다.

문제는 아이가 자라서다. 아이와 교감하는 연습이 안 된 아빠는 아이가 낯설다. 아이와 대화도 어렵고 둘만 있으면 참 어색하고 힘들다. 아이가 어릴 때는 억지로 놀아 줄 수도 있고 비장의 무기인 과자를 들이

밀 수도 있다. 하지만 아이가 자라 자신의 영역을 만들기 시작하면 아빠가 들어갈 틈이 없다.

늦게 문을 두드려 보지만 이미 자기 성을 쌓은 아이는 문을 열지 않는다. 성장기에 혼란스럽고 힘들 때 아빠는 옆에 없었다. 간절할 때 아빠는 보이지 않았다. 전화해도 바쁘다고 끊었고 이야기하자고 해도 피곤하다고 피했다. 힘든 시기를 혼자 보내고 안정을 찾으려 하는데 아빠가 갑자기 나타났다. 이야기하자고 하지만 내가 힘들게 만든 안정된 삶에 아빠를 들일 필요가 있을까? 아이는 차라리 밖으로 나간다. 그리고 독립한다. 이제 아빠는 필요 없는 존재가 되었다.

나도 그랬지만 사춘기는 참 위험하다. 괜히 기분이 우울하고 삶이 허무하고 멍하고 의욕도 없었다. 어느 날은 갑자기 어머니가 "주변에서 스스로 목숨을 끊은 애들이 있다더라. 우리 애들은 절대 그럴 일이 없다"고 한 적이 있다. 지금 생각하면 아들의 사춘기에 그 정도로 긴장했던 듯하다.

항상 집을 나갈 생각만 했다. 우스운 상상이지만 농촌이 빈집이 많다던데 그곳으로 가출해서 혼자 살까, 아님 무작정 버스를 타고 떠날까 생각했다. 입은 꾹 다물고 인상만 쓰고 다니던 시절이었다. 그때 아버지는 없었다. 가족을 먹여 살리려고 타지에서 혼자 자취를 하고 있었다. "아버지 고생하신다"고 하면 누가 하라고 했냐고 투덜거렸다. 알고 있지만 그런 생활이 무슨 의미인지 몰랐다.

아이를 낳아서 길러 봐야 부모의 마음을 안다. 아이가 반항하니 수십 년 전 내 모습이 그대로 떠오른다. 배우만 바뀠을 뿐 역은 그대로다. 그때의 아빠는 세상을 떠나고 아이가 아빠가 되고 새로운 아이가 무대에 등장했다. 마치 역할극을 하는 듯하다. 그리고 네가 그렇게 부모 속을 썩였지. 한번 당해 봐라 하는 느낌이다.

남자는 본능적으로 동굴 안보다 동굴 밖을 선호한다. 조직에 몸담지 않으면 불안하다. 몇십만 년 전부터 집안 활동보다 무리를 이뤄 사냥을 했다. 현대 사회에서도 남자는 뭉친다. 회사에서도 퇴근 후에 몰려다닌다. 남자에게 무리에서 추방은 죽음을 뜻한다. 아무리 피곤해도 전화가 오면 나간다. 좋아서 나가기도 하지만 한두 번 빠지면 아주 뺄까 봐 두렵다.

생계를 꾸리는 사람은 집 밖으로 돌아다닐 수밖에 없다. 자연계도 마찬가지고 먹이는 집 밖에 있다. 보금자리는 사냥터에서 최대한 멀리 떨어진 곳에 꾸린다. 안전이 최우선이다. 사냥터 가까운 곳에는 맹수가 많다. 처가와 화장실은 멀수록 좋다지만 사냥터도 멀수록 좋다. 돈은 다 집 밖에 있다. 집안에서 근무하는 재택근무나 인터넷 쇼핑이 있지만 아직은 소수다. 여자도 가장이 되면 밖에서 일하는 시간이 늘어난다.

남자는 감정 파악에 둔하다. 미세한 변화는 알아채지 못한다. 말을 하면 단어 그대로 믿는다. “배 안 고파” 하면 “안 먹는다는데” 하면서 혼자 먹는다. 말 뒤에 숨은 뜻을 알지 못한다. 아이들의 감정에 무관심하다. 이래저래 가정에서 큰 역할을 하지 못한다.

엄마와 아이들은 같이 있는 시간이 많을수록 관계는 돈독해진다. 성장 과정을 지켜보고 고민을 상담한 엄마는 아이들 성장에 절대적인 역할을 한다. 지금은 덜하지만 한때 심리학에서 부모는 아이들 성격 형성의 전부라고 했을 정도다. 물론 거의 엄마의 역할이다. 아이 입장에서 대화가 통하고 잘 이해하고 오랜 시간을 같이 한 엄마가 정서적으로 더 가깝다.

남자는 원래 대화에 약하다. 명령하고 군림하려 한다. 잘 듣지 않는다. 또 아이들이 이야기를 하면 해결책을 제시한다. 말을 자르고 "답은 뭐다"라고 지시를 한다. 오랜 시간 정리되지 않은 아이들 말을 듣기는 곤혹스럽다. 말하는 아이도 자기가 무슨 말을 하는 줄 모르는 경우가 많다. 또 아이에게 아주 심각한 고민이지만 부모가 보기에는 사소한 일이다. 아빠에게는 우스운 일이다. 아빠의 말에 아이는 상처를 받는다. 남자아이라면 사내자식이라고 끝내고 여자아이는 "엄마에게 이야기해라" 하고 대화를 떠넘긴다.

남자는 과정 못지않게 결과를 중요시한다. 대화도 결과를 낳기 위한 대화다. 남자의 대화는 단순하다. 수십 년 만에 만난 친구도 "오랜만이다. 잘 지내지. 또 보자"로 끝난다. 업무상 대화가 아니면 몇 마디 이상 나누기 힘들다. 친한 정도를 아는 지표가 단 둘이 말없이 오랜 시간을 있을 수 있느냐로 판단한다. 몇 시간을 운전을 하면서 한마디 안 해도 불편하지 않다.

집 가까이 사는 형이 가끔 전화를 한다. 한번은 옆에서 둘의 대화를 듣던 아내가 어이가 없는 듯 물었다. 대화 내용은 평상시와 같았다. "조금 있다가 집 앞으로 갈거니까 전화하면 내려와"라고 하면서 통화를 마쳤다. 아내는 "왜 내려오라고 하느냐, 무슨 일이냐고 묻지 않는 게 이상하다."라고 했다. 무슨 말을 할지 몰랐다. 지금껏 당연히 한 행동이 여자의 입장에서는 이해가 되지 않다니 당혹스러웠다. 일이 있으니 내려오라고 했겠지. 전해 줄 물건이 있든가, 할 말이 있든가, 그때 보면 알 텐데 시간 들여 미리 전화로 말할 필요가 있을까 오히려 난감했다. 형의 전화를 받고 내려가니 집에서 키운 파 한 단을 툭 던져 주고 "유기농이다" 한마디 하고 갔다. 얼마나 효율적이고 깔끔한 대화와 행동인가.

훈련받지 않은 남자가 관계를 맺고 고민을 들어주기는 힘들다. 초보 아빠일수록 아이와 관계가 어렵다. 연륜이 쌓이고 시행착오를 겪으면 아빠 노릇에 자신감이 붙는다. 하지만 초보 아빠는 아직 어리다. 집에서 에어컨 아래서 애를 보느니 땡볕에 나가서 바깥일을 하겠다고 한다. 자기 감정도 제어하기 힘든데 가족의 감정까지 보듬기는 무리다. 큰소리로 해결하려 한다. 남성 호르몬이 왕성한 젊은 아빠가 타인을 이해하기는 시간이 더 필요하다.

아빠가 철이 들어 아이들 말을 들어주고 이해할 때쯤 되면 아이는 다 자란다. 아이 손을 잡으려 해도 아이는 뿌리치고 자기 삶을 찾아 떠난다. 자신을 이해하지 못한 아빠에 대한 서운한 감정을 가득 안고 가기도 한다.

대화는 관계의 특효약이다. 대부분 오해는 서로 듣고 이야기하면 풀린다. 하지만 남자는 대화에 약하다. 아이가 말할 때 대충 듣기라도 하면 그나마 나은 편이다. 대부분 중간에 끊는다. 아주 시작도 못하게 하기도 한다.

대학 때 친한 후배가 자취를 했다. 집을 떠나 지내다 깊은 밤에 갑자기 아버지 생각이 나서 전화를 했다고 한다. 아버지 목소리를 듣고 울컥했다는데 아버지는 "너 앞으로 밤늦게 전화하지 말아라" 했다고 한다. 술자리에서 아버지가 "다음에 또 밤늦게 전화하면 너 죽는다"라고 하셨다고 해서 같이 한참 웃었다. 그래 아버지는 그런 존재구나. 나는 아버지에게 수십 년간 한 번도 문안 인사를 한 적이 없다는 사실을 깨달았다.

전화하면 항상 어색했다. 아버지도 바로 어머니를 바꿔 줬다. 그게 편했다. 그때는 그게 당연한 줄 알았다. 아버지는 아들과 대화가 귀찮은 거라고 생각했다.

내가 아빠가 되고 보니 아이들과 대화가 귀찮을 때도 있지만 아이가 보고 싶을 때가 더 많다. 그때 내 전화를 어머니에게 건네준 아버지도 나와 통화를 하고 싶었을 것이다. 왜 난 그때 "아버지 저예요. 오늘 이런 일이 있었는데요" 하고 종알종알 말하지 못했을까.

02

도망치고 싶은 날

대학교 때로 기억한다. 초등학교 앞을 지나는데 6학년 여자아이 둘이 앞에서 "이제 졸업을 하니까 우리 인생은 장밋빛이야" 하면서 걸어갔다. 대학생인 나도 힘들 때가 많은데 이제 초등학교를 졸업하면서 인생을 이야기하다니 하며 속으로 한참 웃었다.

어릴 때는 어른이 되고 싶다. 초등학교 때 선생님들이 점심시간에 짜장면을 시켜 먹는 걸 보고 너무 부러웠다. 얼른 어른이 돼서 폼 나게 짜장면이 먹고 싶었다. 그 당시 인생 최고 목표는 어른이 되는 것이었다.

어린이는 하지 못하게 막는 게 너무 많다. 잠도 늦게 자면 안 되고, 집에는 정해진 시간에 들어와야 하고, 멀리 가려면 꼭 허락을 받아야 한다. 재밌고 짜릿한 장소는 다 출입금지다. 금지된 책도 많고, 영화도 많았다. 지금이야 인터넷과 휴대 전화가 있어 금지가 의미 없지만 내가 어릴 때는 몇몇 공급원만 막으면 성인물은 접하기 힘들었다. 그래서 어른이 보는 책을 학교에 가져오는 학생은 그날의 스타가 되었다.

어릴 때 보는 어른의 세상은 화끈하고 넓고 자유롭고 화려할 줄 알았다. 하고 싶은 일 다 하고, 가고 싶은 곳 다 가고, 사고 싶은 것 다 사고, 먹고 싶은 것 다 먹고, 놀고 싶은 대로 다 놀면서 살 거라고 생각했다. 어른은 항상 용감하고 겁도 없을 거라 생각했지만 그 환상이 깨진 것은 어른이 되기 훨씬 전이다. 중고등학교 때 이미 어른도 별 볼일 없다는 사실을 알았다. 술을 먹을 수 있고, 집에 늦게 들어와도 혼나지 않고, 돈을 좀 더 쓸 수 있지만 할 수 있는 일이 한정된다는 것을 진작 눈치챘다.

어느새 어른이 되었다. 어른이 되니까 하지 않아야 할 게 더 많다. 학생 때는 지각을 하고 일탈을 해도 반성문을 쓰거나 사유서를 쓰면 용서가 된다. 하지만 어른은 반성을 해도 용서받지 못한다. 자기 사업을 하면 재량이 있지만 직장에 매이면 내 몸은 이미 내 몸이 아니다. 어릴 때는 멍하니 하루 종일 보내도 되지만 어른은 의미 없이 시간을 보내면 뒤처질까 맘이 급해진다.

아이 때는 실수해도 봐주고 넘어간다. "아이니까" 하는 배려가 있는데 어른이 되면 모든 책임을 져야 한다. 자유가 생긴 대신 항상 결과를 생각하고 말과 행동을 조심해야 한다.

학생 때는 모의고사를 보고 연습을 한다. 고등학교 때는 대학이라는 유예된 삶이 기다리고 있고 대학에 가도 남자는 군대로 도망칠 수 있다. 군대라는 과제를 수행하기 전에는 '군대나 가지'라는 핑계를 댈 수 있다. 하지만 군대를 마치고 대학을 졸업하면 더 이상 핑계를 대고 미룰 수 있는 명분이 없다. 이제는 실전이다.

가장이 되면 인생의 무게에 가족의 무게까지 더해진다. 아이가 태어나는 기쁨과 동시에 남자는 어마어마한 현실에 눌린다. 아이를 받아 든 순간 생명을 책임져야 한다는 무게감에 어깨가 팍 가라앉고 양어깨, 등, 머리에 거대한 보따리를 하나씩 인 느낌이 든다.

가정을 이루고 애를 키우면 본격적으로 인생이 수치로 나타난다. 돈이다. 이번 달 생활비가 얼마가 들고 아기 분유값, 기저귀값, 각종 공과금 등이 실시간으로 수치화된다. 흑자인 때는 여유가 있고 기가 사는데 적자인 때는 기가 꺾인다. 도망치고 싶다.

졸업하고 개업을 한 뒤 얼마 지나지 않아 고교 동창에게 연락이 왔다. IMF 직후라 경기가 좋지 않았다. 여기저기 실업자가 속출했다. 서울에서 내가 있는 지방까지 찾아와서 보험을 소개했다. 사실 그때 나도 "개업 초기라 여유가 없고 얼마 전에 같은 회사에서 보험을 들어서 미안하다"고 했다. 같이 밥을 먹는데 전화가 왔다. 통화 소리가 살짝 들렸다. 부인인 듯했다. 어떻게 됐냐는 물음에 안됐다는 답이었다.

동창을 배웅하고 내내 가슴이 무거웠다. 그는 부인에게 영업을 하러 다녀오겠다고 말하고 차로 5시간 이상을 운전하고 왔을 것이다. 실적을 올려야 하는 업종이라 실적이 나쁘면 버는 게 없다. 먼 곳까지 온 이유는 분명 영업이 잘 안되어서이므로 크게 기대를 하고 왔을 것이다.

실망했을 친구의 사정이 남의 일 같지 않았다. 지금도 미안하다.

일이 안될 때가 있다. 홀몸일 때는 쉬면 된다. 어떻게든 산 입에 풀칠할 수는 있다. 오래 안되면 다른 일을 찾으면 된다. 정 안되면 부모님 집으로 들어가거나 친구 집에 빌붙어도 된다. 그러나 가장이 되면, 아빠가 되면 절대 그럴 수 없다. 내가 쉬면 내가 포기하면 내 가족이 바로 어려움에 처한다. 양가에 여유가 있어 팍팍 밀어주면 경우가 다르겠지만 그런 집이 얼마나 될까. 대부분 가장이 벌어야 가정이 유지된다.

힘들고 지쳐도 가장은 쉽게 포기하지 않는다. 포기할 수가 없다. 그래도 아주 가끔 지독히 힘들 때가 있다. 의욕도 없고 일도 잘 안 풀리는 날이 있다. 그럴 때는 도망가고 싶다. 일이 뜻대로 안된 때가 있었다. 기간이 꽤 오래 되니까 머릿속으로 별생각이 다 들었다. 그때 가장 많이 한 생각이 내가 진 빚이다. 빚이 얼마고 생명보험이 얼마니까 혹시 내게 안 좋은 일이 생겨도 빚을 청산하고 집은 하나 남겠다는 계산을 자주 했다.

물론 나쁜 생각을 하지는 않았다. 그래도 항상 최악을 각오하고 살았다. 그때가 갑자기 온몸에 열이 나고 몇 주간 아팠다. 몸 여기저기 반점이 올라오고 술을 한 잔만 마셔도 취기가 확 돌아 의자에서 목이 뒤로 떨어졌다. 내과 후배에게 물어보니 A형 간염 증상이라고 했다. 그때 알레르기 비염이 생겼다. 너무 심해서 콧물이 줄줄 흘러 이야기를 못할 정도였다. 밥을 먹는데 꼭 영구처럼 입술까지 타고 내렸다. 최악이었다. 몸도 마음도 아프니까 의욕이 없고 장래 걱정뿐이었다. 그래서 밤만 되면 빚과 생명보험을 계산했다.

몇 년 뒤 사정이 나아졌다. 그때보다는 사정이 많이 좋아졌다. 아이도 크고 여력도 생겼다. 무엇보다 걱정해도 나아지는 것은 없고 최악의 상황이라고 해도 어떻게든 삶은 이어지고 아이는 큰다는 걸 경험했다. 지금은 간 기능에 이상은 없고 또 그때처럼 생명보험 액수를 계산하지는 않는다.

그때나 지금이나 힘들 때도 많이 있고 힘든 상황은 여전하다. 가끔은 대책 없이 도망치고 싶을 때가 있다. 그냥 며칠이라도 연락을 끊고 아는 사람 없는 낯선 곳에서 지내고 싶기도 하다. 내게 쓰인 가장이라는 짐을 털고 생활하고 싶은 날이 있다. 물론 가족은 나의 전부이자 존재의 이유이기 때문에 반드시 돌아온다. 그래도 지칠 때는 쉬고 싶다. 기억 상실 상태처럼 나만 생각하고 내 말만 듣고 아주 이기적으로 살고 싶을 때가 있다. 당연히 그런 날은 오지 않을 걸 안다.

가끔 짧게 몇 시간 도망칠 때도 있다. 친구와 술자리일 때도 있고 책과 함께 도서관으로 탈출할 때도 있다. 영화 속이나 운동장일 때도 있다. 하지만 항상 줄에 매인 느낌이다. 책에 푹 빠질 때도 전화가 울린다. "아빠 저 데리러 오세요" "아빠 들어올 때 과자 사 와요" 찾는 사람이 있으면 기쁘다. 내가 중요한 사람이란 뜻이다. 그래도 귀찮을 때도 많다. "혼자 들어가면 안 되니?" 그만 먹어라" 전화를 끊고 바로 후회한다. "어디냐 바로 가마. 무엇 먹을래?" 도망은 실패한다. 다시 줄이 팽팽히 당긴 상태가 된다.

학생 때부터 버킷리스트를 작성했는데 이루지 못한 꿈은 대부분 혼자 하는 것이다. 꼭 가족을 떠나야 도전할 수 있는 일은 아니지만 혼자의 시간을 가져야 이루는 꿈이다. 책쓰기, 패러글라이딩, 번지점프, 스킨스쿠버, 경비행기 조종, 혼자 여행 다니기 등은 혼자 하는 꿈이다. 다른 목록인 세렝게티 여행하기, 크루즈 세계 일주, 유럽 여행, 미국 대륙 캠핑카 횡단 등은 가족과 하는 꿈이다. 언젠가는 이루리라 포기하지 않고 있지만 혼자 하는 꿈은 더 쉽고 의지만 있으면 당장이라도 시도할 수 있다. 지금은 절실하게 도망치고 싶지는 않은가 보다.

분명 도망치고 싶은 날은 또 온다. 그때는 며칠이라도 사라질 것이다.

03

나도 세상이 무섭다

막내가 유치원 때 울며 들어온 적이 있다. 운동장에서 다른 아이가 놀렸다고 했다. 이야기를 듣고 있던 형이 어떤 녀석이냐며 벼락같이 뛰어나갔다. 조금 있다가 못 찾았다고 씩씩거리면서 돌아왔지만 듬직하고 흐뭇했다. 기대고 의지할 대상이 있으면 든든하다.

엄마 아빠는 아이의 응원군이자 후원자다. 아이는 울다가도 엄마만 보면 뚝 그친다. 세상이 아무리 무서워도 엄마 품에 안기고 아빠 등에 업히면 두렵지가 않다. 아이는 놀라고 겁이 나면 엄마 아빠를 찾는다. 좀 커서 각자 방에서 자다가도 무서운 꿈을 꾸거나 바람 소리가 거세면 안방으로 뛰어온다. 부모는 항상 아이들의 든든한 피난처다.

아이들이 어릴 때 보통은 부모가 양육자, 요새 역할을 한다. 아이들이 있으면 부모는 용감해진다. 무서워도 무섭다고 못하고 겁이 나도 겉으로 나타내지 못한다. 오래전 읽은 『사냥꾼 이야기』란 책에서 항상 나오는 말 중에 '어미 있는 새끼는 건들지 마라'는 말이 있다. 특히 맹수일 경우 새끼 주위에는 항상 어미가 있고 새끼에게 피해를 주면 어미의 공격이 치명적이라고 했다. 사람도 마찬가지다. 어미는 새끼를 지켜야 하고 새끼가 위험에 처하면 초인적인 힘이 튀어나온다. 새끼 딸린 어미는 연약하지 않다. 세상에서 제일 강한 존재다.

부모는 아이들을 격려하고 응원한다. 용기를 주고 힘을 준다. 나도 부모님에게 격려도 받고 용기도 받았다. 소극적이면 혼나기도 했다. 그때는 부모란 존재는 세상에서 흔들리지 않는 바위 같은 존재인 줄 알았다. 발 디디고 사는 땅처럼 농사도 짓고 건물도 올리고 나무도 심고 세월이 아무리 흘러도 변함없이 제자리에 있는 고향 같은 존재.

아이가 어릴 때는 부모가 세상의 전부다. 아이가 보기에 부모는 세상의 모든 것과 맞서 싸우고 별도 따 주고 달도 따 주는 존재다. 부모는 어느 정도 그런 역할을 멋지게 수행한다. 그러다 아이가 자라면서 부모의 역할도 현실과 어울리게 수정된다.

그래도 오랜 기간 부모가 해야 할 몫이 있다. 아이들을 격려하고 용기를 주는 일이다. 세상에 나가서 자리를 잡을 때까지 돌보고 밀어 주는 역할이 부모의 가장 큰 임무다. 사회에서 독립된 성인으로 제 밥벌이를 하게 하는 것은 기본이자 최종 목표다.

자식이 성장해서 더 이상 부모의 손이 필요하지 않으면 허전하다. 엄마 아빠를 찾던 그 시절이 그립다.

낯선 세상은 무섭다. 세상뿐 아니라 새롭고 특이한 것은 호기심의 대상이자 공포의 대상이다. 아이들은 온통 무서운 것투성이다. 학교에 가는 일도 인생의 도전이다. 분리 불안이나 학교 공포증이 있을 정도로 부모와 떨어지고 낯선 환경에 노출되는 일은 거대한 스트레스다.

나는 낯가림이 심했다. 밖에 나가 놀기보다 집 안에서 놀기를 좋아했다. 남 앞에 서는 것은 무척 힘들어했고 사람들 앞에서 이야기하기는 죽기보다 싫다고 했을 정도다. 취미도 뛰거나 남과 어울리는 동적인 것보다는 혼자 하는 그림그리기나 독서 등 정적인 걸 선호했다. 모르는 사람과 말하는 게 그리 편하지가 않다. 그래도 지금은 사람을 상대하는 일을 한다. 이유는 하나다. 생계가 달린 일이기 때문이다.

몇 년 전 직장을 차로 한 시간 되는 곳으로 옮겼다. 출퇴근하기 싫었지만 어쩔 수 없는 결정이었다. 그때 친구가 말했다. 가장이 힘들면 가족이 편하다고. 그 말에 고민을 털고 결정했다. 가장의 선택에서 첫 번째 고려 대상은 가족이다. 가족을 잘 부양하고 편하게 해주는 게 제일 크고 중요한 선택 기준이다.

인류 역사에서 남녀의 역할은 거의 비슷하다. 남자는 먹이를 구해 가족을 부양하고 여자는 아이를 낳고 키운다. 집 밖에서 사냥을 하던 시절부터 농경 시대를 거쳐 직장에서 노동을 하는 현시대에 이르기까지 남자는 집 밖에서 돈을 버는 일이 몸에 배었다.

수렵 시대에 사냥을 나간다는 일은 목숨을 거는 일이었다. 사냥하는 과정에서 맹수를 만나면 부상자나 사망자가 생길 수밖에 없다. 지금은 목숨까지 걸고 일하러 나가는 시대는 아니지만 아직도 지구상에는 위험한 일을 하는 가장들이 많다. 작업 중 사고로 사망하는 비율은 남자가 압도적으로 많고 일의 위험도나 강도는 여자가 따라오질 못한다.

산업 사회를 지난 현대에 노동의 현장이 직장으로 바뀐 현재도 근본 틀은 변하지 않았다. 대부분 직장은 아침 일찍 일을 시작해서 밤늦게까지 근무를 한다. 짐승의 이빨에 물리거나 뿔에 받힐 위험은 사라지고 뱀에 물릴 일도, 절벽에서 떨어질 일도 없지만 남자는 목숨 걸고 일한다. 신체적인 위험이 줄었지만 세상의 경쟁에서 뒤처지면 도태된다. 도태는 곧 직업에서 추방이다.

피가 튀는 전쟁터는 아니더라도 가족의 목숨이 달린 전쟁을 아빠는 매일 치르고 있다. 하루를 잘 보낸다는 것은 하루 벌이를 잘했다는 말이다.

초등학교 때 불량배를 만난 적이 있다. 산을 깎고 대규모 집터를 만드는 공사장이었다. 토요일 오후였다. 사람이 전혀 없는 황량한 흙길을 걷는데 눈만 나오는 모자를 눌러쓴 아이들 몇 명이 나를 둘러쌌다. 그리고 가진 돈을 내놓으라고 했다. 많이 무서웠다. 다행인지 주머니에 돈이 별로 없었다. 다 주고 무사히 왔는데 한참을 그 길로 지나지 않았다.

대학 때 불량배를 한 번 더 만났다. 골목에서 학생들이 튀어나오면서 백 원만 달라고 했다. 백 원을 던져줬는데 화가 났다. "너희들 거기 서라" 하니까 돌을 들고 던지는 시늉을 했다. 더 이상 쫓지를 않았지만 화가 너무 났다. 다음 날 바로 검도 도장에 등록을 했다. 내 몸은 내가 지켜야겠다는 생각이 절실히 들었다.

나는 살면서 싸움을 한 적은 거의 없다. 별명이 두부였을 정도로 운동을 좋아하지 않았다. 초등학교 때 한 번 싸웠는데 상대를 눕히고 발목을 누르니까 상대가 비명을 질렀다. 크게 다칠까 무서워서 놓아 줬다. 그러자 그애는 역습을 했고 나는 졌다. 그 뒤로 직접 치고받고 싸운 기억은 없다.

소름 끼치게 무서운 적은 여러 번 있었다. 고속도로를 운전하다 빗길, 눈길에 미끄러진 적이 있다. 차가 빙그르르 돌면서 중앙 분리대를 받고 갓길로 튕겨나갔다. 짧은 순간에 지금까지의 삶이 영화처럼 압축되어 눈앞으로 지나갔다. 순간적으로 '이젠 끝이구나' 하고 눈을 감았다. 다행히 뒤따라오던 차들이 속도를 줄여 이차 사고는 없었다. 그때를 생각하면 지금도 식은땀이 난다.

세상을 살다 보면 무서운 곳도 많고 무서운 것도 많다. 대부분 밤길이나 폭력이 무서웠는데 어느 순간부터 공식적인 세상이 더 무섭다. 합법적인 틀 안에서 경쟁이 무섭고 패배자에서 무심한 세상이 무섭다. 무서운 대상도 변한다. 세상의 폭력이 무섭고 압력도 무섭고 책임도 무섭다. 아이들은 모른다. 아빠도 세상이 무섭다는 걸.

아빠는 불량배는 무섭지 않다. 불량배를 만난 일도 드물지만 설혹 부딪힐 일이 있으면 피하면 되고 그 순간 자존심을 굽히면 된다는 걸 안다. 또 한국의 치안 상태는 세계적으로 손꼽히게 안전하다. 아빠의 걱정은 아빠의 한 몸보다 가족의 안전이다. 아이들의 학교생활, 안전사고 등이 무섭다. 교통사고나 가끔 신문에서 보는 자연재해가 무섭다.

아빠가 무서운 건 사고나 다툼으로 집안의 평안이 깨지는 일이다. 아빠가 다쳐 수입이 끊기거나 가족이 다치는 일, 가족 간의 불화가 생기는 일, 아이들이 비뚤어질까 걱정되고 아이들이 꿈을 잃을까 걱정되고 아이들의 꿈을 도와주지 못할까 걱정된다.

아빠는 자나 깨나 가정과 가족을 생각하면서 산다.

04

차라리 아빠를 팔아라

평소 시큰둥한 가족이 아빠에게 유독 살갑게 대할 때가 있다. 남자들은 다 안다. 돈이 필요할 때다. 이때 남자들은 으쓱한다. 절로 어깨가 올라가고 목에 힘이 들어가고 목소리를 깐다. 속으로 존재감을 느끼며 가정에서 아빠의 위치를 다시 한번 확인한다.

지금은 전설처럼 들리지만 월급을 봉투에 넣어 현금으로 준 시절이 있었다. 회사에서 일일이 봉투에 넣어 직원들에게 주었다. 직원은 대부분 남자고 가장이다. 그날은 회사, 가정, 지역 사회가 잔칫날이다. 남자가 평소 다니던 술집, 음식점, 가게 등에 깔아 놓은 외상값을 갚고 평소 눈으로만 찍어 놨던 물건을 사는 날이다.

이날만은 아빠가 왕이다. 보통 월급날에는 반찬이 달라졌다고 한다. 아이들도 용돈을 기대하며 아빠 앞에 납작 엎드리고 꼬리를 내린다. 평소라면 바짝 대들던 반항기 청소년도 아빠의 훈계를 묵묵히 듣고 아내도 남편에게 잔소리를 숨긴다. 물론 하룻밤의 꿈이다.

월급은 말 그대로 월급이다. 한 달 먹고 사는 돈이다. 다달이 들어가는 목돈이 제몫을 찾아가면 월급봉투는 허망하게 텅 빈다. 빈 봉투만큼 아빠의 권위도 쪼그라든다. 잃어버린 권력을 찾으러 아빠는 다시 한 달을 참는다.

나도 첫 월급은 봉투로 받았다. 인턴 때 받은 두툼한 봉투의 느낌은 지금도 생생하다. 부모님께 용돈을 드리고 내복을 사드렸다. 가슴이 뿌듯했다.

시대가 흘러 월급봉투가 자동 이체로 바뀌었어도 크게 달라진 것은 없다. 통장을 아내가 관리하고 통장이 없어도 인터넷으로 돈의 흐름을 확인할 수 있어 월급봉투를 기다리지 않는다. 아빠의 한 달간 업적은 전산상의 숫자로 잠깐 찍혔다 사라진다. 아빠가 가정에 공헌하는 증거가 사라진 셈이다.

돈 말고도 차가 필요하면 아빠를 찾는다. 나는 아직 아이가 어려 몇 가지 경우가 더 있다. 자려는 데 일어나기 귀찮아서 방의 불 꺼 달라고 할 때와 목마르니까 물 가져와 달라고 할 때다. 이마저도 아이들이 크면 하지 않는다. 아직은 막내만 "불 꺼 줘", "물 가져다 줘" 한다. 생각하면 야단칠 일이지만 기쁘게 수행한다. 가끔 "너 아가 아니다" 하면 막내는 씨익 웃으면서 "아빠 내가 이런 거 부탁하는 것도 얼마 안 남았잖아, 기쁘게 해" 한다. 어이없지만 맞는 말이다. 어느새 기쁘게 먼저 "불 꺼 줄까? 물 가져다줄까?" 한다. 그러면 마지못해 불은 10분 있다 끄고 물은 찬물로 떠서 옆에다 올려 놔 달라고 한다. 편의를 제공하면서도 눈치를 보는 상황이다. 큰애와 둘째는 이마저도 어렵다. "제가 알아서 할게요" 한마디로 말문을 막는다.

스스로 하니까 기특하다고 생각하면서 한편으로는 허전하다. 아이 때는 참 귀찮았다. 여기저기서 아빠, 아빠 불러대는데 쉬는 날이 쉬는 날이 아니다. 나이 차가 별로 안 나는 삼남매라 손이 많이 갔다. 화장실에서 부르고, 물 달라고 부르고, 물건이 안 보인다고 부르고, 벌레 나왔다고 부르고, 불 켜 달라 부르고, 불 꺼 달라 부르고, 과자 사 달라고 부르고. 귀찮기도 했지만 즐거웠다. 결코 싫지가 않았다. 가끔 짜증이 날 때도 있기는 했다.

아이들이 아빠를 찾을 때면 귀찮기는 해도 즐거운 마음이 앞선다. 돈을 달라고 해도 어릴 때는 좋았다. 일단 액수가 적다. 천 원짜리 한 장만 줘도 좋아한다. 애들이 쓰는 돈은 과자가 대부분이다. 적은 돈으로도 생색을 낼 수가 있다.

애들이 자라면 단위가 올라간다. 몇천 원에서 몇만 원이 되면 은근히 부담이다. 등록금이나 병원비처럼 큰돈은 어차피 지갑에서 나가지 않기 때문에 별 느낌이 없다. 하지만 친구 만난다고 용돈 달라고 할 때나 먹고 싶은 것 사 달라고 할 때는 단위가 커졌다. 물가가 올라서 그런지 몇천 원으로는 기별도 안 간다. 최하 몇만 원이다. 어떤 때는 지갑을 탈탈 털어간다. 빈 지갑을 보여 주면서 돈 아껴 쓰라고 해도 애들은 "감사합니다" 하고 넙죽 받아 가면 끝이다.

아이들도 돈을 좋아한다. 유치원 들어가기 전부터 어렴풋이 돈을 아는 듯하다. 돈으로 과자를 살 수 있다는 걸 알고 돈을 바란다. 그러다 돈으로 할 수 있는 일이 많은 걸 보고 본격적으로 "돈돈" 한다. 용돈 달라고 조르고 알바 자리를 알아본다.

결혼 전에 500원짜리 동전이 처음 나올 때 모아 두면 나중에 돈이 되겠다는 마음으로 새 동전을 모았다. 수십 개를 모았는데 잊어버리고 있다가 어느 날 보니 개수가 좀 모자라 보였다. 그러려니 하고 넘어갔는데 얼마 전 큰아이가 멋쩍게 몇 개 꺼내 과자를 사 먹었다고 자백을 했다. 어릴 때 돈이 있기에 꺼내 썼는데 몇 번뿐이라고 한다. 옆에서 둘째도 몇 개 꺼냈다고 한다. 아주 어릴 때라고 변명한다.

경제적으로 아이들을 부담 없이 지원해 줄 수 있으면 좋으련만 그런 부모는 소수다. 한마디로 돈이 많아서 "너희들 하고 싶은 것 다 해"라고 할 능력 있는 부모를 말한다. 아쉽게도 나는 그런 부모가 되지 못한다. 아쉬운 대로 평범하게 지원하는 데 감사하고 있다.

개인 사업을 하면 돈이 있는 날도 있고 없는 날도 있다. 여유가 있을 때 아이들이 "돈돈" 하면 평소보다 너그럽게 반응한다. 가끔 생각도 안 했는데 용돈을 줄 때도 있다. 규칙적으로 들어가는 목돈은 어차피 통장에서 나가니까 아이들은 그런 돈이 나가는 줄도 모른다.

내가 초등학생 때 『어깨동무』라는 어린이 잡지를 2년 정도 봤다. 매달 일정한 날만 되면 집으로 배달되어 신기했지만 금방 일상이 되었다. 난 잡지사에서 그냥 보내 주는 줄 알았다. 어느 날 더 이상 잡지가 안 왔다. 정기 구독 기간이 지난 것이다. 그게 부모님이 돈을 낸 대가라는 것은 아주 오랜 시간이 되어야 알았다.

학교도 당연히 다닌 줄 알았는데 다 부모님의 돈으로 다닌다는 사실은 대학 가서 등록금 낼 때 깨달았다. 아마 내 아이들도 비슷한 생각일 거다. 하긴 태어날 때부터 공기와 물은 세상에 거저 있는 줄 안다. 진실은 숨을 쉬고 물을 마시는 일은 기적이자 축복이다.

물리학에 골디락스 존이라는 용어가 있다. 생명체가 존재할 수 있는 조건을 갖춘 행성이 존재할 수 있는 영역을 말한다. 크기는 태양 정도의 항성에, 멀지도 가깝지도 않은 좁은 영역에, 지구형 행성이 생명체가 존재하는 필요조건이라고 한다. 무한대에 가까운 우주에 지금 지구와 같은 환경이 존재하는 일은 기적이라고 학자들은 말한다. 우리가 생존하는 순간순간이 우주에서는 기적이다. 그 기적을 우리는 당연한 줄 안다.

아이들도 태어날 때부터 부모가 옆에 있고 보살피고 교육시키고 양육을 한다. 그저 당연한 환경이라 받아들인다. 그게 부모의 노력의 결과고 용돈을 받는 일은 삶의 짧은 기간의 행운인 걸 모른다.

가족과 보내는 평안한 저녁 시간을 일상이라고 한다. 하지만 한국 역사에서 이렇게 평안하게 저녁을 즐길 수 있는 시기는 불과 50년밖에 안 된 일이다. 몇십 년 전에도 보릿고개란 말은 현실이었다.

데이비드 J. 스미스의 『지구가 100명의 마을이라면』은 63억 인류를 100명으로 축소해서 묘사를 한 책이다. 마을에 사는 100명 가운데 수도가 없는 곳에 살고 있는 사람이 38명이고 24명은 전기가 없는 곳에 산다. 컴퓨터가 있으면 상위 20명, 은행 계좌가 있으면 상위 30명, 냉장고, 옷장, 잠자리, 지붕이 있는 집이면 25명 안에 든다고 했다. 한마디로 우리는 복 받은 시대에 복 받은 지역에서 축복받고 살고 있는 셈이다.

일전에 『공습』이라는 일본 저널리스트 책을 읽었다. 중동 시방은 전쟁이 일상이다. 저녁을 먹는데 식탁으로 폭탄이 떨어지는 일이 적지 않게 발생한다고 했다. 삶에 평안이 없고 휴식이 없고 미래가 없다. 단지 오늘 살아남는 게 눈앞의 목표다. 생존이 해결되어야 그 뒤에 자아실현이니 취미니 행복이 등장한다. 삶의 불만도 어찌 보면 배부른 투정이다. 이 땅에서 이 시절에 태어난 축복에 감사한다.

하지만 세상의 비극이 현재 진행형이더라도 먼 남의 일이다. 애석하지만 사람의 본성이고 현실이다. 인류가 아바타의 외계인처럼 한 지성을 공유한다면 애초 전쟁의 비극은 없었겠지만 개성 있는 개인의 삶은 불가능하고 이기심을 발휘할 수 없어 문명의 발전은 더디었을 것이다. 세상의 삶과 개인의 삶은 어느 정도 거리가 있을 수밖에 없고 거리가 있어야 개인의 행복도 가능하다.

가정은 어느 정도 세상과 격리가 되어야 한다. 특히 아이들이 성장할 동안에는 세상의 뒷모습을 보여 주고 싶지 않은 게 부모의 공통된 마음일 것이다. 석가의 어린 시절처럼 늙음을 모두 눈앞에서 치우더라도 언젠가는 노인과 마주칠 거지만 보통 사람들은 엄두도 내지 못한다.

대부분 가정은 희로애락과 생로병사가 뒤죽박죽된 세상에서 살아간다. 주변을 둘러봐도 고만고만하다. 평범한 삶도 감사할 일이다. 그러나 사람의 욕심은 만족을 모른다. 또 그래서 발전이 있다. 오늘보다는 나아지고 더 부유해지고 싶다. 돈은 항상 부족하다. 세상의 몇십 억, 몇백 억 하는 이야기는 다른 별나라 이야기고 가정 경제는 훨씬 작은 돈 때문에 삐걱거린다.

어쩌다 지갑이 빌 때가 있다. 대부분 카드나 자동 이체로 해결되지만 현금이 필요할 때가 있다. 대부분 아이들이 돈이 필요하다고 할 때다. 가끔 "돈돈" 소리에 지치면 "차라리 아빠를 팔아라"고 한다. 그러면 즉각 나온다. "에이 누가 아빠를 사?"

하긴 나를 사면 내 가족이 다 한 묶음으로 따라가는데 누가 살까.

05

이러자고 아빠가 되었나

프로스트의 「가지 않은 길」은 인생의 선택을 잘 나타낸 시다. 삶은 선택의 연속이고 철이 들면 스스로 결정하고 자신의 행동에 책임을 져야 한다. 나이가 들고 삶의 영향력이 커질수록 선택의 결과는 무게가 커진다. 선택한다는 말은 다른 기회를 포기한다는 뜻이다. 한 순간 한 공간에만 존재할 수밖에 없는 사람에게 선택은 필수고 운명이다.

아빠가 되는 일도 숱한 선택의 결과다. 부모의 뜻에 따르는 학생 시절이 지나면 스스로 결정하는 성인이 된다. 직업도 직장도 이성도 뜻대로 선택한다. 출산도 선택의 영역이다. 헤아릴 수 없는 사건과 선택의 결과가 오늘이다. 이 중 하나라도 다른 선택을 했다면 오늘은 달라졌을 것이다.

세상에서 제일 가치 없는 행동이 후회다. 반성하고 같은 잘못을 되풀이하지 않겠다는 다짐의 후회는 의미가 있다. 역사를 공부하고 실패 사례를 배우는 이유다. 하지만 돌이킬 수 없는 사건을 두고 후회하는 일은 백해무익이다. "그때 이랬다면 오늘이 바뀌었을 텐데" 하고 후회해야 무슨 의미가 있을까. 오늘을 바꾸려 노력하는 게 백번 낫다.

예전에 방송 프로그램에서 어떤 가수가 한 말을 듣고 크게 웃은 적이 있다. 타임머신을 타고 과거로 돌아갈 수 있다면 언제로 가고 싶냐는 질문에 그는 몇 년도로 가고 싶다고 했다. 왜냐고 물으니 그때 부인을 나이트에서 처음 만났는데 앞에 긴 생머리가 매력적인 두 여자가 있어 뒤에서 불렀고 돌아본 여자와 인연이 되어 결혼했다고 했다. 사람들은 더 멋진 순간을 만들려 하나 보다 했지만 그는 과거로 돌아가 아내를 처음 만난 순간에 뒤를 돌아보는 미래의 아내에게 "너 말고"라고 말하고 싶다고 했다. 방송이라 재미있게 하려고 한 말이겠지만 어쩌려고 위험한 말을 했을까.

아이가 태어나기 전까지 돌이키면 선택은 많다. 하거나 하지 않는 선택의 결과가 아이이고 이 또한 운명이라 생각한다. 아빠가 되면 세상을 보는 눈이 바뀐다. 아빠가 되면 그전까지는 전혀 알지도 못했던 예방접종, 가정 안전사고 등이 눈에 띈다. 아이가 자라면서 눈에 들어오는 뉴스가 달라진다. 유치원을 보내면서 하루도 빠지지 않고 나오는 급식 문제, 유치원 교육 환경 문제에 귀를 쫑긋한다. 그 전에는 잘 모르던 과자의 종류와 값을 안다. 또 숱한 만화 영화를 섭렵하며 뽀로로와 크롱을 구별할 줄 안다. 나는 우리가 사는 세상에 동요가 이렇게 많은 줄을 애를 키우면서 비로소 알았다.

초등학교에 진학하면 관심은 온통 학교생활에 쏠린다. 적응은 잘하는지, 친구는 잘 사귀는지, 왕따이야기만 나오면 긴장을 한다. 교육은 대부분 엄마가 담당하지만 아빠가 필요할 때도 많다. 아이가 둘 이상이 되면 아빠의 참여는 필수다. 아빠도 항상 대기 상태다.

중학교부터는 아빠가 할 일이 줄어든다. 학원은 거의 엄마가 결정한다. 아빠는 불러 주는 계좌에 입금만 하면 된다. 이때부터 아이들은 사춘기가 되고 아빠와는 거리를 둔다. 대부분 아빠는 힘으로 해결하려 하고 아이들을 더욱 아빠를 멀리한다.

고등학교는 대입이 최우선 과제다. 학교 수업 후 학원으로의 이동이 큰일이다. 엄마와 시간을 나눠서 운전기사를 한다. 주말, 퇴근 후 기사를 한다. 아이들은 고맙다고 잘 하지 않는다. 물어봐도 "몰라"가 다다. 벽하고 이야기하는 느낌이다. 큰아이의 수능 시험이 끝난 뒤 1차전이 끝났구나 생각했다. 앞으로 2호, 3호가 줄줄이 대기하는데 십년은 더 신경전을 펼쳐야 한다. 대학 졸업하고 직장, 결혼까지 2차전, 3차전은 손을 떼고 싶다.

아이를 키우는 일은 완전히 밑지는 장사다. 낳아 주고 길러 주고 용돈 주고 먹여 주고 재워 주는 데도 눈치를 본다. 아이들이 밖에서 사고를 치거나 불량 행동을 하지는 않는다. 희한한 일은 밖에서는 애교도 많고 싹싹하고 친구와 잘 지내고 선생님이나 다른 어른들에게 공손한데 집에만 오면 크렘린이다. 도통 말도 없고 대답은 단답형에 두 번 물으면 입을 꽉 닫는다. 조개는 저리가라다. 가끔 엄마 아빠와 사이좋게 웃고 나면 화들짝 놀란다. 이러면 안 되는데 하는 눈치다.

방은 들어오지도 못하게 하고 휴대 전화는 항상 잠금이다. 무슨 숨길 비밀이 그리도 많은지 서랍을 열어 보기라도 하면 난리가 난다. 애들과 이야기하면서 왜 엄마 아빠를 무시하냐고 하면 벌컥 큰소리를 내면서 반박한다. "아니 제가 언제 무시했다고 그러세요. 이상한 소리 하지 마세요. 엄마 아빠에게 항상 고맙게 느끼고 있어요" 아이들은 말로는 마음으로 엄마 아빠를 존경한다고 한다.

아빠는 사회에서 대부분 눈치를 보며 산다. 극소수 상위 계층 말고는 눈치를 볼 일이 더 많다. 그나마 아빠가 목소리를 높일 수 있는 장소는 돈을 쓰는 술집이나 사무실 그리고 집뿐이다. 술집 등은 손님이 왕이라고 하지만 실제로는 돈이 왕이다. 아빠는 술집에서 왕 대접을 받을 만큼 돈을 쓰지 못한다. 아까워서 못 쓴다. '이 돈이면 아이들, 가족에게 통닭을 사갈 수 있는데' 하면서 술 몇 병, 안주 한두 개로 기분만 한껏 낸다.

남자들은 술집에서 목소리가 높아진다. 시끄럽고 눈살이 절로 찌푸려진다. 다들 제일 잘났다. 예전에는 정말 잘 나갔다고 한다. 다 자기보다 못났다. 대통령도 '걔'고 대기업 회장도 '걔'다. 하긴 나이는 비슷하다. 나이를 생각하면 더 움츠러든다. 술이라도 마셔야 큰소리를 친다. 하지만 술은 깨면서 고양된 기분에 자부심까지 가지고 나간다. 술이 깬 다음 날은 더 위축된다.

사무실에서 남자는 힘을 느낀다. 자기 앞에서 다 공손하다. 그러나 거기까지다. 앞에서만 공손하다. 남자도 안다. '무서워서 피하냐, 더러워서 피하지' 하는 마음을 안다. 자기도 그렇게 살아왔다.

남자가 권위와 존경과 애정을 느끼는 공간은 가정뿐이다. 그렇지만 아이들이 어릴 때 이야기다. 과자로 마음을 훔칠 나이일 때나 가능하다. 너무 짧다. 대부분 남자는 그 시절이 그렇게 빨리 지나가는지 모른다. 자기일이 바쁘고 피곤해서 애들이 귀찮다. 그러다 문득 정신을 차리고 보면 아이들은 자란다. 더 이상 과자로는 유혹할 수 없다. 늦게 아이들에게 구애를 해도 냉정한 반응만 돌아온다.

아내가 유일하게 남자 편이다. 아내가 아빠를 존중하고 챙겨 주면 그래도 위안이 된다. 그렇지만 항상 그럴 수는 없다. 아내가 바쁜 날도 있고 아내와 냉전 중인 날도 있다. 아빠는 외롭다. 큰소리를 내봐도 애들은 입을 닫는다. 고개 숙이고 "예예" 하면 더 이상 할 말이 없다. "나가봐라" 하면 뒤도 안 돌아보고 제 방으로 간다.

결국 원군을 찾는다. 도와줄 사람은 아내뿐이다. 꼬리를 내린다. 약한 핀잔을 감수한다. 알아서 집안일도 처리하고 아양을 떤다. 아내가 용서하면 안심한다. 집에 있을 자리가 생겼다.

남자는 울분이 쌓인다. '욱' 올라온다. '내가 이 꼴을 보자고 밖에서 자존심 상하면서 일을 하고 몸이 아파도 참아야 하는지, 먹고 싶은 것 못 먹고 쓰고 싶은 돈 안 쓰는 게 오직 가족 때문인데 왜 이렇게 살아야 하나' 속이 부글부글 끓는다. 속으론 무슨 생각을 못하련만 꺼낼 수도 행동할 수도 없다.

맘이 통하는 친구와 넋두리만 한다. 친구도 비슷한 고민을 한다. 그래도 결론은 항상 똑같다. "열심히 살아야지. 누가 알아주길 바라냐? 내 책임이고 내 팔자지"

아빠의 삶이 이런 줄 알아도 아빠가 되었을까?

06

사춘기 아이를 키운다는 건

전생의 원수가 만나서 부부가 된다는 말이 있다. 그만큼 결혼 생활은 싸움도 많고 힘들다는 뜻이다. 부부는 박 터지게 싸우면서 서로 맞춰 간다. 마치 모난 돌이 서로 부대끼면서 닳아가는 과정과 비슷하다. 톱니가 맞게 되면 한 몸처럼 굴러간다.

그런 부부 사이보다 훨씬 어려운 시련이 자식을 키우는 과정이다. 부부 사이는 전생의 원수가 만나서 서로 화해하고 잘 살라는 판결이라면 부모 자식은 전생의 죄인이 용서를 구하는 벌이다. 부모가 된다는 건 인생에 뜻대로 되지 않는 일이 있다는 걸 배우게 하려는 신의 겸손을 배우라는 뜻일까? 자식 이기는 부모 없다는 말도 있다. 자식들은 절대

부모 뜻대로 자라지 않는다. 보란 듯이 반항하고 대들고 심지어 비뚤어지기도 한다. 아이들이 어릴 때는 달래도 보고 혼도 내 보지만 어느 정도 크면 할 수 있는 게 없다. 기도하고 기다리는 일 뿐이다.

아이를 키우며 기쁜 시기는 금방 지난다. 그리고 이름도 무시무시한 사춘기가 닥친다. 오죽하면 북한이 남침을 못하는 이유가 중2 때문이라는 말이 있을까. 지금은 예전에 비해 사춘기 시작이 빨라졌다고 한다. 또한 사춘기의 개인차가 크다. 일찍 시작하는 아이도 있고 반항기 없이 지나는 아이도 있다. 짜증만 좀 늘었다는 느낌부터 지킬 박사와 하이드 씨처럼 아주 성격이 변하기도 한다.

사춘기는 성장에서 피할 수 없는 시기다. 부모와 독립해서 자기를 찾는 과정이고 부모에게 더 이상 예속되지 않겠다는 선언이다. 모든 독립은 투쟁을 부른다. 아이는 부모에게 독립 투쟁을 선포한다. 부모는 어제까지 착하고 엄마밖에 모르던 아이가 갑자기 대들고 반항하면 어쩔 줄 모른다. 이유도 없다. 그냥 반항한다. 다음 날이면 또 변한다. 생글생글 웃으면서 아양을 떤다. 그러다가 갑자기 돌변한다. 예측할 수도 없고 종잡을 수도 없다. 아이도 자기가 왜 그러는지 모른다.

하필이면 사춘기가 중고등학교 시기와 겹친다. 인생을 길게 보면 공부가 전부는 아니지만 공부가 제공하는 기회도 많다. 중요한 학생 시기에 반항을 하면 부모는 한숨만 나온다. 중학교까지 얌전히 부모의 시간표대로 학습을 따라오던 아이가 갑자기 뛰쳐나가면 미친다. 윽박질러도 사정을 해도 아이는 듣지 않는다. 귀 막고 눈 감고 자기 멋대로 한다. 애원을 해도 꿈적하지 않는다. 정도 이상 강하게 압박하면 집을 나가기도 한다. 결국 부모는 진다.

사춘기 때 아이가 변하는 이유가 있다. 뇌의 구조와 성장을 보면 뇌는 발생 과정에 따라 파충류의 뇌, 포유류의 뇌, 사람의 뇌로 나눌 수 있다. 파충류의 뇌는 뇌간 또는 뇌줄기라고 해서 생명 활동에 직접 관여하는 부위다. 진화 과정에서 제일 먼저 나타났으며 파충류에 존재한다. 본능으로 움직이는 부위다.

포유류의 뇌는 대뇌를 말하며 뇌간보다 크기도 크고 각종 복잡한 감정과 기능을 수행한다. 개나 고양이가 사람과 정서를 교류할 수 있게 해주는 부위다.

가장 마지막에 발달하는 부위는 전전두엽이라는 부위다. 이마 부위 전두엽의 제일 앞부분에 존재한다. 이성과 장기 계획 등 사람이 사람으로 존재할 수 있게 하는 부위다. 전전두엽이 제대로 발달해야 인격이 완성되고 자기 통제나 감정 조절이 가능하다. 감정을 억제하는 부위의 미성숙은 감정 폭발을 부른다.

흔히 사춘기 아이들은 몸이 재배치되는 과정으로 설명한다. 몸은 급격히 성장하는 반면에 조절 기능을 하는 뇌 기능이 아직 발달을 못한 상태다. 여기다 호르몬도 시도 때도 없이 방출된다. 한마디로 브레이크가 고장 난 자동차다. 언제 어디로 튈지 모르고 얼마큼 튀어나갈지도 모른다. 부모는 아이가 제자리로 돌아올 때까지 지켜보는 수밖에 없다. 사고만 안 나길 바라고 애원하고 기도할 뿐이다.

사춘기 아이와 한 공간에 있으면 숨이 턱 막힌다. 고슴도치 한 마리가 배 위에 누워 있는 기분이다. 눈치를 슬슬 보게 된다. 아이들이 어릴 때 육아에 관한 책을 닥치는 대로 읽었다. 그중『큰소리내지 않고 혼내지 않고 아이를 키우는 법』이라는 책도 있다. 읽을 때는 감명을 받았으나 아이들이 자라면서 진짜로 큰소리 안내고 애를 키운다는 건 기질이 순한 아이를 만난 축복이거나 부모가 수도승이 되기 전에는 불가능하다는 걸 깨달았다.

초등학교 저학년까지는 꾹 참으면 큰소리를 내지 않을 수 있다. 하지만 사춘기 아이에게 큰소리를 안 낸다는 말은 믿을 수 없다. 적어도 내 경험으로는 그렇다. 사춘기 이전 아이에게는 가능할 것이다.

나도 비교적 순한 큰아이에게는 큰소리를 내지 않고 키웠다. 스스로 알아서 하고 공부나 숙제도 빠짐없이 다 하고, 학원도 제 시간에 가고, 아프지도 않고, 큰소리 낼 일이 없었다. 아이가 순해 아빠가 화를 내려 하면 먼저 꼬리를 내려 부딪치지 않았다. 그런 아이도 사춘기 때는 큰소리로 대들었다. 엄마에게는 더 대들었다. 물론 그 기간이 지나니까 다시 순한 아이가 되었다.

예전에 인터넷 연재만화에서 행인에게 닥치는 대로 시비를 거는 사람 이야기를 봤다. 그런데 우락부락한 남자가 지나가니 아주 순하게 꼬리를 내리고 있었다. 만화를 보면서 한참 키득거렸다. '아무리 행패를 부려도 저 맞을 짓은 안 하는구나' 생각했다.

우습지만 아이들도 엄마와 아빠에게 대하는 게 다르다. 아무리 짜증을 내고 대들어도 아빠에게는 선을 정해 놓고 대든다. 사춘기 아이들이 아무리 커도 아빠보다 덩치와 힘에서 밀린다. 아이들도 안다. 그래서 말로 대들거나 눈물을 흘리는 전략을 쓴다. 남자와 여자는 힘이 근본적으로 다르다. 특수한 경우가 아니면 보통 체격의 여자는 아무리 힘이 세어도 남자의 힘을 당할 수가 없다. 성인 여성이 중학교 2학년 남자보다 힘이 딸린다. 하물며 여자아이는 아빠에게 힘으로 절대 상대가 되지 않는다.

하지만 엄마에게는 다르게 대한다. 어릴 때는 물론 엄마가 혼내면 무서워했다. 그런데 언제부턴가 빤히 대들었다. 큰아이가 중2 때 엄마가 매를 드니까 손목을 턱 잡으면서 "이러지 마세요" 했다고 한다. 엄마가 아무리 힘을 줘도 손을 뺄 수가 없어 그날 억울해서 펑펑 울었다고 했다. 딸도 중2쯤 되었을 때 엄마를 덩치로 밀어붙였다. 막내도 엄마가 매를 드니까 손으로 턱 잡고 "이러지 마세요" 했다. 엄마는 더 이상 매는 들지 않는다. 그래도 아이들은 엄마를 더 무서워한다. 아빠는 말로 비집고 들어갈 틈이 있는데 엄마는 빈틈이 없다. 가끔 아빠는 무시해도 엄마에게 들킬까 눈치를 본다.

아이들이 아빠에게 직접 대들지는 않는다. 소극적인 반항으로 대항한다. 문 닫고 들어가기, 건성으로 대답하기, 말해도 무시하기가 대표적이다. 이야기 좀 하자고 하면 일이 있다고 한다. 안 하던 공부를 하거나 피곤하다고 한다. 억지로 앞에 앉히면 고개를 숙이고 있다가 다른 곳을 쳐다본다. 벽에 대고 혼잣말하는 기분이다. 일부러 연습한 것처럼 말을 밉게 한다. 단어도 화를 내기 애매한 단어를 고르고 살짝 거슬릴 때까지 언성을 높인다. 단어를 고르는 걸 보면 국어 기본 실력은 충실하다는 생각까지 든다.

애들과 한 10분 이야기하다 보면 속이 터져 죽는다는 말이 절로 나온다. 결국 네 방으로 들어가라고 한다. 일어나면서 아무렇지 않게 행동한다. 답답한 것은 부모다. 속을 박박 긁어놓고 자기 딴에는 사춘기를 평탄하게 보냈다고 한다. 집을 온통 뒤집은 것은 기억이 안 난다고 하면서 동생은 이해가 안 된다고 한다. 자기 중학교 때는 안 그랬는데 애들은 왜 그런지 모르겠다고 말한다.

자주 방문하는 사이트가 있다. 익명 게시판에 회원들이 고민을 나누는데 자녀 문제가 절반이다. 그중 추천수가 압도적으로 많은 글이 있었다. 사춘기 때 그렇게 부모 속을 뒤집은 딸이 대학을 가더니 자기는 평탄한 중고등학교 시절을 보냈다고 했다고 해서 부모는 어이가 없다고 글을 썼다. 무시무시한 속도로 댓글이 달렸다. '우리 딸도 그래요', '우리 아들은 더해요', '애들 다 그래요' 등등. 내가 본 글 중 최고의 추천수와 댓글이었다. 그만큼 자식 키우는 사람들은 비슷한 고민을 한다. 결론은 '기다리면 다 예쁜 아들딸로 돌아온다'였다.

사춘기 아이와 생활하는 일은 정상적인 사람의 인생 과정에서 제일 큰 도전이라는 생각이 든다. 아이의 사춘기를 무사히 넘기면 사람을 대하는 데 자신감이 생긴다. 앞뒤 꽉 막힌 사람과 대화할 수 있고 눈앞에서 아무리 길길이 날뛰어도 참고 지켜볼 여유가 생긴다. 그리고 지금은 이래도 앞으로 달라질 미래를 보는 눈도 생긴다.

평범한 사람의 인생에서 아이를 키워 성인으로 독립시키는 일은 가장 보람 있는 일이지만 결코 쉽지 않은 과정이다. 사춘기는 아이와 부딪치는 처음이자 가장 격렬한 경험이다. 그 뒤에 만나는 인생 숙제는 대부분 아이와 부모가 한 팀이 되어 해결한다. 지나고 나면 그때 요란

했다는 말이 나오지만 현재 진행형인 부모는 참 힘들다. 그래도 확실한 건 이 또한 지나간다.

어머니는 당신 아들들은 대학교 졸업반쯤 되니까 다시 예쁜 아들로 돌아왔다고 한다. 나도 앞으로 지난 시간만큼만 참으면 다시 예쁜 아이들을 볼 수 있다. 기쁘다. 그때쯤 되면 아이들이 힘 빠진 아빠가 불쌍해서 져 줄 것이다.

07

가족에게 나는 어떤 의미인가

대다수의 가정은 아빠와 엄마 그리고 애들로 구성된다. 가정에서의 역할은 비교적 명확하다. 남자는 밖에서 돈을 벌고 여자는 애를 키우고 가정을 꾸려간다. 애들은 먹고 공부하고 속을 긁는다.

자녀를 키우는 사람은 다 같은 마음일 것이다. 아이들이 부모 뜻대로 잘 자라서 번듯하게 사회로 진출하는 게 목표다. 건강하게 자라고 공부도 잘하고 친구와 잘 지내고, 구체적으로 좋은 학교에 진학하고 안정된 직업을 가지고 결혼 잘하고 행복하게 사는 게 삶의 목적이다.

대부분 가정은 이 목적을 이루려 존재하고 유지된다. 엄마는 애를 공부시키고 아빠는 밖에서 돈을 벌어 온다. 돈을 쓰는 주체는 애들이다. 나도 마찬가지다. 결혼하고 상당 기간 맞벌이를 했지만 셋째가 생기고 아내는 직장을 관뒀다. 남자는 돈을 벌고 여자는 애를 키우는 일반적인 가정 형태로 변신했다.

당연히 부담은 늘었다. 일을 열심히 해야만 했다. 일한다는 의미는 집 밖에 있는 시간이 많다는 뜻이고 가족과 함께하는 시간이 줄어든다는 말이다. 반대로 아이들은 엄마와 있는 시간이 많다. 아빠는 소외되기 쉽다.

내 아이들은 개성이 아주 강하다. 보통은 아이와 엄마가 정서적인 유대감이 강해 아빠가 소외된다는데 우리 애들은 아빠를 소외시키기는커녕 엄마까지 힘들게 했다. 사회적인 일탈이나 불량한 행동은 하지 않는다. 인사도 잘하고 모나지 않는다. 그런데 집에서는 부모와 사사건건 부딪친다. 잠자는 시간, 일어나는 시간, 공부, 컴퓨터, 옷차림, 종교까지. 지나치다 싶을 만큼 자기주장이 강하다.

종교 문제로 몇 년간 충돌했다. 아이들은 모태 신앙에 유아 세례까지 받았다. 하지만 지금 교회 다니는 아이들은 없다. 아무리 말을 해도 요지부동이다. 헌법에 종교의 자유가 있다고 저항하는데 두손 두발 다 들었다. 나중에 너희들이 성인이 되어 선택하라고 하고 종교로 가족 간에 충돌만 나지 않게 해달라고 당부만 한다.

큰맘 먹고 따라주는 경우는 가족 행사 때 정도다. 명절, 어른 생일, 휴가 등 공식적인 행사는 참여하는데 그 외에는 기분에 따라 참석을 결정한다. 큰 시혜를 베푼 듯이 행동한다.

특히 아이들과 가장 많이 부딪치는 영역은 일상생활이다. 일찌감치 시험 잘 보라는 말은 뇌에서 삭제했다. 성실하라는 정도다. 그래도 집에서 눈에 거슬리는 행동은 그냥 넘어가기 힘들다. 방 정리하는 일, 시간 약속 등등. 참다 참다 몇 가지는 도저히 그냥 지나칠 수 없었다. 항상 여기서 충돌이 난다. 충돌은 고성으로 끝난다.

나중에 조용히 이야기하면 애들도 속마음은 그렇지 않다고 말을 한다. 그래도 순간은 힘들다. 오죽하면 "사랑받는 아빠는 포기했다. 존경받는 아빠도 포기했다. 존중받는 아빠만 되려 한다"고 선언했다. 밖에서 모르는 어른 대할 때 하는 정도 예의만 차려 달라고 했다.

애들이 화내는 아빠가 싫다는 말을 하면 많이 침울하다. 아빠에 대한 기억은 화내는 기억뿐이라고 할 때는 우울하기조차 하다. 나는 그래도 최선을 다했는데 아빠로 가족을 책임지려 노력하고 희생했는데 아이들로부터 돌아오는 평가는 "싫다"라는 말뿐이라니. 힘이 빠지고 의욕이 팍 꺾인다.

물론 지나가는 말이고 홧김에 한 말이다. 기억하지 못할 때가 더 많지만 가슴에 못을 박는다는 말이 지나친 말이 아니다. 아주 심한 말도 아니어도 이렇게 섭섭한데 진짜 자식과 인연을 끊을 정도라면 얼마나 상처가 클까 이해가 된다.

나도 물론 내 부모님께 비슷하게 대한 것 같다. 어린 시절을 돌아보면 고마운 줄 모르고 불퉁거리기만 했다. 심지어 혼자 힘으로 자란 줄 착각도 하고 부모의 존재란 귀찮은 잔소리꾼으로 생각할 때도 있었다. 애들 키워야 부모의 마음을 알고 어른이 된다는 말이 지금 절실히 다가온다.

아이들이 가장 많이 하는 말이 간섭하지 말라는 말이다. 내가 알아서 하니까 잔소리하지 말라고 한다. 하지만 항상 일처리는 엄마 아빠가 도맡는다. 사소한 일까지 다 부모가 관여하고 해결한다. 특히 뒤처리는 항상 부모 몫이다. 나도 그랬을 거다. 어머니는 애들 때문에 힘들다고 하소연하면 "다 너 닮아서 그런다"고 한다.

돌이켜 생각하면 나도 사사건건 잔소리만 하고 나무라는 아버지가 참 싫었다. 늘 어색했다. 그때도 물론 알았다. 아버지가 아들들을 참 사랑하고 더 못해 줘 안타까워했다는 사실을 너무 잘 알았다.

남자는 가장이 되면서 가족에게 최선을 다한다. 그러나 나에게 가족의 의미와 가족에게 나의 의미는 꽤 간극이 크다. 나에게 가족은 내 인생의 전부라고 봐도 된다. 하지만 가족에게 나는 뭘까? 특히 가족을 배우자와 자녀로 분리해서 생각하면 나의 의미는 어떻게 될까? 내가 학생 때 아버지에 대해 느꼈던 감정과 비슷할 것이다.

너무 슬프다. 아버지를 이해한 시기는 한참 지나서다. 성인이 되고 내가 돈을 벌고 독립하고 그때도 그냥 부모 중 한 사람이었다. 부모는 모가 대부분이고 부는 어색한 동거인 정도였다. 부모가 동등한 느낌으로 다가온 건 내가 아빠가 되고부터다. 어릴 때 아버지와 같이 찍은 사진이 급속도로 다가왔다. 내가 아들딸을 안으면서 아버지에게 안겼던 느낌이 살아났다고 하면 억지일까.

자식에 대한 부모의 사랑은 짝사랑이다. 부모는 자식을 보는데 그 자식은 자기의 자식만 본다. 계속 대대로 이어 내려가는 일방통행적 사랑이다. 부모 입장에서는 돌려받을 생각이 없는 투자다. 아이가 보는 부모는 한결같다. 어릴 때 보던 부모 그대로다. 부모가 보는 아이도 마찬가지다. 서로 한 면만 본다. 나이를 먹어도 아이 눈에 부모는 어릴 때 보던 힘센 부모고 아이는 부모 눈에 영원한 아이다. 차 두 대가 한 방향으로 달리면 뒤차는 앞차의 뒷모습만 본다. 앞차도 거울로 뒤차의 앞모습만 본다. 부모 자식 관계는 그렇게 한 모습만 보는 관계다.

형이 대학생 조카를 비오는 날 세 시간을 운전해서 기숙사에 데려다 주었다. 그런데 조카는 인사도 안 하고 들어가 버렸다고 한다. 형은 섭섭했다고 어머니에게 몇 번을 이야기했다고 한다. 대부분 아이들의 머릿속에 부모는 없다. 남의 일 같지가 않았다.

그러는 형도 대학에 들어간 뒤 집에서 기다리는 어머니에게 화를 냈다. 귀가 시간이 늦으면 어머니가 골목길 가로등 밑에서 눈을 맞으면서 새벽까지 기다렸는데 버럭버럭 큰소리를 냈다고 한다. 형은 어머니가 잠도 안 자고 새벽까지 밖에서 기다리니 걱정되어 한 행동이지만 당시는 휴대 전화도 없고 집으로 먼저 전화하기 전에는 연락할 방법이 없었다. 자식이 걱정되면 잠을 못 자고 기다릴 뿐이었다. 첫 아이라 걱정이 더 컸던 듯하다. 둘째인 나는 밤늦게 기다리지는 않았다.

남자는 가족 구성원 내에서 소외될 수밖에 없다. 가장이 밖에서 돈을 벌고 엄마는 안에서 애를 키우는 구조에서 가장의 소외는 필연이다. 아는 만큼 사랑하고 부대낀 시간만큼 정이 쌓인다. 남자는 가정에서 애들과 같이할 시간이 적다. 밖에서 일을 해서 먹을 걸 벌어오는 게 남자의 숙명이다. 아이와 같이 있고 싶다고 벌이를 소홀히 한다면 남자는 가장 기본적인 임무를 포기한 꼴이다.

또 양육은 신체적 정신적으로 봐도 엄마가 맞다. 유명한 심리학 실험인 해리 할로우의 실험을 생각해 보자. 아기원숭이를 대상으로 우유를 제공하는 철사엄마와 안락함을 제공하는 헝겊엄마 실험을 보더라도 아기원숭이는 배고플 때 말고는 포근한 엄마에 매달려 지낸다. 사람도 엄마는 아빠보다 포근하다. 아이들도 아빠는 딱딱하다고 한다. 본능적으로 엄마에게 더 안긴다. 아빠가 안으면 빠져나가려 몸부림을 친다. 나도 딱딱한 것보다 포근해야 훨씬 좋고 본능적으로 끌린다.

심리적으로 봐도 아기는 남자보다 여자가 잘 키운다. 말을 하지 못하는 아기는 몸짓과 울음으로 엄마와 대화를 한다. 하지만 아빠는 아무리 봐도 아기의 울음을 구별하지 못한다. 희한하게 엄마는 잘 구분한다. 아빠가 아무리 어르고 달래도 울음을 멈추지 않던 아기가 엄마 품으로 가면 뚝 멈춘다. 신기하기도 하고 그동안 노력이 허망하기도 하다.

여자는 남자보다 공감 능력이 뛰어나다. 미세한 감정이나 사소한 변화를 잘 알아챈다. 남자는 설명을 들어도 잘 모른다. 말로 알려 줘도 숨은 뜻을 파악하기 힘들다. 하물며 말을 못하는 아기의 감정 상태를 아는 것은 불가능하다. 아이가 울면 아빠는 우유를 먹이거나 기저귀를 갈거나 안거나 눕혀서 토닥거리면서 재우려 시도한다. 이 방법이 실패하면 속수무책이다. 엄마가 돌아오기만을 무력하게 기다린다. 아기가 무섭다.

아이들과 친밀한 관계를 만들지 못한 아빠는 가정에서 겉돌 수밖에 없다. 애들이 어릴 때는 힘이 있고 또 경제력이 있어 가정의 권력자로 군림할 수 있지만 사춘기만 지나면 애들은 반항한다. 아빠가 화내면 "아빠 왜 그래" 하면서 엄마에게 이른다. 엄마가 아빠 편을 들면 "엄마와 아빠는 늘 한편이야" 하면서 싸잡아 묶는다. 그런다고 치사하게 아빠가 용돈을 끊을 수도 없다. 용돈 안 준다고 위협하면 애들은 아빠가 유치하게 행동한다고 역공한다. 가끔 엄마가 집을 비운 날 애들과 있으려면 영 어색하다. 분명 내 집인데도 손님이 된 느낌이다.

아빠가 집에서 설자리는 어딜까.

08

아빠 참 힘들다

생텍쥐페리의 『어린왕자』는 내가 제일 좋아하는 책이다. 학생 때부터 수십 번 읽었고 내용을 욀 정도다. 모든 장면 장면이 다 좋지만 특히 여우를 길들이는 장면은 무척 인상적이다. 길들이려면 매일 매일 조금씩 다가가야 하는데 그건 책임을 진다는 뜻이다.

아빠는 책임이 있다. 생각과 삶의 범위가 책임 범위로 한정된다. 마치 목줄을 한 것처럼 목줄의 한계가 삶의 한계다. 목줄을 벗어나려 하면 목이 아프다. 다시 돌아온다. 아빠의 목줄은 가족이다.

가족에게는 무한 책임을 지고 약한 모습을 보이면 안 된다. 그러나 아빠도 밖에서는 평범한 남자 어른이다. 직장에서 혼나고 도로에서 딱

지받고 강자 앞에서 굴복할 수밖에 없는 지극히 약하고 존재조차 드러내기 힘든 을이다.

가끔 술 먹고 세상을 다 가진 것처럼 큰소리를 내도 술이 깨면 마주치는 현실은 지극히 냉정하다. 바람 빠진 풍선처럼 쭈글쭈글한 존재다. 풍선은 아무리 바람이 빵빵하게 차 있어도 쓸모가 없다. 못 하나 박지 못하고 가벼운 화분하나 올려놓지 못한다. 풍선은 천장에 붙어 있거나 헬륨을 넣어 하늘로 날리는 일에나 쓴다.

가족은 아빠에게 참 많은 요구를 한다. 힘센 슈퍼맨은 기본이고 돈도 척척 벌어오고 재밌게 놀아 주고 또 자상해야 한다. 밖에서 열심히 일해도 밖은 밖이고 집은 집이다. 집에서 원하는 일을 소홀히 하면 좋은 아빠가 아니다.

얼마 전 모든 남성들에게 충격을 준 소식이 있었다. 드러난 사실만 보면 한 연예인이 아내와 아이를 유학 보내고 기러기 생활을 하면서 10년 넘게 수십억을 보냈는데 이혼을 당했다. 아내가 아니라 아이가 한 인터뷰가 가슴이 아프다. 아빠는 자라면서 필요할 때 옆에 없었다고 한다. 그는 분명 가족의 생계를 책임지려 혼자 살면서 닥치는 대로 일했다. 그래서 한 달 생활비로 어지간한 회사원 연봉만큼을 10년 넘게 보냈는데 돌아온 결과는 아빠는 필요할 때 없었다는 반응이다. 그는 이번 생은 망했다고 했다.

어떻게 해야 했을까? 수입이 줄어들더라도 같이 생활을 해야 했을까 아니면 떨어져 살기 어려우니 한국으로 돌아오라고 해야 했을까? 속사정은 모르니 섣부른 단정은 위험하다. 단지 중년 남성이 혼자 살면서 몸이 바스라지게 일하고 엄청난 돈을 보냈는데 결과는 이혼과 가족이라는 울타리에서 추방이라는 사실이 씁쓸하고 슬프다.

아빠는 일을 하고 밖에서 주로 생활한다. 아이는 엄마와 주로 생활한다. 아무래도 아이는 엄마와 친하고 엄마의 생각에 영향을 많이 받는다. 직접 아빠를 접하기 힘든 아이는 아빠의 모습을 제대로 알기 어렵다. 그의 생활이나 가치관, 가족에 대한 헌신을 아이가 직접 보기는 어렵다. 특히 딸이라면 남자로서의 아빠 생활을 알기는 극히 어렵다. 나중에 직장 생활을 하든가 혹은 결혼을 해 남자의 생활을 이해하기 전까지는 전혀 모른다. 따로 살면 엄마의 생각이 그대로 아빠의 모습이 된다. 아이는 엄마가 대하는 대로 아빠를 대한다. 엄마의 생각이 그대로 투영된다.

가족과 같이 사는 아빠라도 제대로 된 모습을 보여 주기는 쉽지 않다. 남자는 본능적으로 약한 모습을 보여 주길 싫어한다. 특히 가족에게 가장이 약한 모습을 들키는 건 질색이다. 힘들게 배우자에게 말을 꺼내기는 해도 자식들에게는 항상 강한 아빠로 기억되고 싶다. 그런다고 아빠가 진짜 강한 사람일까?

아빠는 세상의 수많은 남자 중 하나일 뿐이다. 헤라클레스처럼 강한 사람일 수도 있고 아주 허약한 사람일 수도 있다. 대부분은 중간이다. 결혼해서 가정을 꾸릴 정도의 남자면 아주 모나지도 않고 아주 약하지도 않은 적당한 성격에 적당한 사회 지위를 가진 보통 사람이다. 슬플 때도 있고 강한 척하지만 겁도 많고 비겁할 때도 있다. 가끔 진상을 부릴 때도 있다. 제복을 입을 때는 단정하지만 예비군복을 입으면 담벼락에 쉬를 하는 보통 남자다.

아빠가 되는 나이는 청년 후기부터다. 꿈이 있지만 현실과 만나는 나이다. 꿈을 향해 뛰다가 현실에 눌리는 시기다. 결혼은 남자에게 대단한 결정이다. 남자의 꿈은 대부분 결혼과 동시에 꺾인다. 아이가 태어나면 꿈은 이제 꿈이다. 하늘을 날고 싶은 꿈도 심해를 탐험하고 싶은 꿈도 남극을 가고 싶은 꿈도 이젠 TV로만 대리 만족한다.

청년은 꿈이 있어 아름답다. 아빠는 과감하게 꿈을 꺾고 아름다움을 접는다. 가정과 가족을 먹여 살리려 인생을 바친다. 꿈은 아이의 삶에 불쏘시개가 되는 것으로 바뀐다. 불쏘시개는 아름다울 필요가 없다. 바짝 마르고 불만 잘 붙으면 된다. 남자는 아빠가 되면서 바짝 마르고 잘 타도록 스스로를 비운다. 세상을 향해 떠나는 아이의 연료가 되기로 결정한다.

연료는 가볍고 화력이 좋아야 좋은 연료다. 무거우면 항해에 방해가 된다. 아이의 발목을 잡지 않으려고 버리고 마른다. 몸을 태워 아이를 띄워 보낸다. 나중에 아이가 아빠가 되어 아빠의 삶을 이해하면 이미 세상에 없다. 남자는 그렇게 어른이 되고 아빠가 되고 아이는 또 어른이 되고 아빠가 된다.

삶이 만만하지 않기 때문에 아빠는 항상 피곤하고 머리가 복잡하다. 아이는 아빠를 이해하지 못한다. 항상 말이 통하지 않는다고 한다. 그런 아빠를 답답해하고 멀리한다. 대화의 단절은 정서의 단절이다. 아빠는 세상에서 하듯 집에서 행동한다. 명령을 하고 실행을 점검한다. 성장기 아이는 어른이 아니다. 명령을 이해하지 못하고 계획과 실행을 못한다. 아빠는 답답하고 아이는 더 답답하다. 항상 충돌이 난다. 마무리는 아빠의 패배다.

사는 것은 돈을 쓰는 것이다. 아무리 좋게 포장을 해도 삶은 시간과 돈으로 구성된다. 돈이 적어도 살 수는 있다. 생활비가 들지 않는 삶은 분명 있다. 하지만 돈이 없는 삶은 할 수 있는 일이 거의 없다. 가장 기초적인 의식주도 다 돈이다. 취미, 문화, 오락 생활은 전부 돈과 바꾸는 일이다. 극도로 소비를 줄인다 해도 아이의 교육을 줄이기는 너무 어렵다. 가정 경제에서 최후까지 줄이기 힘든 고정 경비다. 한국인의 노후가 불안한 이유가 아이들 사교육비 때문이라는 말이 나온다.

아빠는 돈을 벌어야 한다. 그것도 많이 벌어야 하지만 현실은 어렵다. 돈 걱정 없는 금수저가 아니면 돈 걱정에서 벗어날 길이 없다. 겉으로 보기에 많이 버는 사람도 고민이 많다. 많이 벌면 그만큼 나가는 게 많다. 많이 소비한다는 뜻이 아니라 많이 벌면 경비도 많이 나가고 세금도 많이 나간다. 수입을 유지하려면 끝없이 뛰어야 한다. 잠깐 삐끗하면 나락으로 굴러 떨어진다.

그래도 고정적인 수입이 있는 가정은 다행이지만 대부분 가장의 삶은 빠듯하다. 자기에게 쓸 수 있는 돈은 거의 없고 한 달 용돈은 대부분 아이가 쓰는 돈보다 적다. 점심값, 차비나 기름값을 빼면 남는 게 없다. 그나마 있는 돈도 아이들 간식이나 아이들 용돈으로 보탠다. 아빠는 이래저래 가난하다.

가끔 탈출을 꿈꾼다. 비슷한 처지의 남자들과 모여 '혼자 살면 편하겠다', '걱정이 없겠다' 넋두리를 한다. 경제적으로는 사실이다. 혼자 벌어서 혼자 쓴다면 너무 여유로울 것이다. 거기에다 지금 세상은 혼자 살기에 불편함이 없다. 무인 세탁소에다 편의점이나 마트에 가면 일인 가정용 음식과 생활용품이 널려 있다. 정 귀찮으면 돈을 들여 언제든 도우미의 도움이 가능하다. 실제로 혼자 사는 사람을 보면서 아빠는 대리 만족을 한다.

「나는 자연인이다」라는 프로그램이 있다. 유선 방송으로 은근히 시청률이 높은데 시청자의 대부분이 중년 남성이라고 한다. 내용은 뻔하다. 연예인이 산에서 혼자 사는 남자를 찾아간다. 인터뷰를 하고 일을 돕고 챙겨 준 밥을 먹고 사는 이야기를 한다. 산에 들어온 사연은 제각각이지만 산에 사는 삶에 대단히 만족해한다. 손님이 왔다고 대부분 닭을 잡아 주고 가끔 매운탕도 끓이고 산이니까 산나물과 약초는 빠지지 않는다. 하룻밤 자고 다음 날 아침 먹고 내려온다.

그 삶이 부럽다. 문명과 떨어져 산에서 혼자 몸으로 힘쓰면서 사는 삶이 너무 부럽다. 불편해도 좋고 외로워도 좋다. 내 손으로 집을 짓고 먹을거리를 구하며 혼자 사는 삶이 부럽다. 언젠가는 그렇게 산으로 들어가고 싶다. 많은 남자들이 탈출을 꿈꾼다. 대부분은 꿈이다. 그래도 탈출하는 사람이 있다. 나도 명예롭게 산으로 가고 싶다.

PART 04

아빠는 무엇으로 사는가

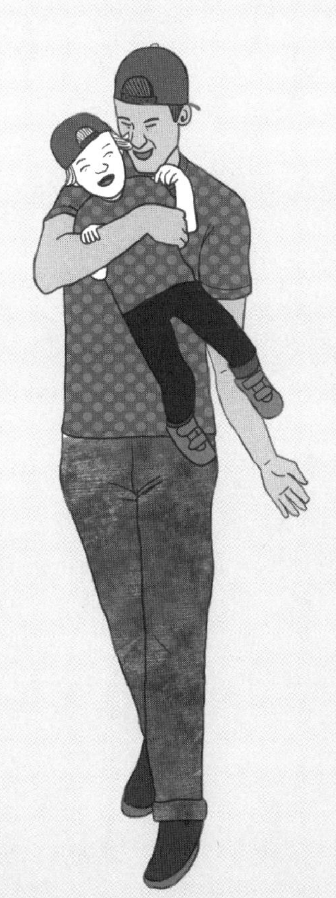

01

제일 예쁜 모습, 잘 때, 먹을 때

결혼하면 많이 듣는 충고 중 하나가 살림살이는 미리 장만하지 말고 꼭 하나씩 장만하라는 말이다. 밖에서 놀기 좋아하던 사람이 어느 날부터 집에 일찍 꼬박꼬박 들어가서 무슨 일 있냐고 물었더니 새로 텔레비전을 장만해서 보러 간다고 했다고 한다. 자기 힘으로 물건을 장만하면 대견하고 정이 더 간다. 물론 시간이 흐르면 시큰둥해진다.

부부도 제일 경계해야 할 감정 중 하나가 권태감이다. 다른 말로 익숙해진다는 뜻이다. 평안한 감정은 장점이지만 뒤집으면 지루하다는 뜻이다. 낯선 일에 대한 두려움 못지않게 익숙함의 게으름도 조심해야 한다. 물도 고이면 상하듯이 감정도 고이면 둔해진다. 세상에 하나

뿐인 가슴 뛰는 존재를 흔한 동네 아저씨 아줌마로 만들기 싫으면 자꾸 새로워져야 한다.

결혼하고 얼마 안 된 기간을 흔히 신혼이라고 한다. 남자는 집에 열심히 들어온다. 매일이 새롭고 설렌다. 그러나 필연적으로 익숙해지는 시기가 온다. 권태기다. 눈에 씌어진 콩깍지가 벗겨지는 시기다. 흥분 호르몬이 사라지고 감성의 자리를 이성이 차지한다. 주관이 물러가고 객관이 들어온다. 오직 하나에서 그중 하나로 비교 불가에서 비교가 시작된다.

위험하고 힘든 시기다. 진실의 시간이 다가온다. 로미오는 어디가고 평범한 남자 사람이 거기에 있다. 줄리엣인 줄 알았는데 그냥 흔한 여자 사람이다. 현실을 깨닫고 대부분 체념하고 합리화한다. '그래도 성실해, 그래도 맘이 고와, 시댁에 잘하고 처가에 잘해, 사람들 다 똑같아'라고 결론을 내린다. 동지로 살자고 결정한다.

인생의 축복은 다른 데서 온다. 아이다. 아이가 생기면 남자는 바뀐다. 머릿속에는 아이뿐이다. 하루 종일 아이 생각이다. 가구는 며칠 보면 식상한데 아이는 볼 때마다 새롭다. 매일 바뀐다. 어제보다 오늘 더 자라고 내일 새로운 짓을 배운다. 지루할 틈이 없고 시간이 가는 게 안타깝다. 아이는 항상 너무 빨리 자란다. 시간을 붙들어 놓고 싶어도 야속하게 휙휙 지나간다.

눈에 넣어도 안 아프다는 말이 절로 나온다. 종일 안고 업고 있어도 피곤하지 않다. 애가 눈이라도 맞추고 방긋 웃으면 기적처럼 힘이 솟는다. 갓난아이 때는 기저귀를 가는 일도 목욕시키는 일도 귀찮다는 생각이 들지 않는다. 그러다가 슬슬 일로 다가온다. 엄마와 아빠는 서로 미루고 서로 부른다. 예쁠 때와 피하고 싶을 때가 나뉘기 시작한다.

아이가 자랄 때는 그저 신기하다. 눈을 맞추고 배에다 바람을 불면 까르르 웃는다. 아이의 웃음소리는 말로 표현하기 힘든 유혹이다. 사람이란 존재가 이렇게 아름답고 신기할 수 있을까 매일 감탄한다. 뒤집을 때 온몸에 힘을 주는 걸 보고만 있어도 대견하다. 절로 박수가 나온다. 아이가 기는 날은 잔칫날이다. 집이 같이 뒤집힌다. 아이 눈에 맞춰 엎드려서 부르고 난리가 난다.

아이는 기면서 슬슬 말썽을 피운다. 이 시기의 아이는 시한폭탄이다. 잠깐만 감시를 소홀히 하면 사고를 친다. 뽈뽈뽈 기는데 굉장히 빠르다. 눈을 뗄 수가 없다. 이때부터 자기 고집을 피우기 시작한다. 부모와 사사건건 충돌한다. 슬슬 미운 짓도 한다. 애 보는 게 힘들기 시작한다. 예쁜 건 예쁜 거고 미운 건 미운 거라는 말이 나온다.

하지만 미운 마음이 들더라도 씻은 듯 사라지는 시간이 있다. 아이가 자는 시간이다. 새근새근 자는 아이는 천사다. 숨소리도 귀를 대야 들릴 정도로 조용하고 피부는 뽀얗고 윤기가 난다. 이때 아이를 보면 괜히 눈물이 난다. 감사하고 뿌듯하다. 그저 보고만 있어도 세상에서 제일 행복하다.

갓난아기를 키우는 집에 전화하거나 방문할 때 양해를 구하며 하는 말이 있다. "아기 자요?"다. 애가 깨어 있으면 모든 관심을 애한테 쏟아야 한다. 그래서 일단 아기가 잠들어야 다른 일을 할 수 있다. 엄마의 휴식 시간은 아기가 자는 시간이다. 나도 많이 듣고 한 말이다.

어릴 때 멋모르고 갓난아기가 있는 집에 놀러가서 아기가 눈뜨고 말똥말똥한 모습이 보고 싶어 자는 애를 일부러 깨워 어른들에게 핀잔들은 기억이 있다. 왜 혼내나 했는데 아이를 키워 보니 꿀밤 맞지 않은 게 다행이다.

초등학생 때다. 어머니랑 나이가 비슷한 아기 엄마들이 우리 집에 모여서 이야기하고 있는데 내가 대화에 불쑥 끼어들어 아기를 평가했다. 엄마들은 내 아기가 제일 예뻐도 다른 아기들도 다 예쁘다고 칭찬을 한다. 예쁜 구석이 없어도 어떻게든 칭찬거리를 찾아낸다. 그런데 내가 아주 정직하게 말했다. 저 애는 예쁜데 이 애는 안 예쁘다고 했다. 분위기가 순간에 싸악 바뀌었다. 어린 마음에도 쏟아지는 비난의 눈길을 느낄 수 있었다. 그 뒤로 아기들을 예쁘네 안 예쁘네 평하는 것은 대단히 위험하다는 걸 알았다.

어른들은 항상 아기는 수십 번 변한다고 한다. 아기 때 못생긴 아이가 커서 인물이 나고 아기 때 예뻤는데 크면서 변하는 경우도 있으니까 함부로 말하면 안 된다고 했다. 그냥 위로해 주는 말이려니 했는데 애를 키우니까 맞는 말이었다.

막내가 태어났을 때 좀 요란을 떨었다. 탯줄을 자르는 순간부터 사진을 매일 수십 장씩 찍었다. 신생아실 창밖에서 아이를 보여 주면 계속 찍었다. 막내가 태어난 기쁜 소식을 부모님께 보이려고 예쁜 사진을 골랐는데 건질 사진이 하나도 없었다. 지금까지 조카, 형, 누나의 아기 때 모습과는 너무 달랐다. 아빠인 내가 봐도 예쁜 구석이 없었다. 고르고 고른 사진을 가지고 가니 부모님은 빙그레 웃기만 했다. 물론 아기 때 모습은 계속 변한다고 하면서.

지금 막내는 환골탈태했다. 없는 코도 우뚝 나오고 잘생겼다는 말을 자주 듣는다. 아직 성장기라 어떻게 더 변할지는 모르지만 기본 골격은 완성되었을 테니까 큰 변화는 없을 것이다. 아기 때 모습을 보고 판단하면 안 된다는 사실의 증거다.

미운 다섯 살, 미운 일곱 살이라고 한다. 아이들은 자라면서 자기 의지대로 하려 한다. 어제까지 엄마에게 딱 붙어살던 아기가 갑자기 돌변한다. “엄마 저리가”, “아빠 미워”, “내가 할래” 하면서 반항한다. 당연한 성장 과정이고 응원을 해야 하지만 부모 입장에서는 많이 아쉽다. 언젠가는 품에서 보내야 하지만 한편으로는 더 보듬고 있고 싶은 마음이 간절하다.

부모와 떨어지려는 투쟁을 하면서도 늦은 나이까지 엄마 아빠를 찾을 때는 잠이 올 때다. 우리 아이들도 “내가 할래” 하다가도 잠이 오면 “엄마 졸려, 아빠 졸려” 하며 엄마 아빠를 찾았다. 품안에서 자울거리는 아이를 보면 가슴이 감격스러워 터질 듯했다. 팔베개를 하고 배를 토닥거리면 까닥까닥하다 잠이 들었다. 엄마는 자장가도 불러 줬는데 나는 노래가 재생이 안 된다. 아이들도 내가 노래를 하려고 하면 입을 막았다. 음감에 방해된다고 자장가는 금기였다.

아이들은 초등학교 때까지도 자는 모습은 참 예쁘고 사랑스럽다. 반항기에 엄마 아빠에게 한바탕 도전을 하고 자기 방에서 잠든 모습을 살짝 보고 있으면 밉던 마음이 다 사라진다. 신기하게도 아이들 자는 모습에 갓난아기 때 모습이 겹쳐 보인다.

어머니는 다 큰 아들을 보면 갓난아기 때부터 자랄 때 그리고 지금까지의 모습이 한번에 보인다고 했는데 나도 아이들을 보면 한눈에 보인다.

아이들을 키울 때는 모든 게 사랑스럽지만 먹는 모습을 빼놓을 수 없다. 먹는 모습을 보면 딸이 제일 예쁘게 먹었다. 오물오물 먹는 모습은 보고만 있어도 시간 가는 줄 모를 정도다. 학원에서 선생님이 아이가 먹는 모습이 너무 예쁘다고 계속 먹을 것을 주었다고 했다. 딸아이는 참 예쁘게 먹는데 조금씩 오래 먹는다.

딸이 태어난 뒤 석 달까지 키운 이모가 어느 날 감탄하면서 말했다. 뒤집기도 못하는 아가가 머리맡에 놔둔 빈 우유병을 물고 있더라는 것이다. 몸을 못 돌리니까 보이지도 않았을 텐데 어떻게 꼼지락거리면서 병을 잡고 입으로 물었는지 대단하다고 했다. 딸아이는 어릴 때부터 잘 뒤졌다. 별명이 고망쥐다. 잘 뒤지고 잘 찾고 또 먹을 게 있으면 잘 챙겨 먹었다.

큰애와 막내는 남자아이라 먹을 때 전투적으로 먹는다. 입맛에 맞는 음식이 있으면 고개를 들지 않는다. 막내는 어릴 때 누나, 형에게 밀린다고 생각했는지 음식 먹을 때 꾀를 냈다. 한입만 뜯고 앞에다 내려놓는다. 그리고 접시에 음식이 떨어지면 모아 놓은 음식을 먹었다. 형 누나에게 구박을 받으면서 한참을 제 앞으로 쟁이면서 먹었다. 지금은 그렇게 먹지는 않는다.

떠들썩하니 아이들이 먹는 모습을 보면서 엄마 아빠 몫은 당연히 뒷전이다. 아이들이 "엄마도 드세요. 아빠도 드세요" 하지만 생각이 없다고 하면서 웃으며 보기만 한다. 먹는 모습이 예뻐 사진도 많이 찍었다.

아이들은 사진을 찍으려면 항상 싫어한다. 찍지 말라고 한다. 아이들이 중고등학생이 된 뒤 먹는 사진은 거의 찍지 않는다. 아무리 봐도 아기 때처럼 예쁜 모습은 나오지 않는다. 더 이상 오물거리지도 않고 쌓아 놓지도 않는다. 아이들도 자기들은 그렇게 먹은 적이 없다고 우긴다. 다 인생의 벼락같은 축복의 순간이다.

02

효도는 선불로

알퐁스 도데는 서정적인 내용인 「별」로 기억되는 작가다. 그런 그의 작품에 「황금뇌를 가진 사나이」라는 소설이 있다. 같은 작가의 작품이 아닌 듯 엽기적이다. 어릴 때 아이가 머리를 다치자 상처에서 황금뇌가 흘러나왔다. 부모는 놀라서 이 사실을 숨겼다. 나중에 아이가 독립할 때 조심하라고 당부하고 키운 대가로 황금뇌를 조금 달라고 한다. 아이는 뇌를 주고 집을 떠나 뇌를 팔아 생활한다. 사기도 당하고 잠에 빠져 뇌를 도둑맞기도 하고 결국 마지막 뇌 조각을 사랑하는 여인에게 바치고 죽는다.

어릴 때 읽다가 소름이 돋았다. 특히 부모가 뇌를 요구하는 내용이 오래 남았다. 부모니까 애가 클 때까지 비밀을 지켰다는 이해와 부모가 아들의 뇌를 요구하다니 잔인하다는 생각이 교차했다. 얼마나 가난했으면 아이의 뇌가 필요했을까 하는 해석도 했다. 황금뇌는 상징이다. 정신적 능력을 상징한다. 그럼 아이가 준 황금뇌는 키워 준 대가다. 보답으로 효도하고 떠난 거다. 이렇게 정리를 했다.

아이들을 키우다 보면 재미있는 일이 참 많다. 특히 말 배울 때쯤에는 웃을 일이 너무 많아서 일일이 쓰기 힘들 정도다. 유치원 다니기 전에 딸이 갑자기 롯데날드에 가자고 했다. 맥도날드와 롯데리아를 합성한 말이다. 차 안에서 덥다고 리모컨 켜 달라고 짜증 낸 적도 있다. 물론 에어컨이다. 큰애는 한참을 큰마트 가자고 했다. 집 부근 대형마트를 그렇게 불렀다. 7마트도 있다. 세븐일레븐 편의점을 보고 한 말이다.

아이들은 자랄 때 뭘 해도 신기하고 예쁘다. 집에 웃음이 끊이지 않는다. 어른들이 아이 앞에서 한번 웃어달라고 있는 재롱 없는 재롱을 떠는데 아이는 한참 보다가 지칠 때쯤 되면 한번 웃어 준다. 속으로 재미없어도 노력이 가상해서 한번 웃어준 건 아닐까 생각이 들었다.

아기들 입장에서 보면 참 피곤한 일이다. 시도 때도 없이 어른들이 아기 앞에서 어리광을 피운다. 눈이라도 마주치면 자기들끼리 손뼉치고 난리법석이고 웃기라도 하면 다들 좋아서 어쩔 줄 모른다. 아기는 아마 '먹고살기 참 힘들다' 생각할 수도 있다.

보통은 큰아이에게 제일 정성을 많이 쏟는다. 당연히 첫아이라 모르는 것투성이고 새로운 경험이라 더하다. 기억이 잘 나지 않지만 큰애가 태어나기 전 아내는 긴장도 많이 하고 준비도 많이 한 듯하다. 아이용품부터 다 새로 장만했다. 사실 너무 경황이 없어 갓난아기 때 기억은 적다. 성격도 순해 큰 말썽 안 피우고 잘 자랐다. 아픈 기억도 별로 없고 생활 습관이나 학교 학습도 스스로 잘 따라갔다.

아이들이 다 큰아이처럼 자라는 줄 알았다. 애 키우기 힘들다는 사람들이 이해가 안 될 정도로 손이 안 갔다. 엄마 아빠가 애를 잘 키우는 줄 알았고 이 정도면 아이가 10명이라도 너끈히 키울 수 있겠다고 생각했다. 둘째, 셋째를 키우면서 그런 생각이 여지없이 깨졌다.

큰아이가 특이한 경우였다. 부모 입장에서 제시간에 자고 일어나고 유치원 가고 학교 가고 스스로 밥 먹고 옷 갈아입고 이 닦고 공부하면 할 일이 없다. 더구나 잘 아프지도 않고 잘 먹고 잘 놀았다. 생각해 보면 하늘이 복덩어리를 내려 주신 셈이다.

둘째부터 아이를 키우는 어려움을 배웠다. 둘째가 태어날 때 큰아이가 폴짝폴짝 뛰고 좋아했다. 동생이 태어났다고 신이 났는데 며칠 만에 오빠 안 한다고 했다. 사람들이 모두 아기에만 신경 쓰고 "오빠가 참아야지" 하니까 현실을 알아 버린 것 같다.

딸아이는 예쁘고 조그마했는데 한 성깔 했다. 당시는 맞벌이를 해서 아이를 맡아 키우는 베테랑 아주머니를 찾아서 부탁했는데 하룻밤 자고 그만두었다. 밤새 잠을 안 자고 보채서 도저히 볼 수가 없다고 했다. 그래서 미국에 직장을 얻어 출국을 준비 중인 아이 이모가 석 달을 키웠다. 지금도 이모는 딸의 소식을 제일 먼저 묻는다. 그 뒤로 어렵게 아이의 고모할머니에게 부탁을 해서 딸을 맡겼다. 기른 정이 있어서인지 고모는 여러 명의 조카 손자 중에 내 딸을 유독 더 챙긴다.

'딸은 키우는 맛'이라는 말이 있다. 아들은 좀 험하게 키우더라도 딸은 예쁘게 키운다. 머리도 빗기고 예쁜 옷도 입히고 아들보다 신경을 더 쓴다. 아내도 딸을 곱게 치장하느라 정성을 많이 기울였다. 옷이나 아이용품도 모양과 색깔까지 신경을 썼다. 수도 없이 머리끈과 핀을 사서 치장하고 예쁜 핑크색 옷을 입히고 방도 가구도 핑크빛으로 꾸몄다.

아기 때 주말이면 고모할머니 집에서 데려오는데 애를 우주복 같은 옷에 푹 싸서 안고 온다. 그러면 우주복 안에서 몸도 못 뒤집으면서 팔다리를 허우적대며 좋아하는 기억이 선하다.

어릴 때부터 여기저기 뒤지기를 좋아해서 서랍이나 장롱을 다 열고 다녔다. 장롱 밑에 손을 넣어 다 쑤석거리고 서랍을 빼어 발판을 삼고 장롱 위도 탐색했다고 한다. 모습을 상상만 해도 웃음이 나지만 요새 방송에서 자주 나오는 가구가 덮치는 뉴스를 보면 소름이 쫙악 올라온다. 다행히 고모네 가구는 묵직한 전통 가구라 넘어질 일은 없었다.

항상 이를 악물고 여기저기를 기어서 탐색했다. 닥치는 대로 잡아당기고 열어젖혔다. 몸이 가벼우니까 기고 일어서기도 빨랐다. 침이 많이 나와 항상 손수건을 했는 데도 금방 젖어 갈아 주는 게 일이었다. 그래서 '침순이'라고 불렀다.

유치원 가기 전까지 여자아이는 참 예쁘다. 유모차에 앉히고 산책을 나가면 예쁘다는 소리도 많이 들었다. 이렇게 보고 있어도 예쁘고 저렇게 봐도 예뻤다. 걸음마 하면서 꼭 손을 잡고 다니면 시간이 이렇게 멈췄으면 했다. 하루하루 애가 자라는 시간이 아쉬웠다.

둘째가 태어나기 전 큰맘 먹고 레코더를 장만했다. 산후조리원에 있을 때부터 시간만 되면 촬영을 했다. 지금도 둘째 영상이 제일 많다. 덕분에 조카나 아이들 사진도 그때부터 많이 늘었다. 디지털카메라가 막 나온 때였는데 바로 장만해서 계속 찍었다. 잘 때, 밥 먹을 때, 산책할 때, 여행할 때 애들과 가족이 사진 그만 찍으라고 구박을 계속했다. 지금 수십 개의 테이프와 수십 기가 용량의 사진은 제일 큰 보물이다. 날짜별로 정리한 사진 폴더를 가끔 뒤지면 행복하다.

딸이 유치원 가기 전 일이다. 내가 감기로 열이 나서 소파에 누워 있는데 딸이 손수건에 물을 묻혀 이마에 대 줬다. 물이 흥건히 흘러내렸지만 감동이 절로 일었다. 행복이 이런 거구나 전율이 밀려왔다. 조그만 손으로 손수건을 곱게 이마에 펴 주는데 눈물이 날 뻔했다. 당연히 딸은 기억을 못한다.

항상 노래 부르고 춤추고, 또 예쁘게 꾸미고 시간 가는 줄 몰랐다. 딸이 또 유치원 가기 전 일이다. 출근 준비하러 세수하는데 갑자기 문을 벌컥 열더니 "아빠 나 예뻐?" 하는 거다. 머리에 핀을 꼽았는데 엄마에게 가니 아빠에게 물어보라고 한 것이다. 안 예쁘다고 할 부모가 있을까? 그런데 딸은 초롱초롱한 눈으로 나를 보면서 답을 진지하게 기다리고 있었다. 눈빛 발사처럼 응시했다. 나름 진지하게 "응 예뻐" 했다. 딸의 표정이 순간 발갛게 상기되더니 엄마에게 뛰어갔다. "아빠가 예쁘대, 예쁘다고 했어" 그리고 한참을 재잘댔다. 살면서 최고로 손꼽는 행복한 순간이었다.

딸은 덜렁이다. 꼼꼼하지가 못하다. 초등학교 입학 후 첫 등교하는 날 영 믿음이 안 갔다. 아파트 10층에서 내려다보며 사진을 찍고 뛰어가는 모습을 보았다. 그런데 가방이 열려 있었다. 다행이 내용물은 없었지만 웃음이 나왔다. 오빠를 쫓아가는 모습이 지금도 선하다.

첫 시험에 만점을 맞았다. 너무 기특해서 통닭을 시켰다. 그런데 그날 학교 주변 통닭집이 모두 배달이 밀려 난리가 났다. 알고 보니 첫 시험이라 아이들 기를 살리려고 쉽게 내서 반에서 셋 중 둘이 만점이었다.

고집은 셋 중 제일 세다. 그래서 항상 더 혼나고 끝까지 혼난다. 그래도 먼저 숙이는 법이 없다. 자식 이기는 부모 없다고 지금은 혼내기는 포기했다.

흔히 막내가 제일 예쁘고 귀엽다고 한다. 당연한 말이다. 사람은 본능적으로 작고 약한 대상을 더 챙긴다. 막내는 항상 작고 약하다. 같은 나이라도 더 귀여움을 받는다. 큰아이가 초등학교 저학년 때 여행을 다녀오면 동생들은 엄마 아빠가 하나씩 업고 아직 어린 큰애는 짐을 들고 졸면서 걸었다. 막내는 초등학교 졸업 때까지 업고 다녔다. 지금 생각하면 큰아이에게 많이 미안하다.

막내는 자라면서 부모를 좀 힘들게 했다. 막내가 태어난 후 아내는 직장을 관뒀다. 아내도 처음으로 아이를 온전히 키웠고 온 가족이 함께 살았다. 집이 항상 시끌벅적했다. 막내는 모유도 제일 늦게까지 먹고 엄마 아빠 사랑을 듬뿍 받았다. 하지만 엄마만 좋아했다. 아빠가 누워 있고 건너편에 엄마가 있으면 아빠는 장애물일 뿐이었다. 엄마만 보고 직진하면서 아빠는 밟고 지나갔다.

막내는 싫은 건 참지 못했다. 아주 안 했다. 덕분에 부모가 마음고생을 많이 했다. 초등학교 1학년 때 운동회 달리기를 하는데 안 뛰었다. 선생님이 교사 생활 중 처음이라고 당황했다. 나중에 물어보니 잘 달리고 싶은데 자신이 없어 아주 안 달렸다고 털어놨다. 나이에 맞지 않게 생각이 많은 것은 지능이 높은 아이의 특징 중 하나라고 해서 위안을 받았다. 초등학교 때 엄마가 고생을 많이 했다. 갓난아이 때부터 한 번도 안 떼어 놓고 모유로 키워서인지 막내와 엄마의 유대관계는 제일 강하다. 아빠가 뚫고 들어가기 힘들다. 그래도 중학교 들어가서는 슬슬 아빠 쪽으로 옮겨 오고 있다.

아이를 키우면서 생긴 기쁜 일, 속상한 일은 아이 하나마다 책으로 몇 권이 나올 정도다. 다들 개성이 있고 물어서 안 아픈 손가락이 없듯이 다 사랑스럽다. 이젠 더 이상 아이가 아니라 귀여운 나이는 지났다. 웃음보다는 진지한 대화와 장래를 준비하는 심각한 나이가 되었다. 반항도 많고 또 자기들 또래와 더 어울린다. 그저 건강하게 자기 인생을 스스로 개척해 나가길 간절히 바랄 뿐이다.

요새는 아이들이 커서 다들 바쁘다. 학교에서 늦게 오고 친구 만난다고 늦고 주말이면 약속 있다고 나간다. 퇴근 후 집에 오면 캄캄한 빈집일 때가 가끔 있다. 불 꺼진 집에 혼자 들어가려면 아주 낯설다. 일부러 이방 저방 불을 다 켜고 텔레비전도 볼륨을 올린다. 휑한 기분이 싸하다. 조금 있다 아내가 들어오고 아이들이 들어오면 다시 왁자하면서 온기가 돈다.

이제 집에 아내와 둘만 있는 시간이 조금씩 늘어난다. 둘만 저녁을 먹는 날이 아직은 많이 없지만 벌써 쓸쓸하다. 당연한 삶의 과정이지만 헛헛한 느낌을 피할 수 없다.

먼저 아이를 키운 형이 아이들은 자라면서 평생 할 효도를 다한다고 했는데 그 말을 실감하고 있다.

03

아빠가 생선머리만 먹는 이유

자라면서 자주 들었던 블랙 유머가 있다. 밥을 먹는데 애들이 엄마에게 생선가시만 주는 거란다. 왜 그러냐고 물어보니까 "엄마는 가시만 좋아하잖아?" 했다고 한다. 생선살은 아이 먹으라고 골라 주고 가시를 발라 먹는 모습을 보고 아이는 오해를 한 것이다. 부모가 맹수도 아니고 가시만 좋아할까? 엄마도 사람이고 아빠도 사람이다. 생선은 살을 먹지 가시를 먹지 않는다. 잘못 잔가시가 목에 걸리면 엄청나게 고생을 한다.

모든 부모가 다 같은 마음이겠지만 우리 집도 아이들을 잘 키우는 것이 가정의 제일 목표다. 가정의 모든 역량이 아이의 교육과 성장에 초점을 맞춘다. 처음에는 아이에게 가정교육으로 어른을 먼저 챙겨야지 했는데 잘 되지 않는다. 아이를 먼저 챙기는 행위는 본능인 듯하다. 그래도 가족이 다 밥상에 앉을 때까지는 기다리고 음식도 늦게 온 가족 몫을 남기라고 계속 강조한다.

나는 유독 생선을 좋아한다. 남들은 식어 비린내가 나서 안 먹는다고 해도 잘 먹는다. 나를 닮아서인지 많이 먹어 봐서인지 우리 애들도 생선을 좋아하고 잘 먹는다. 특히 막내는 아주 어릴 때부터 생선을 좋아했다. 굴비를 바르는 솜씨는 일품이다. 잔가시를 골라내고 눈밑살도 "음, 눈밑살" 하면서 잘 발라 먹는다.

보통 스무 마리를 요리하는데 열두 마리를 한자리에서 먹는다. 그나마 다른 가족에게 양보해서다. 놔두면 혼자 스무 마리까지 먹을 기세다. 워낙 잘 먹으니 형과 누나가 제 몫까지 양보한다. 엄마 아빠는 일찌감치 지켜만 본다.

막내가 생선을 먹는 모습을 보면 나의 어릴 때 모습과 겹친다. 머리를 들이박고 먹는 모습이 내 모습 같다. 오죽했으면 형이 생선이 나오면 나 때문에 손을 안 댔다고 하는데 그 모습도 판박이다. 아마 그때도 부모님은 내 모습을 보면서 생선 머리만 잡쉈을 것이다. 나는 아빠도 생선을 좋아한다고 하면서 악착같이 한 마리라도 확보한다. 그렇지만 어렵게 확보한 생선은 결국 아이들 몫이다. 자연스럽게 아이 앞으로 간다. 결국 머리만 챙긴다.

어두일미(魚頭一味)란 말은 이래서 나온 걸까? 부모는 항상 생선 머리만 먹는 모습을 보고 맛이 좋으니까 어른이 챙긴다는 오해에서 비롯

되었을 수 있고, 하도 아이들이 생선 몸통만 먹으니까 "얘들아 엄마 아빠도 살 좀 먹게 맛있는 머리와 바꾸자" 하면서 일부러 흘린 말이 수도 있다. 아니면 자식들을 잘 먹이려고 아이들이 미안해할까 봐 일부러 핑계를 삼은 말이라는 생각도 든다.

아이를 키우면 내리사랑이라는 말을 실감한다. 같은 형제라도 막내가 더 예쁘다. 항상 형, 누나에 비해 덩치가 작고 서툴다. 더 귀엽고 더 챙겨 주고 싶다. 막내는 뭘 해도 어설프지만 대견하다. 막내의 특권이다. 큰애가 자랄 때는 시간이 빨리 흐른다는 아쉬움이 없었고 커 가는 모습이 그저 흐뭇했다. 하지만 막내는 자라는 모습을 보면 서운하다. 예쁜 시절이 사라진다는 안타까움이다. 토요일보다 일요일이 아쉽고 휴가도 시작보다 막바지가 급하다. 시작보다는 끝이 가까울수록 미련이 남는다. 막내를 보면 아이를 키우는 시간이 얼마 남지 않았다는 아쉬움을 느낀다.

내리사랑은 부모와 자식 간의 사랑이라는 뜻도 있다. 부모 자식 간의 사랑은 극히 일방적이다. 부모는 자식에게 아낌없는 사랑을 베풀고 자식은 부모에게 보답을 하기는 하지만 자식에게 바치는 정성에 비하면 티끌 정도다. 동물에게는 한편으로 당연한 행동이다. 어미가 새끼를 돌보지 않고 제 어미만 돌본다면 새끼는 살아남을 수 없다. 종족 번식의 임무를 다하려면 새끼를 다 키운 어미에게 투자하는 일은 낭비다. 서글프지만 그게 자연의 섭리다. 우리나라에도 고려장이라는 비극적인 풍습이 있었다. 흉년에는 나이 든 부모를 산에다 버리고 오는 악습이다. '얼마나 먹을 것이 모자랐으면 그랬을까' 하지만 슬픈 일이다. 그

와중에도 부모는 자식이 산에서 내려가면서 길을 잃을까 나뭇가지를 꺾어 길을 표시한다. 산에 버리지는 않는 지금 세상에 태어나서 고마울 뿐이다.

자라면서 부모님에게 너무도 많은 사랑을 받고 빚을 졌다. 그게 당연한 줄 알았다. 덜 해주면 화가 났고 섭섭했다. 다른 형제와 비교하고 투덜거렸다. 부모는 자식에게 할 수 있는 최선을 다하는데 자식은 항상 배가 고프다.

아이를 키우니까 알겠다. 내가 받은 것이 당연한 권리가 아니라 부모의 희생이라는 걸. 그렇게 아이들에게 희생한다. 가끔 의무가 무겁다고 생각한 적은 있지만 희생이라고 생각한 적이 없다. 항상 기쁘다. 가족에게 아이들에게 아직 해줄 게 있다는 사실에 감사한다.

내리사랑은 그렇게 대를 이어 내려간다. 내 부모님도 그 부모님께 받고 나에게 해주었다. 나도 부모님께 받고 아이들에게 헌신한다. 돌려받고 싶은 생각은 없다. 아이들은 또 그 아이들에게 베풀고 희생할 것이다. 사람의 삶은 그렇게 수십만 년을 내려왔다. 난 그 도도한 흐름의 일부분일 뿐이다. 크게는 사람이라는 종의 일원이고 작게는 가문과 사회의 중간 다리다. 그 역할에 담담하고 감사한다.

아이들을 키우다 보면 걱정이 많다. 정리도 안 하고 청소도 안 하고 모든 게 서투르다. 잔소리가 항상 나온다. 스스로 앞가림을 할 수 있을까 걱정된다. 예전에 같이 있던 직원이 결혼 전 집안일을 도우려 하면 어머니가 하지 말라고 했다고 한다. 어차피 평생 할 거라고 하면서. 그래서 손에 물 안 대고 곱게 컸는데 지금은 집안일을 다 한다고 했다.

나는 아이들이 방 정리를 안 하면 많이 나무라지만 결혼 전 아내는 처음 내 방을 보고 너무 어질러진 모습에 놀랐다고 했다. 하지만 지금은 정리 정돈을 잘하고 산다.

생각해 보면 집에서 아이들이 대접받고 사는 것도 한때다. 독립하면 나가야 한다. 세상과 싸울 아이들에게 따뜻한 추억을 가지게 하는 것도 나쁘지 않다고 생각한다. 독립심을 키우는 교육도 맞다. 하지만 부모 슬하에서 안락한 시절을 만끽하라고 놔두고 싶은 마음도 있다. 적어도 입시생 때 한두 해는 원하는 대로 다 해주리라 마음먹는다.

부모는 아이에게 맞추지만 아이들끼리는 양보가 없다. 입맛도 다 다르다. 외식할 때마다 항상 싸움이 난다. 결국 돌아가면서 좋아하는 음식을 고르는데 서로 절대 안 먹는 음식이 있다. 막내는 간장게장을 좋아한다. 일정 기간 안 먹으면 생각이 난다고 한다. 큰애는 간장게장이라면 질색을 한다. 차라리 집에서 라면을 끓여 먹겠다고 한다. 일절 양보가 없다.

음식에 제일 개성이 강한 아이는 막내다. 엄마 아빠는 입맛이 단순하다. 대부분 먹는 것만 먹는다. 낯선 음식을 잘 먹지 않는다. 반면 막내는 용감하다. 이것저것 도전한다. 사실 나는 이제껏 곱창을 먹어 본 적이 없다. 하지만 막내는 곱창을 먹고 맛있다고 또 먹자고 한다. 아쉽지만 나하고 곱창 먹을 일은 없을 듯하다.

둘째는 항상 떡볶이를 선호한다. 지겹지도 않은지 떡볶이 노래를 부른다. 그것도 매운 맛을 선호한다. 엄마 아빠는 입이 얼얼해 먹을 수가 없다. 큰애는 고기파다. 고기를 제일 좋아한다. 한참 무섭게 먹더니 대학생이 된 뒤 먹는 양이 줄었다. 그래도 고기 먹자고 하면 자다가도 나온다.

오래전 햄스터를 키웠다. 동글동글한 몸에 반짝거리는 눈을 보고 있으면 시간 가는 줄 모른다. 햄스터는 지능이 낮다고 하지만 새끼를 낳아 키울 때는 감동이다. 새끼를 낳기 전 톱밥이나 종이로 둥지를 푹신하게 만든다. 새끼를 낳고 젖을 먹이고 새끼를 돌보는 모습은 사람과 똑같다. 2주 정도 보듬고 새끼가 스스로 먹이를 찾으면 쫓아낸다.

한번은 갓 난 새끼를 둔 채 어미가 탈출해서 온 집을 다 뒤졌다. 나중에 집 반대쪽에 있는 음식물 쓰레기봉투를 찢고 그 안에서 꺼낸 갈비뼈 조각을 입에 가득 담은 채 우리 밑에서 서성이고 있는 걸 발견했다. 탈출은 했는데 우리가 어항이라 넘어 들어가지는 못했다. 우리에 넣어 주니 새끼에게 먹이를 주고 어미는 입도 대지 않았다. 본능이라고 당연시하기에는 뭉클했다.

햄스터가 새끼를 키우는 모습과 햄스터 새끼가 자라는 한 달 정도는 참 쏜살같이 지나지만 지루하지 않은 경험이고 몇 번을 반복해서 관찰해도 신기하다. 햄스터를 키우고 새끼를 보고 천수를 다할 때까지 몇 세대를 키우면서 좋은 기억, 속상한 기억이 많이 남았다. 특히 새끼를 키울 때 보여 준 모성애가 인상이 깊다. 동물도 제 새끼한테 이렇게 정성을 기울이는 모습을 보면서 아빠로서 반성도 했다.

아빠의 꿈은 한결같다. 애들이 잘 자라는 거다. 육체적으로 정신적으로 건강하게 성장해서 훌륭한 사회인으로 독립하는 게 아빠의 일관된 꿈이다. 아이들이 독립할 날이 점점 다가오면서 기쁘기도 하지만 한편으로는 섭섭하다. 막내가 독립하는 날 많이 울 것 같다.

04

아빠미소가 어울리는 나이

방송에서 자주 나오는 용어에 아빠미소라는 말이 있다. 중년 남자 방송인이 한참 어린 연예인이나 아이들을 보면서 흐뭇하게 웃는 모습을 영상으로 잡으면 자막에 빠짐없이 나오는 말이다.

나도 아빠미소란 말을 들은 적이 있다. 강의를 나가는 학교에서 강의 시간에 잠깐 그동안 키운 햄스터 사진을 올려놓고 이야기를 하면서 나도 모르게 그때 생각에 미소를 지었다. 학생들이 "아빠미소다" 하고 수군거렸다.

아빠미소의 특징은 여유다. 경쟁에서 벗어난 여유다. 그가 이겼든 내가 이겼든 마주보고 경쟁할 세대가 아니란 의미다. 이미 지난 시절에 대한 상념이고 힘들어하는 후배가 내가 겪은 고민과 어려움을 극복하는 모습을 보며 젊을 때를 떠올리는 추억이다. 한때 아름다웠던 추억과 겹쳐야만 나오는 미소다.

아빠미소는 연륜과 여유에서 나온다. 마음이 급하고 쫓기면 미소가 나오지 않는다. 웃지 못하면 미소도 없다. 미소는 박장대소가 아니다. 옆 사람도 모를 정도로 조용한 웃음이다. 소리를 내지 않고 쳐다보는 흐뭇한 표정이다. 소리가 나면 안 된다. 박수도 치면 안 된다. 큰 몸짓은 금물이다. 팔짱을 끼고 그저 조용히 눈과 입만 웃는다. 뒤에서 보거나 얼핏 보면 알 수가 없다. 유심히 보거나 클로즈업을 해야 미소를 짓는 것을 안다.

대부분의 웃음은 다른 사람과 공감을 요구한다. "저거 봐, 저거 봐" 하면서 동조를 구한다. 하지만 아빠미소는 혼자만의 공감이다. 누구에게 동조를 구하지 않는다. 옆 사람을 쳐다보지 않는다. 상대에게 집중하고 고개를 끄덕이고 혼자 조그맣게 웃는다. 아빠미소는 남자가 지을 수 있는 최고의 사회적인 공감 행위다.

아빠미소는 남자, 그것도 세상을 살아본 중년 남자의 특권이다. 경험이 없는 사람은 아빠미소를 지을 수 없다. 지금, 적어도 이 순간 여유가 있는 남자의 전유물이다. 상대를 전적으로 응원하고 격려하는 미소다. 나이 차이가 커도 그와 경쟁을 할 가능성이 있으면 미소를 지을 수 없다. 대상과 관련된 아픈 추억이 떠오르면 미소는 불가능하다. 절대적으로 경쟁이 아닌 상대, 내가 지나온 길을 걷는 후배를 흐뭇한 모습으로 봐야 가능하다.

아빠미소는 이해하고 내려놓는 미소다. 조용하다. 지극히 개인적이다. 정적이다. 기쁘고 대견해도 보기만 한다. 아무리 기뻐도 눈물은 없고 소리도 없다. 그저 눈웃음과 입꼬리가 살짝 올라갈 뿐이다.

얼마 전 시험 감독을 했다. 머리를 숙이고 문제를 푸는 학생들을 보면서 나도 모르게 미소를 지었다. 내 학생 때 모습과 겹쳤다. 나도 저렇게 시험을 보면서 끙끙댄 생각이 났다. 눈이 마주치면 얼른 피하는 학생도 있고 질문을 하는 학생도 있었다. 답을 놓고 고민하는 모습을 보면서 힌트를 주고 싶은 마음이 굴뚝같았다. 누가 내 모습을 보면 분명 아빠미소라고 했을 것이다.

우스갯소리로 많이 하는 말이 남자 배우가 사윗감으로 보이고 여자 배우가 며느릿감으로 보이면 나이가 든 거라고 했다. 서정주 시인의 「국화 옆에서」에는 '이제는 돌아와 거울 앞에 선 내 누이같이 생긴 꽃이여'라는 대목이 있다. 세상의 쓴맛을 다보고 이젠 많이 동글동글해서 쉽게 흔들리지 않는 나이의 누이란 뜻이다. 국화의 아름다움을 알 나이의 시인이라면 삶의 연륜이 켜켜이 쌓였을 것이고 누이는 그보다 더 세상에 담담하다는 뜻일 것이다.

냇가의 조약돌은 참 매끈하다. 물에 닳고 닳아 꺼칠한 면이 없다. 처음 뾰쪽한 돌덩어리가 수만 년 시간이 흘러 이리 부딪치고 저리 부딪치면서 깨지고 닳아 미끈하게 된다. 사람도 날카로운 젊음이 세상을 살면서 깨지고 또 깨진다. 건드리면 펑하고 터지는 활화산 같은 성격도 깎이고 깎이면 여유가 생긴다. 화는 답이 아니다. 화는 나도 태우고 상대도 태우는 불이라는 사실을 배운다.

초보 아빠는 청년이다. 날카롭다. 여기저기 부딪치고 찔리고 찌른다. 다치고 깨진 중년 아빠는 세상을 안다. 내가 아는 게 전부가 아니고 나와 다르다고 틀린 게 아니란 걸 인정한다. 성공과 실패를 반복하면서 세상은 만만하지 않다는 사실과 힘들지만 세상에 절망할 게 아니란 걸 안다.

나와 경쟁자가 다 이겨야 할 대상이 아니라 같이 동행해야 할 동료라는 사실도 알고 세상은 혼자 사는 곳이 아니라 모여서 바람도 막고 추위도 막아야 한다는 사실도 깨닫는다. 나에게 도전하는 후배는 경쟁 상대가 아니라 내가 양보하고 길을 알려 줘야 하는 동지란 사실도 배운다. 세상을 내가 소유할 수도 내가 좌지우지할 수도 없다는 사실을 실감한다. 세상은 단지 내가 잠깐 머무는 공간이고 허락도 시간도 공간도 한정돼 있다는 걸 안다.

막내는 공부하거나 책을 보거나 먹는 모습을 보면 참 귀엽고 흐뭇하다. 나도 모르게 미소가 나온다. 그럼 아이는 "왜 나만 보면 웃어? 쳐다보지 마" 한다. 그럼 눈길을 돌려서 다른 곳을 보는 척한다. 큰아이와 둘째는 보면서 웃고 있어도 의식하지 않는다. 아마 아빠의 미소에 익숙해져 있을 것이다.

그러고 보니 아버지도 내가 밥 먹을 때 꼭 앞에서 흐뭇하게 보고 계셨다. 나중에 손자들을 볼 때는 항상 웃고 계셨다. 어린애를 보면 웃는 미소가 자랄수록 범위가 준다. 대학생인 아들과 대화할 때는 더 이상 웃지 않고 정색을 하고 토론한다. 잘 때와 먹을 때만 보고 웃는다. 막내는 아직 토론할 때 웃음이 난다. 짧은 지식으로 낑낑대며 의견을 말하면 귀엽다. 아직 내 상대가 아니란 생각이다. 큰아이와는 다르다. 미소는 모든 것이 내가 우월할 때 지는 여유의 표정이다.

아빠미소는 여유와 체념의 미소다. 내 시대가 저물고 있다는 자각의 미소다. 아빠미소는 인생의 쓴맛을 알고 내려놓을 자세가 되어 있는 남자만의 멋진 자화상이다.

05

아들에게 질 때 아빠는 기쁘다

'아빠보다 클 거야'라는 광고가 있다. 편식하는 아이에게 골고루 먹으라고 하면서 아빠보다 커야지 하는 내용이다. 나도 집에서 들은 적이 있다. 막내가 어릴 때 "아빠보다 클 거야" 했다. 그 말이 잊혀지지 않는다. 아들은 생각 없이 한 말일 테지만 아빠는 아주 흐뭇하다. 아들은 아빠를 이겨야 한다. 아빠보다 훨씬 훌륭하게 자라야 한다.

아이를 키우면서 키를 기록하는 일은 주기적으로 하는 행사다. 어릴 때부터 벽에 아이들을 세우고 키를 재고 이름과 날짜를 써놓았다. 한 10년 넘게 하니까 벽이 지저분했지만 가족의 역사라 지우지 않았다. 언제부터 애들이 엄마 키를 넘었다. 큰아들이 먼저, 다음 둘째 그리고 막내까지 엄마 키를 훌쩍 넘었다. 그리고 마침내 큰아들이 아빠 키를 넘었다. 알 것이다. 아들이 키가 더 클 때 아빠가 느끼는 흐뭇함과 만족감을.

이사를 해서 어릴 때 키를 잰 기록은 남아 있지 않지만 새집에서도 벽 한 면에 키를 계속 기록한다. 큰아들이 아빠보다 조금 더 큰 뒤 그 이상 올라가질 않는다. 딸도 엄마보다는 크지만 월등하지는 않다. 그래도 엄마 아빠보다 더 커서 감사하다. 막내는 아직 자라고 있다. 엄마보다는 훨씬 크고 아직은 아빠보다 작지만 쭉쭉 더 크길 은근히 기대하고 있다.

막내는 힘들다. "아빠보다 커야지" 하면서 우유 먹이고 항상 밤에 일찍 자라고 강요한다. 오죽하면 "나 고만 클 거야, 그러니 밤에 늦게 자도 뭐라 하지 마" 하고 반항한다. 매일 밤이면 벌어지는 소동이다. 엄마 아빠의 염원을 담아 밤에 일찍 재우기는 앞으로 막내의 성장판이 닫힐 때까지 멈추지 않을 것이다.

아이가 어릴 때는 모든 것이 부모보다 부족하다. 일단 부모에게 먼저 답을 구한다. 그러다 애들이 크면서 조금씩 부모의 권위를 의심한다. 어느 날 "엄마는 그것도 몰라?"가 대부분 먼저 나온다. 아무래도 엄마가 만만한가 보다. 그러다 마침내 "아빠는 잘 모르면서 그러세요?"라는 말이 나온다. 솔직히 자존심이 상할 때도 있다. 중학교, 고등학교 다니는 애들에게 그런 말 들으면 유치하지만 반격도 했다. 엄마 아빠는 고등학교를 이미 졸업했다고 해도 아이들은 엄마 아빠는 뭘 모르는 사람처럼 대한다.

나는 영어를 잘 못한다. 엄밀히 말하면 회화를 못한다. 외국인을 보기 힘든 시절에 영어를 배웠으니 당연히 영어는 문법과 독해 위주로 공부했다. 카세트테이프가 제일 첨단 학습 도구였다. 영화도 대부분 더빙으로 봤다. 그래도 단어는 꽤 많이 안다. 큰애가 고등학교 때 영어 문장을 물어봤다. 옳거니 하며 유창하게 읽은 뒤 뜻을 해석해 줬다. 진지하게 듣고 있던 아들이 한마디 했다. "아빠, 뜻은 알겠는데 앞으로 읽어 주지는 마세요. 더 알아듣기가 힘들어요" 했다. 옆에 있던 딸도 "아빠 발음은 너무 구려" 했다. 머쓱하게 웃고 지나갔다. 기분이 나쁘지는 않았다. 그 뒤로도 아이들이 모르는 단어를 가끔 묻기는 한다. 물론 난 읽지는 않는다.

아이들과 이야기하다 보면 가끔 울분이 쌓인다. 분명 내가 더 잘 알고 부모의 전공인데도 애들은 막무가내로 무시한다. 씩씩거리고 있으니까 큰아이가 한마디 거든다. 자기 친구들도 엄마, 아빠, 대학 다니는 형을 무시했는데 막상 고등학교 올라가면 무시를 덜하고 입시를 앞두면 존경으로 바뀐다는 말을 했다. 동생들이 무시해도 조금만 기다리라고 했다. 한편으로는 몇 년 더 무시해도 참으라는 소리로 들린다.

아빠는 분명 딸과 아들에 대한 기대가 다르다. 인격적으로는 동등하게 대우하지만 세상을 살아볼수록 다르게 교육한다. 딸과 달리 아들은 강하게 키우고 싶다. 아빠가 대하는 세상은 만만하지 않다. 항상 긴장하고 투쟁해야 한다. 남자의 세상은 경쟁이 기본이다. 남자는 여자와 달리 승부를 내고 싶어 한다. 위계질서가 뚜렷하고 성과 위주의 세상을 산다.

아빠는 여자의 삶을 모른다. 아빠가 접하는 여자의 삶은 극히 피상적이다. 딸은 엄마에게 맡긴다. 아빠는 딸의 보호자로 만족한다. 그 이상은 다가가기가 힘들다. 반면 아들은 구체적으로 관여하려 한다. 아는 지식을 전해 주고 싶고 아빠보다는 더 잘 살기를 바라고 넓고 멋지게 살기를 바란다. 그래서 요구하는 것도 많고 충돌도 많다.

아빠보다 잘 살려면 반드시 아빠를 넘어야 한다. 아빠보다 체격도 좋아야 하고, 공부도 더 하고, 아는 것도 많고, 인정받고, 뛰어나기를 바란다. 아빠의 못 다한 꿈을 아들에게 기대한다.

세상에서 살아남으려면 강해야 하는 걸 아빠는 뼈저리게 느낀다. 이겨야 살고 살아남아야 기회가 있다. 아빠는 약해서 실패한 경험도 있고 힘이 부족해서 밀리고 다친 적도 있다. 아들이 나의 실패를 반복하거나 나의 상처를 아들이 경험하는 걸 결코 바라지 않는다. 복수를 하라는 것이 아니고 아들은 아빠처럼 좌절하지 않기를 염원한다. 아빠의 아픔을 아들은 당하면 안 된다. 아들의 성장을 보면서 아들이 훨씬 더 크게 되기를 바란다.

고등학교 때 친구가 집안이 억울하게 망했다고 했다. 복수하겠다고 이를 갈고 공부를 했다. 어떻게 복수할 거냐고 물으니 그들보다 더 잘 살고 성공할 거라고 대답했다. 어린나이에도 참 존경스러웠다. 복수는 상대에게 보복하는 게 아니다. 상대보다 더 잘되면 제일 큰 복수다.

아들은 아빠를 이겨야 한다. 아빠보다 강해져서 세상에 나가길 바란다. 프로이드는 아들이 아버지에게 경쟁의식을 가지는 걸 오이디푸스 콤플렉스라고 했는데 아빠의 입장에서 보면 아들이 아빠보다 빌빌거리면 보기에도 안타깝다. 아빠보다 뛰어나길 진심으로 원한다. 우리 아이들은 엄마 아빠보다 분명 자질이 뛰어나다. 아직 학생이라 잠재력을 이끌어내는 기간이지만 세상에 나가서는 훨씬 더 크게 능력을 발휘

할 거라 믿는다.

아빠가 매일 상대하는 세상은 가정과 분위기가 사뭇 다르다. 실수해도 봐주거나 웃고 넘어가지 않는다. 시행착오에 관대하지도 않고 기다리지 않는다. 사회는 냉정하다. 실수의 반복은 용납되지 않는다. 최소한의 기다림만 있고 바로 아웃이다.

아이들이 언젠가는 세상으로 나가야 한다. 아들이 만나야 할 세상은 아빠가 현재 매일 몸으로 부딪치는 세상이다. 세상의 냉정함을 알기에 아들을 더 강하게 훈련을 시키고 더 매정하게 대한다.

아이와 공놀이를 하는 아빠는 아이가 휘두르는 방망이에 일부러 맞춰 준다. 아이는 한두 번 공을 때리면 신이 나고 으쓱해진다. 자신감이 생긴 아이는 계속 도전한다. 아빠는 일부러 아이 눈높이에 맞춰 행동한다. 자신감을 가지고 아이는 자그마한 일부터 아빠에게 도전한다. 그러다 어느 날 아빠를 이긴다.

아이는 모른다. 그동안 아빠가 일부러 져 준 걸. 항상 지면 아이가 의심할 수 있어 어쩌다 한 번씩 져 준다. 그러다 진짜 아이가 아빠를 실력으로 이기는 날이 온다. 아빠는 진심으로 기쁘다.

나도 아들과 팔씨름을 가끔 한다. 처음에는 손가락 하나로 아이 손목을 잡는다. 아이가 빨개져서 낑낑댄다. 다음에는 손가락 두 개. 아직 막내는 팔목에 손가락 세 개 수준이다. 큰애는 팔목을 잡는다. 곧 정식으로 팔씨름을 하고 언젠가는 아이가 내 팔목을 잡을 날이 올 것이다. 그날이 오면 진짜 기쁠 것 같다. '드디어 아들이 아빠를 이겼구나', '이젠 세상에 나가도 되겠구나' 안심할 그날이 올 것이다.

06

딸, 참 어려운 존재

오래전 암웨이 창업주인 리치 디보스의 책을 보다가 눈에 띈 내용이 지금도 잊혀지지 않는다. 그는 딸의 손을 잡고 학교까지 데려다주는 일이 하루 중 제일 즐겁고 의미 있는 시간이라고 했다. 그런데 어느 날 딸이 아빠 손을 탁 놓더니 혼자 갈 수 있다고 하면서 뛰어갔다고 한다. 그날 종일 우울하고 충격이 컸고 한 시대가 끝난 느낌이었다고 썼다. 언젠가는 딸이 자라서 독립할 날이 올 줄 알고 있었지만 막상 그날이 닥치니 너무 섭섭했다 한다. 많이 공감이 갔다. 그때는 딸이 아직 어릴 때지만 나도 그런 날이 오겠지 했다.

남자만 삼형제로 자라 어릴 때 여자의 특성에 대해 전혀 몰랐다. 또 초등학교 4학년 때부터 남녀가 반이 갈렸고 남자 중고등학교를 졸업해 여자와 부딪힐 기회가 없었다.

딸이 태어났을 때 참 두근거렸다. 첫째 아들과는 전혀 느낌이 달랐다. 딸을 처음 안을 때 느낌은 지금도 선하다. 참 조그마하다는 생각이 들었다. 계집애라 얼굴도 작았고 무엇보다 가볍고 하늘거렸다. 안기가 부담스러울 정도로 가냘팠다. 골격도 남자아이에 비해 자그마했다.

딸아이는 주관도 강하고 고집도 셌다. 아기 때부터 싫은 것은 안 했다. 조그만 입을 앙 다물고 싫으면 도리도리했다. 지금도 기억하는데 나들이 다녀오다가 베개를 사러 갔다. 강아지 베개가 맘에 들어 권했는데 토끼는 싫다고 했다. 분명히 강아지고 다들 강아지라고 했는데 계속 토끼라 우겼다. 베개는 사 가지고 나왔지만 더 설득을 포기하고 가는 길에 물어보았다. 역시 굳은 의지를 담고 "토끼야" 했다. 한참 지난 후에 실은 자기도 강아지인 줄 알았는데 지기 싫어 토끼라고 우겼다고 실토했다. 옷도, 종교도, 학교 진학도, 모두 고집스럽게 자기 의견을 관철했다.

나는 초등학교 때 가출한 경험이 있다. 반나절 단기 가출인데 그때 고생한 기억이 있어 사춘기에 가출 충동을 잘 자제했다. 기억으로는 사탕을 먹는데 맛있는 걸 동생이 다 골라 먹어서 싸우다가 엄마에게 혼나고 사탕을 다 집어던진 뒤 집을 뛰쳐나왔다. 막상 갈 곳도 없고 방황하는데 밤이 되었다.

배는 고프고 집 대청마루에서 보니 방 안은 불이 환하고 그날따라 맛있는 냄새가 풍겼다. 나중에 들어보니 내가 방문 앞에서 마루를 긁으면서 자꾸 신호를 해서 일부러 고기 냄새를 풍겼다고 한다. 들어와서 밥 먹으라고 했고 배고픔에 백기투항했다.

딸이 중학교 때 혼나고 집을 나갔는데 집 부근을 아무리 뒤져도 보이지 않았다. 걱정을 하고 있는데 어머니에게 전화가 왔다. "니 딸 지금 여기에 있다"고. 걱정할까 봐 전화한다고 했다. 안심이 되면서 창피했다. 어머니가 지금 밥 먹고 있으니 오늘 재우고 내일 데려가라고 했다.

어머니는 아이들에게 집을 나오면 할머니 집으로 오라고 한다. 돈이 없으면 택시 요금 줄 테니 택시 타고 오고 엄마 아빠 혼내 준다고 다른 데로 가지마라고 당부한다. 항상 애들은 도망갈 틈을 놔두고 혼내야 한다고 하면서 "엄마가 혼낼 때는 아빠가, 아빠가 혼내면 엄마가 감싸 주고 둘이 혼내면 친척이 편을 들어 줘야 한다"고 충고한다.

그 뒤로도 한 번 더 할머니 집으로 탈출했다. 나중에 딸이 친구와 무용담을 이야기하는데 "너는 가출하지 마라. 가출하면 개고생이다"라고 말했다. 내심 웃었다. 자꾸 내 모습과 겹쳤다. 그러고 보면 딸과 나는 닮은 점이 많다. 둘째에 띠도 같다. 성격도 비슷하다. 고집이 세고 절대 굽히지 않는다.

나도 어릴 때 삼형제 중 제일 많이 혼났다. 혼날 때면 무릎을 꿇고 움직이지 않는다. 몇 시간이고 한자세로 있다가 어머니가 방에서 나가라고 하면 발목이 마비되어 휘청한다. 발을 질질 끌고 방에서 나온다. 입 다물고 그렇게 반항했다. 어머니는 "잘못했어요" 한마디면 혼내는 걸 멈출 텐데 끝까지 말을 안 해 더 혼났다고 한다.

딸도 절대 잘못했다고 하지 않는다. 지금은 그냥 지켜보기만 한다.

희한한 게 잔소리를 줄이니까 사이는 좋아졌다. 혼내도 달라지지 않고 놔두어도 달라지지 않는다면 혼내지 않고 사이가 좋은 쪽을 택하는 게 낫다고 본다.

아이들은 크면서 자연스럽게 자기 공간을 확보한다. 문 닫는 것은 상식이고 잠가 놓을 때도 있다. 방에 들어가려면 꼭 허락을 받아야 한다. 그중 제일 신경 쓰이는 게 딸 방에 들어갈 때다. 항상 여자임을 강조한다. 동생도 누나 방에 허락 없이 들어가면 무섭게 화를 낸다. 아들 방은 벌컥 열고 들어가도 별 신경이 쓰이지 않는다. 물론 애들은 싫어한다. 하지만 남자 방에 들어오지 말라는 말은 없다. 하지만 딸은 여자 방이라고 한다. 이래저래 신경이 두 배로 쓰인다.

지금은 거리가 크지만 딸은 태어날 때부터 특별한 느낌이 있다. 딸은 아들보다 조그마하다. 어릴 때 화장실에서 갑자기 우는 소리가 나서 뛰어가 보니 변기에 쏙 빠져서 울고 있었다. 얼른 안아 올리고 한참 웃었다.

또 내가 옆으로 누워 있으면 배에 딱 붙어 같이 누울 때가 많았다. 그러면 등 뒤에서는 보이지 않는다. 엄마가 "안 보인다. 어디 갔니?" 하면 숨는다고 배에 딱 붙었다. 안고 있으면 정말 행복했다. 다 지난 이야기다. 지금은 안으려면 기겁을 한다. 그리고 덩치가 커서 업을 수도 없다. 그래도 딸을 보면 아직도 갓난아이 모습으로 보인다.

딸은 마음이 참 따뜻하다. 어릴 때 아빠가 아프다고 하면 걱정을 가장 많이 했다. 어릴 때 준 쿠폰도 아직 간직하고 있다. 글을 막 배울 때라 철자가 엉망이다. '쿠폰'이라고 써 있다. 심부름 쿠폰, 등두드리기 쿠폰이다. 항상 지갑에 간직하면서 가끔 보며 혼자 웃는다. 딸에게 자랑하면 머쓱해하면서 기분이 나쁘지 않은 눈치다. 나중에 나 죽으면 함께 묻어달라고 했다. 딸은 가끔 제 사진을 내 지갑에 끼워 넣는다. 그리고 잘 뒀는지 확인한다.

딸이 초등학교 때 아빠 생일에 토끼 인형을 선물했다. 햇빛으로 충전되는 반 뼘 크기의 노란 플라스틱 인형이다. 해를 보면 머리를 좌우로 까닥거린다. 차를 바꾸면서 제일 먼저 챙겼다. 앞으로도 평생 내 곁에 있을 선물이다.

아이들과 이야기하다 보면 제일 많이 막히는 아이가 딸이다. 큰아이는 말을 하면 대부분 동조한다. 막내도 투덜거리며 알았다고 한다. 딸은 아빠는 구닥다리라고 공박을 한다. 하긴 세 띠 동갑이니까 세대 차이 나는 게 무리는 아니다. 하지만 그 이상의 거리감이 있다. 확실히 남자와 공감 영역이나 관심사가 다르다. 말이 안 통한다고 한다. 나도 답답한데 딸은 얼마나 답답할까 생각한다.

내가 생각해도 나는 고리타분한 아빠다. 휴대 전화도 중학교 3학년 되어 사 줬다. 너무 시간을 뺏길까 걱정되어 폴더폰을 쓰라고 하니 딸은 차라리 전화기 없이 지내겠다고 버텼다. 결국 중고 휴대 전화를 구해준 날 너무 좋아라했다. 그리고 사용 시간 지킨다고 서약서도 썼다. 며칠 후 서약서는 사라지고 자기 전에는 밖에 내놓기로 한 약속도 슬그머니 사라졌다. 거의 전쟁이 되었다. 신문에서 본 내용이 그대로 벌어졌다. 뺏기도 하고 던지기도 하고 사용 정지도 하고 할 수 있는 일은 다 했지만 결국은 졌다. 자식이기는 부모는 없다.

학교도 자기 판단으로 조퇴했다. 내 상식으로는 이해가 되지 않아 친구와 한탄을 하니까 "니 딸은 조퇴했지 내 딸은 자퇴했다"고 했다. 고맙게 생각하자고 마음을 다시 잡았다. 아내와 나는 농담으로 딸이 남자 친구를 데려오면 따지지 않고 바로 결혼시킨다고 했다. 다 필요 없고 '반품은 없다'는 조건이고 사위의 손을 꼭 잡고 "자네도 고생해 보소" 할 거라고 했다.

딸은 가끔 가슴을 턱 내려앉는 장난을 한다. 한번은 밤늦게 학원에서 전화가 왔다. 전화기를 쓰레기통에서 주웠다며 딸 전화기에서 모르는 목소리로 학원으로 전화가 왔다고 한다. 학원 원장님이 사고난 줄 알고 집으로 전화하고 또 그때 해외 여행 중인 아내에게 전화를 해서 밤새 발칵 뒤집혔다. 딸의 장난 전화 한 통으로 밤새 생고생을 했다.

또 한번은 비오는 날 건물에서 기다린다고 하다가 SNS 메시지로 '아빠', '아빠'를 계속 찾았다. 근무 중이지만 부랴부랴 차를 몰고 갔더니 비 와서 얼른 오라고 했다는 거다. 어이없이 간 떨어질 뻔했다고 했다. 딸은 장난도 못 알아 주냐고 하는데 사건 사고를 자주 접하는 아빠 마음은 편하지가 않다.

고등학생이 된 뒤 등굣길도 태워 주고 학교가 끝난 뒤에도 데리러 간다. 가끔 비오는 날에 보면 등하굣길에 학교가 차로 가득하다. '부모 마음은 다 같구나' 생각한다.

요새 딸은 고민이 많다. 장래에 대한 고민을 보면 안쓰럽다. 한창 꿈을 꾸고 인생을 탐구할 나이에 먹고 살 걱정을 하는 환경과 시대가 안타깝다. 부모가 같이 해줄 수 없는 부분이라 안타깝지만 스스로 헤쳐 나가야 할 과제다. 딸이 인생을 멋지게 개척하리라 의심하지 않는다.

07

아이와 화해

아이를 키우다 보면 예쁜 나이는 금방 지나고 부모와 사사건건 충돌하는 사춘기가 된다. 사춘기 아이는 통제가 안 되고 예측 불능이다. 몸은 거의 어른만 한데 마음은 자기도 종잡을 수가 없다. 사춘기는 참 어려운 시기다. 겪는 아이는 모른다.

분명 나도 사춘기를 거쳤을 것이고 당시 친구들도 다 사춘기였을 테지만 우리는 몰랐다. 그냥 중학교, 고등학교 대학생이 되었다. 내 생각에는 참 평탄하게 그 시절을 보냈다. 나중에 어머니에게 들어 보니 애들이 다 너를 닮아서 성격이 지랄맞다"고 한다. 내가 그렇게 힘들게 했나?

안에서는 모른다. 바깥에서 떨어져 봐야 실체도 보이고 비교도 가능하다.

다른 집들도 비슷하겠지만 우리 애들도 참 대하기 어렵다. 하긴 물어보면 정도 차이다. 아이들은 모여서 부모 흉보고 대책 회의를 하고 부모는 모여서 아이들 흉보고 신세한탄하고 아이들 대하는 경험을 교환하는 일은 예나 지금이나 같다.

부모와 아이의 관계에 대해 연구한 학자도 많고 이론도 많다. 하지만 아무리 이론이 그럴싸해도 나의 현실에는 맞지 않는다. 또 이론도 시대별로 지역별로 다 다르다. 아이를 키우면서 매를 대면 야만인 취급을 받지만 불과 백여 년 전 서구 사회나 한 세대 전 한국에서는 애는 매로 키워야 한다는 게 대세였다. 성경 말씀에도 매질을 한다고 애가 죽지 않는다는 구절(잠언 23부 17절)이 있고 매를 아끼면 애를 버린다는 서양 속담도 있다.

아이가 태어나고 좋은 아빠가 도리어 노력을 많이 했다. 책도 많이 읽었다. 결론은 책은 책이다. 큰 시각으로 도움은 되는데 막상 현장에서는 전혀 효과가 없다. 학자들의 책은 통계일 뿐이고 개인 경험을 쓴 책은 개인 경험일 뿐이다. 상황도 부모도 아이도 완전히 다르다. 애를 키우는 일은 순도 백퍼센트의 개인 경험이다.

같은 부모 같은 가정 환경에서 자란 아이도 다 다르다. 아이를 키우는 방법에는 정답이 없다. 대응하고 반응하는 일밖에 할 게 없다는 생각도 든다. 내 아이들도 성향이 다 다르다. 한부모에서 나오고 한집에서 자라고 비슷한 경험을 공유했는데 성격, 취미, 입맛, 재능에 같은 구석이 없다. 굳이 공통점이 있다면 엄마 아빠가 운동을 좋아하지 않아서 동적인 일보다는 정적인 일에 더 흥미를 보인다는 점이다.

어느 날 보면 아이와 사이가 틀어져 있다. 곰곰이 생각해 보면 이유가 있을 듯하지만 사실 정확히 '이것이다' 하는 이유를 찾기는 어렵다. 사소한 충돌이 쌓이고 쌓이면서 터진다. 하지만 부모는 억울하다. 아이를 똑같이 대했는데 반응이 다 다르다. 도대체 어느 장단에 맞춰야 하는지 모른다.

아이의 성향이 드러나는 시기는 중학교 때쯤이다. 부모는 십 년 넘게 같은 태도를 취했는데 갑자기 반항을 하니까 황당하다. 거기다 지금 내 성격이 이렇게 된 것은 엄마 아빠가 나를 지금까지 이렇게 대한 탓이라고 하면 어쩔 방법이 없다. 기껏 다른 형제는 안 그러는데 너만 왜 그러니 해도 막무가내다.

처음에는 나무라도 봤다. 지금 생각하면 아주 미안하고 반성하지만 매도 많이 잡았다. 그래도 애들은 변하지 않는다. 어릴 때는 혼내면 움찔하고 매를 들면 반응이 있지만 금방 익숙해진다. 강도가 올라가면 반발도 올라간다. 매나 강압적인 방법으로는 해결이 되지 않는다.

나는 아이들에게 이길 자신이 있었다. 하지만 지금은 자식은 이길 수가 없다는 걸 절실히 느낀다. 억울할 것도 없다. 나도 내 부모님을 이겼다. 부모님 슬하에서 지낼 때도 하고 싶은 대로 했다. 부모님 말은 조그만 일만 마지못해 따르고 큰일은 다 내 뜻대로 했다.

나도 애한테 가끔 너도 너 꼭 닮은 애 낳아서 고생하라고 말한다. 부모가 아이에게 할 가장 무거운 저주인지 큰 축복인지 모르겠다.

생각해 보면 부모님에게 반항한 이유가 내 삶에 지나친 개입을 한다고 느껴서다. 마음으로는 항상 고마움을 느끼고 존경심이 있는데 표현은 반대로 뚱하게 나왔다. 이게 아닌데 느끼고 있지만 툴툴거리고 청개구리처럼 행동했다.

결론은 뇌가 성숙하고 경험이 쌓여 스스로 느낄 때까지 기다리는 거다. 아무리 부모가 급하고 안달이 나더라도 아이의 내재된 시계는 어찌하지 못한다. 억지로 누르면 반항을 부르고 일탈을 조장한다. 답답해도 지켜보는 수밖에 없다.

아이의 성향이 순종적이면 어느 정도는 부모의 의지가 반영된다. 학원도 잘 다니고 성적도 잘 유지되고 대학도 맞춰서 보낼 수 있다. 부모의 뜻대로 성장한 아이의 후반 인생이 어떻게 풀릴까는 나중 문제고 일단은 성장기 때 부모와 큰 충돌이 없이 어른이 될 수 있다.

하지만 성격이 강한 아이는 다르다. 아무리 부모가 어르고 달래고 강요해도 듣지 않는다. 강요가 셀수록 용수철처럼 튀어오른다. 자기가 납득이 되지 않으면 꿈쩍하지 않는다. 가치 판단이나 장래 문제는 뒷전이다. 부모는 답답하고 속이 문드러진다. 눈에 뻔히 보이는 결과를 실례로 보여 줘도 듣지 않는다. 도리어 반대로 움직인다.

어릴 때는 강압적으로 하면 듣는 시늉은 한다. 공부하라고 하면 책상에 앉아 있기는 한다. 하지만 책을 넘기지는 않는다. 결국 두손 두발 다 든다. 부모가 아이에게 강요하거나 나무라면 반발한다. 사이가 급격히 나빠진다. 항상 집을 탈출하려 벼른다.

내 이야기이자 내 아이 이야기다. 결론은 내가 항복했다. 아주 내놓고 "아빠가 졌다. 네가 이겼다"고 했다. "'자식 이기는 부모 없으니 네 맘대로 해라"고도 했다. 이기려는 마음을 내려놓고 납작 엎드렸다. 내가 낮추자 아이들도 반발의 강도를 낮췄다. 감정도 물리학이다. 압력이 있어야 튕긴다. 충격이 없으니까 상처가 더 생기지 않는다. 악화되지 않는 관계는 대부분 회복된다.

아이의 "혼내지 마라. 사춘기니까 놔 두라"는 말을 듣고 머리가 띵했다. 내가 아이를 생각한다고 한 행동이지만 받아들이는 아이는 너무 싫다고 했다. 알았다고 했다. 그 뒤로 가끔 욱하지만 참는다. 참다 보니 또 참을 만했다. 덤으로 아이와 친해졌다. 아직 거리가 있지만 그래도 많이 친해졌다. 잔소리는 최소로 하려고 노력했다. '다 괜찮다' '참자. 참자' '내 욕심이다' 매일 주문을 외웠다.

성적에 대해서는 일절 말을 하지 않았다. 성적이 낮아도 웃고 "다음에 노력해라" 하고 넘어갔다. 학원도 가기 싫다면 강요하지 않았다. 그래도 아이는 조금씩 달라졌다. 공부도 해야겠다고 먼저 말도 하고 학원도 가기 싫다고 하면서도 알아서 갔다. 그러면서 "요새 아빠하고 친해졌지? 이유가 뭔지 알아, 안 혼내니까 그래" 한다. 흐뭇하면서 미안했다. 아직 거리가 있지만 조금씩 다가온다.

처음부터 부모에게 지기 싫고, 왜 부모는 자식에게 강요를 하냐며 자기는 절대 굽히지 않을 거라고 할 때는 말문이 막혔다. 최종 답은 '내려놓기'였다. 내가 목소리를 낮추고 맞추려 노력했다. 어릴 때부터 참 정이 많고 상냥한 아이라 본성이 어디 갈까 하는 믿음이 있었다. 가끔 신경질을 부리지만 애교도 부리고 말도 재잘재잘 한다. 아빠가 먼저 다가

가니 답이 보인다.

아이도 다 안다. 부모가 자신을 사랑하는 줄, 또 자기들 위해 열심히 일하는 걸 다 안다. 구체적인 것을 몰라도 부모 덕분이라는 사실은 알지만 인정하길 싫어한다. 그래도 물어보면 다 알고 있다. 강요하면 거꾸로 행동한다. 알아서 할 테니까 기다려 달라고 한다.

사실 살얼음판이다. 휴전 상태라고나 할까. 언제든 폭발할 긴장감이 있다. 그래도 믿고 있다. 부모 자식이 어디 가나? 또 조금만 더 기다리면 아이도 자라고 부모도 자라고 서로 양보하고 이해하는 시기가 반드시 올 것이라 믿는다.

08

아빠도 칭찬받고 싶다

아빠도 칭찬받고 싶다. 칭찬은 어른이 아이에게 하는 말이고 부모가 자식들에게 하는 것이 일반적이다. 보통은 심부름하고 시험을 잘 보고 말을 잘 들으면 칭찬을 한다. 칭찬을 바라는 건 남녀노소 가리지 않는다. 칭찬은 고래도 춤추게 한다고 하는데 동물을 훈련시키는 양대 무기가 칭찬과 벌이다. 사람도 마찬가지다.

그래도 아빠가 가족에게 칭찬을 바라는 건 쑥스럽다. 아이들처럼 '참 잘했어요' 도장을 받을 수도 없고 머리를 쓰다듬게 할 수도 없다. 그래도 분명한 건 아빠도 칭찬을 바란다. 직적접인 칭찬보다는 감사와 인정의 말을 바란다.

내 아버지는 평생을 경찰공무원 생활을 하다 퇴직했고 강직한 분이었다. 한창 경제 개발기에 너도 나도 부동산 투자로 큰돈을 벌었고 복부인, 큰손이 일반화되던 시절이었다. 당시에는 땅만 사면 돈을 벌던 시절이고 도시 계획을 미리 알면 아주 큰돈을 벌었다. 그때 아버지는 개발 정보를 미리 알 수 있는 위치에 근무했다.

지금도 기억이 난다. 어머니가 우리도 땅 좀 살까 하니까 아버지가 정색을 하면서 무슨 땅투기냐 했다. 어릴 때지만 낯선 장면이라 기억이 선하다. 항상 정도를 걷고 원칙을 지켜서 무리 없이 정년퇴직을 했다. 살림은 어머니에게 다 맡겨 돈을 불리고 집을 사거나 자녀 교육은 다 어머니 몫이었다. 그래도 큰 흠 없이 공직을 마치고 노후를 보낼 정도의 재산은 모았다. 내가 알기로 안 쓰고 아껴 모은 재산이다. 당시에 편법으로 큰돈을 모은 사람도 많다고 들었다. 나중에 같은 직종에 근무한 사람들에게 들으니 아버지는 평이 참 좋았다.

딱 한 번 아버지에게 "아버지 존경합니다. 재산은 못 물려받았지만 바른 생활 자세와 좋은 평을 남기셔서 자랑스럽습니다" 했다. 아버지는 한참을 물끄러미 쳐다보더니 "고맙다" 한마디만 하셨다. 그때 우리 집은 자식들을 교육과 결혼까지는 시켰는데 더 도와줄 여력은 없었다. 나도 막 개업을 하면서 대출을 받고 사정이 좋지 않았다. 그래서 큰 용기를 내서 한 말이다. 그게 진심이었다. 부모가 자식에게 받을 수 있는 효도 중에서 제일 큰 것이 "당신의 지나온 삶을 존경합니다"가 아닐까 한다.

비슷한 칭찬을 나도 아들에게 받은 적이 있다. 한창 반항기의 딸이 아빠에게 대드니까 큰아들이 동생에게 한 말이다. "너는 내가 제일 존경하는 분에게 대드냐?" 여러 이야기를 했는데 그 말은 똑똑히 들렸다. 뭉클하고 뿌듯했다. 아들은 잊었을 것이다. 그 전에도 그 뒤에도 그런 말을 한 적이 없다. 나만 속없이 흐뭇하게 기억하고 있다.

아빠를 춤추게 하는 칭찬은 단순하다. "고맙습니다" 한마디다. 아빠는 가족에게 보답을 바라고 일하지 않는다. 일하면서 희생이라고 생각하지도 않는다. 오히려 일이 좋아서 하는 사람들도 많다. 일중독이든 사명감이든 일이 힘들어도 '내가 누구 때문에 이런 고생을 하는지'라고 잘 생각하지 않는다. 남자에게 일은 자신을 나타내는 자존심이고 사회에서 자신의 존재를 증명하는 수단이다. 가족이 없다면 남자는 더 일에 미친 듯이 몰두할 것이다.

일은 남자에게 삶 그 자체다. 일을 못하게 하면 슬프고 늙는다. 정년을 앞둔 남자들은 꿈에 부푼다. 이것저것 못다 한 일을 하겠다는 계획을 세우고 이제 쉴 수 있다고 행복해한다. 그러나 잠시다. 며칠은 좋다. 하지만 노는 것도 몇 주고 등산도 몇 달이다. 아침에 규칙적으로 갈 곳이 없는 남자는 그래서 늙는다. 자기의 존재를 일과 동일시한 남자는 더 위험하다. 일 즉 직함이 사라지면 남자의 껍데기가 사라지는 것과 같다. 허허벌판에서 맨몸으로 노출되면 살아남기 힘들다. 일과 직함이 남자의 갑옷이다. 일에서 해방이 아니라 일에서 추방이다.

퇴직을 당해 보지 않았고 정년은 멀었지만 비슷한 느낌을 받은 적이 있다. 대학병원에서 근무할 때는 사내인트라넷에 접근할 직원 번호를 받는다. 환자 기록도 살펴보고 오더도 낸다. 수련을 마친 뒤 병원을 퇴직하고 얼마 지나지 않아 근무하던 사무실에 들렀다. 컴퓨터에 내 직원 번호를 입력해 보니 바로 없는 번호라고 경고문이 떴다. 그럴 줄 알았지만 막상 직장에서 거부되는 그 기분이 묘하면서 씁쓸했다. 자의로 떠나도 이렇게 섭섭한데 타의에 의해 쫓겨나거나 나이가 되었다고 퇴직을 당하면 상실감이 무척 크리라는 생각이 들었다.

일이 힘들어도 일을 할 때가 행복하다고 한다. 아이들을 키우기 힘들어도 아이들이 부모를 찾을 때가 행복하다. 힘들고 귀찮아도 "아빠, 아빠" 하고 찾으면 힘이 난다. 입으로는 "너희들은 팔이 없냐? 다리가 없냐?" 하면서도 잔일이 귀찮지 않다. 오히려 "밥은 먹었니?" 할 때, "먹었어요", "필요한 것 없니?" 할 때 "없어요" 하면 마음이 더 허전하다.

어릴 때 받는 칭찬은 정해져 있다. "착하다", "말 잘 듣는구나", "시험 잘 봤구나"가 대부분이다. 어쩌다 친구에게 칭찬을 받기도 한다. 고등학교 때 반 친구가 내 눈을 빤히 보더니 "넌 참 흰자위가 맑고 깨끗하구나" 했다. 그 뒤로 한참을 거울을 보면서 흰자위를 살폈다. 지금도 가끔 보면 내 흰자위는 잡티 없이 매우 깨끗한 편이다. 물론 그 친구에 대한 이미지는 그 뒤에 급격히 좋아져서 수십 년이 지난 뒤에도 변함없이 좋다.

칭찬은 각인 효과가 있다. 고등학교 때 어머니 친구 분이 "너는 여자들 앞에서 함부로 웃지 마라 보조개가 매력적이라 여자들이 졸졸 따르겠다" 하셨다. 사실 난 잘생겼다는 말을 들은 적이 없다. 그래도 웃는 모습과 보조개는 자신감을 올려줬다.

대학을 합격한 뒤 할머니에게 격한 칭찬을 들었다. 가업을 내가 이었다며 평소에 냉정하리만큼 감정 표현을 안 하는 분이 껴안고 등을 토닥이고 한참을 칭찬을 하셨다. 낯선 모습에 무척 당황했다.

살면서 칭찬을 자주 받지는 않았지만 그래서 기억이 오래 남는다. 부모님이나 어른에게 받은 칭찬보다 스스로 쟁취한 칭찬이 더 자랑스럽다. 제일 큰 칭찬은 대학 때 연극 연출을 마친 뒤다. 내가 연출한 연극이 끝난 뒤 천 명 이상의 관객에게 열정적인 환호와 박수를 받았다. 내가 직접 대상은 아니지만 내 작품이 대단한 호평을 받아서 모든 일을 잘할 수 있겠다는 자신감이 생겼다.

그 뒤로 업무 중 선배나 상사들에게 가끔 칭찬을 받기는 했지만 크게 감흥이 있거나 인상이 남는 칭찬은 없다. 본업에서 받는 칭찬은 칭찬이라기보다는 '당연한 일을 했구나' 하는 안도감 이상이 아니다. 칭찬은 예측할 수 없을 때 또 이득 관계가 없을 때 받아야 진심으로 느껴진다.

아내도 칭찬에 인색하다. 표현하려면 쑥스럽다고 한다. 그래도 딸에게 나중에 아빠 같은 남자를 만나라고 한다. 아마 아내가 한 제일 큰 칭찬일 것이다. 그 밖에도 가끔 칭찬 비슷한 말을 하는데 "가족을 먹여 살리느라 고생하는 아빠가 힘들게 일하는 걸 알아야 한다" 등 나의 노력을 알아주고 아이들에게 이야기하면 우쭐한다. 딸아이는 엄마에게 "엄마하고 살아주고 좋아해 주는 남자가 있는 걸 고마워하세요"라고 한다. 이건 칭찬인지 아닌지 애매하지만 아내가 수긍한다. 칭찬이라 느끼고 있다.

'아빠 힘내세요 우리가 있잖아요' 라는 노래가 있다. 가장에게 힘을 주는 노래라고 한참 방송을 타고 한때 유치원마다 경쟁적으로 불렀다.

솔직히 아빠의 입장에서는 반길 노래만은 아니다. 내 감정이 삐뚤어졌을 수 있지만 가족이 있으니까 힘내서 더 열심히 일하란 노래다. 열심히 돈 벌고 가족을 부양하라는 소리다. 마치 농사를 권하는 권농가로 들린다.

아빠가 원하는 말은 힘내서 더 열심히 일하라는 말이 아니다. "고마워요"라는 말을 더 듣고 싶다. 노력을 인정하고 아빠의 어려움을 알아주는 가족을 바란다. 큰 선물이나 말치레가 아닌 마음으로 고마움을 받고 싶다. 가정에서 가장 큰 존재인 아빠도 거대한 사회에서는 있으나마나한 부품이다. 살기 위해 아등바등하는 아빠를 인정하고 존중하고 칭찬하길 원한다.

PART
05

아빠에서 아버지로

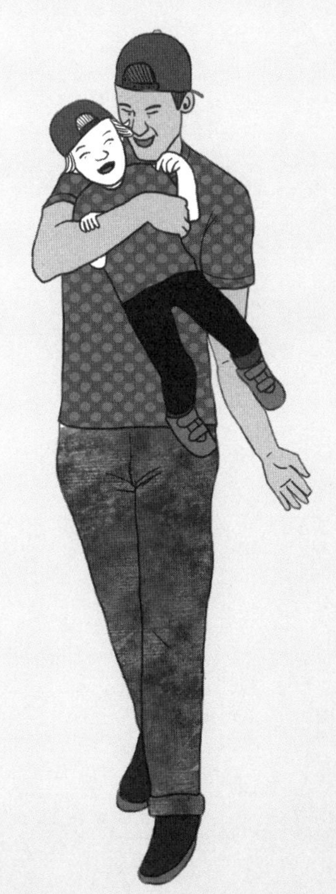

01

I'M YOUR FATHER

영화 스타워즈 시리즈는 두말할 필요가 없는 영화사에 빛날 작품이고 또 이미 문화의 한 축이 되었다. 나도 시리즈 전편을 여러 번 봤다. 숱한 명장면, 명대사가 있지만 최고의 명대사는 스타워즈 5편「제국의 역습」에서 다스베이더와 루크가 죽기 살기로 싸우다가 마침내 루크가 이긴 뒤 다스베이더가 한 대사다. "I'm your father". 처음 이 대사를 듣고 소름이 끼쳤다. 영화의 두 축, 선과 악을 대표하는 인물이 아버지와 아들 관계였다니 가슴도 아프고 감독도 미웠다. 그래도 마지막에 다스베이더가 루크를 탈출시키는 장면을 보면서 살짝 눈시울이 뜨거워졌다.

처음 영화를 볼 때는 결혼 전이었다. 그 뒤 몇 번 더 봤는데 내가 아빠가 된 뒤 대사는 다른 의미로 다가왔다. 관객의 시각에서 볼 때에는 둘 사이의 관계가 흥미진진했을 뿐이다. 그러다 루크의 시각에서 영화를 봤다. 아버지에 대한 원망과 운명의 얄궂음 그리고 이 갈등을 만든 지배자가 미웠다.

어느덧 루크의 시각을 지나 아빠가 되니 아버지의 시각으로 영화를 봤다. 자식과 대립하는 아버지는 자식을 이길 수 없다. 하지만 지배자는 충성의 표시로 아들을 없애라고 한다. 내가 아버지라면…… 다스베이더의 운명이 안타까웠다.

방대한 스타워즈 시리즈라 해석은 제각각이지만 루크의 성장 시각에서 보면 아들과 아버지의 대립은 필수다. 아들은 더 크게 성장하려면 반드시 아버지를 이겨야 한다. 다스베이더처럼 비극도 있고 왕권 쟁탈 과정에서 아버지를 몰아내는 일은 흔하다. 재벌가의 암투도 심심치 않게 들린다. 하물며 우주의 패권을 둔 싸움에서 아들과 아버지는 목숨을 걸고 싸운다. 그렇지만 다스베이더가 진 걸까? 져 준 걸까? 둘은 극적인 화해를 한다. 난 감히 아버지가 져 줬다에 한 표를 던진다.

권력과 재산을 둔 싸움이 아닌 평범한 집에서도 아들과 아버지의 맞대결은 피할 수 없다. 하지만 대부분 아들이 아버지의 뒷모습을 보고 애잔한 마음이 들면서 싸움은 끝난다. 어머니와 싸움은 더 일찍 끝난다. 내 기억으로 중학교 1학년 때인가 갑자기 어머니가 학교 끝나고 온 나를 붙잡고 키를 대보자고 했다. 내가 더 컸다. 그러면서 너무 좋아했다. “우리 아들이 엄마보다 키가 더 컸네” 하면서 진심으로 좋아하는 게 느껴졌다. 그 뒤로 엄마는 나와 힘으로 상대가 안 되는구나 알았다. 그 뒤 어머니에게 크게 대든 기억은 없다.

부자 간에 직업이 다르면 아들이 아빠를 뛰어넘는 게 쉬울 수도 어려울 수도 있다. 비교가 안 되니까 아들이 만족하거나 아버지가 인정하면 된다. 같은 업종이라면 비교 근거가 있다. 아버지의 업적을 뛰어넘으면 이긴 거다. 계급 사회라면 계급으로, 실적이 있으면 실적으로, 그러면 아들은 아버지의 그늘에서 벗어난 걸로 봐도 된다.

가끔 평생 아버지 그늘에 가려 열등감에 사로잡혀 산 사람들 이야기도 들린다. 그런 경우는 거의 드물다. 위인이나 거인급의 아버지도 드물고 또 그런 아버지라고 해도 같은 분야에 종사하는 경우도 드물다. 대부분의 아버지는 평범한 사람이다. 아들이 평범한 성인이라고 해도 시간은 아들편이다. 아버지의 육체는 시들고 아들의 육체는 꽃피는 교차점이 온다. 시간의 도움으로 아들은 아버지를 이긴다. 문득 아버지가 작아 보이는 날이 있다. 큰 소리로 대들려다 쏙 들어간다. 갑자기 "예, 아버지" 한다. 더 이상 아버지는 어릴 때 내 모든 소원을 들어주던 거대한 존재가 아니다. 그저 평범한 남자다. 아들은 마음이 시리다. 아들은 아버지와 화해한다. 물론 속으로. 아버지도 더 이상 아들에게 해줄 게 없다. 그저 지켜보고 응원하고 기뻐하는 일뿐이다.

자라면서 셀 수 없는 부모님에 대한 추억과 기억이 있다. 하지만 아버지는 항상 뒷모습이 생각난다. 분명 웃으면서 나를 본 날이 더 많고 마주보며 이야기한 날도 많을 것이다. 같이 밥도 먹고 술도 따라 드렸다. 그래도 가장 기억에 남는 모습은 뒷모습이다.

암으로 투병 중에 가족이 다 모여 식당을 갔다. 당신이 스스로 얼마 남지 않았다고 자손들에게 이야기를 남기셨다. 유언이었다. 그리고 손자들이 옆에서 아버지의 팔을 한 쪽씩 잡고 걸었다. 뒷모습을 보며 아무 말도 못했고 아무 생각도 들지 않았다. 아버지는 막내 손자에게 "떼끼, 녀석은 맨 똥이야기만 하냐" 하셨다. 어린애들은 똥이야기를 좋아하는 때가 있다. 그렇게 웃었다.

그게 아버지의 마지막 걷는 모습이었다. 그 뒤 급속히 상태가 나빠지고 추석날 모든 가족이 모인 모습을 말없이 물끄러미 보며 앉아 있었다. 그날 새벽에 어머니에게 빨리 오라고 전화가 왔다. 정신없이 운전해서 갔다. 아버지는 그렇게 떠났다.

아버지를 껴안고 한참 울었다. 난 내가 그렇게 눈물이 많은 줄 몰랐다. 아버지는 내 기억으로 나에게 사랑한다고 한 적이 없다. 안아 준 기억도 없다. 왜 사랑한다는 말 한마디 안하고 가셨느냐고 계속 울었다. 나도 아버지 "사랑합니다" 한 적이 없다. 평생 "존경합니다"가 최고의 애정 표현이다. 따뜻한 아버지를 안고 한참 울었다. 보내기 정말 싫었다. 아버지 살아 계실 때도 그렇고 오랫동안 꼬옥 안고 있은 기억이 없다. 아무리 "사랑해요 아버지" 해도 아무런 대답이 없었다.

아버지가 집에서 투병할 때 가끔 수액을 놔 드렸다. 어떤 때는 한 번에 혈관을 찾는데 열 번 넘게 찔렀어도 실패한 적이 있다. 땀이 날 정도로 당황했지만 아버지는 아무 말도 없고 미동도 없이 팔을 맡겼다. 아플 텐데 담담했다. 아들에 대한 믿음과 응원이었다.

죽음 앞에서도 당당했다. 아파도 아프다는 말도 안 했다. 어머니 말로는 밤새 끙끙 앓는 날이 많았다고 한다. 그래도 자식들 앞에서는 일절 약한 모습을 보이지 않았다. 돌아가신 뒤 은사로 집도한 교수님께 아버지가 돌아가셨고 그동안 잘 봐주셔 고맙다고 인사를 갔다. 교수님은 의연한 환자였고 통증이 심했을 텐데 일절 내색을 안 했다는 말을 했다.

사람이 죽을 때 걱정 중 하나가 자손들 앞에서 추한 모습을 보이면 어쩌지 하는 거라고 한다. 죽는 과정에서 자손들에게 당당하면서 좋은 인상을 남기고 싶은 마음도 중요하다는데 아버지는 아주 품위 있게 병과 싸우고 의연하게 가셨다. 자손들 모두 지우고 싶은 기억이 없을 정도다.

어머니는 사랑을 다정다감하게 표현한다. 말로 하고 쓰다듬고 안부를 묻고. 아버지는 말이 없다. 지켜보고 행동으로 이야기한다. 그래서 아버지의 사랑은 오해를 받는다. 더구나 우리나라처럼 남자는 이래야 한다는 사회 분위기에 감정을 드러내는 아버지는 적다. 애정을 표현하는 방법을 보고 배우지 않은 아버지는 자식에게 애정을 나타내는 데 어색하다. 아들은 그런 아버지가 섭섭하고 원망스럽기조차 하다. 그러다 안다. 아버지는 날 사랑하지 않은 게 아니라 표현 방법을 몰랐을 뿐이라고.

난 그런 아버지의 삶이 싫었다. 자식을 공부시키려고 떨어져 살지 않으리라 결심했다. 항상 가족은 같이 살아야 가족이라고 했다. 밥을 먹으려 나갈 때도 다같이 나갔고 여행도 다 같이 갔다. 큰애가 고등학교 때 기숙사에 간 뒤 한참 동안은 외식도 안 했다. 아내는 애들을 꼭 다

챙기려 하냐고 타박한다. 애들도 자기들 놓고 나가라고 한다. 그래도 난 악착같이 다 챙기려 한다. 내가 아무리 챙겨도 아이들은 금방 자란다. 품을 떠난다. 그 시간은 반드시 온다. 그래서 더 같이 하려 했다.

나도 자라면서 부모님에게 많이도 대들었다. 속도 많이 긁었다. 아버지와는 몇 년간 필수대화만 했다. 말을 걸어도 피했고 한자리에 있기를 거부했다. 그때는 몰랐다. 내 삶에 부모님은 보이지 않았다. 특히 아버지는 삶에 없었다. 그래도 불편하지 않았다. 아버지는 퇴근하면 안방에 있고 나는 늦게 들어오면 내 방에 있고 아침이면 아버지는 출근하고 휴일에는 내가 밖으로 나다니고 하여 만날 일도 적고 만나도 어색했다.

집에서 크면서 한 대화보다 독립하고 나서 가끔 부모님 집에 가서 한 대화가 훨씬 많다. 같이 바라보며 밥을 먹은 횟수도 독립하고 먹은 횟수가 많을 정도다. 가끔 자식으로 부모님을 대접하면서 스스로 대견하고 효도하는 기분도 들었다. 또 부모님도 무척 좋아하셨다. 하지만 그 시간은 그리 길지 못했다.

지나면 후회가 짙게 남는다.

02

사춘기, 청년기, 아빠기, 장년기

계절에 봄, 여름, 가을, 겨울이 있듯 인생도 절기를 구분한다. 보통 아이, 어른, 노인으로 구분을 하고 학자들은 각자 여러 단계로 나눈다. 아이 시절도 더 쪼개면 신생아기, 유아기, 소년기, 사춘기 등으로 구분한다. 어른도 청년기, 장년기, 중년기로 나누고 노인도 노인 전기, 후기 등으로 나눈다.

발달 과정 말고도 시각에 따라 여러 기준을 적용한다. 경제적인 활동을 중시하면 은퇴기를 넣을 수도 있고, 심리적인 기준으로 하면 아이가 부모의 품을 떠나는 빈 둥지 시기를 넣을 수 있다. 낳아서 자라고 늙는 자연스러운 과정이 생로병사고 아이, 어른, 노인의 경로다.

누구나 이 정해진 기본 시간표 안에서 자신의 선택을 더해 인생을 만든다. 지나고 보면 출발지와 목적지가 정해진 여행이다. 빨리 가는 사람, 천천히 가는 사람, 돌아가는 사람, 중간에 멈추는 사람. 가다가 휴게실에 들리기도 하고 샛길로 빠지기도 한다. 아주 오래 쉬기도 하고 구경도 하면서 간다. 급하게 빨리 가도 목적지에 모이고 쉬엄쉬엄 가도 한곳에서 다 만난다.

군대 생활을 서울 북쪽에서 했다. 피가 끓는 청춘들은 도시가 그립다. 북적대는 사람이 반갑고 왁자하는 소음이 필요하다. 외박 때만 되면 홀린 듯이 도시로 향했다. 찾아 주는 사람 하나 없는데 화려한 도시로 돌진했다. 당시 서울외곽순환고속도로는 지금보다 한가했다. 절대 그러면 안 되지만 급한 맘에 질주하곤 했다. 늦으면 입장 금지가 되거나 사람들이 전부 집으로 돌아갈 것 같은 촉박함이 있었다.

언젠가 옆 부대의 선배 장교와 같이 외박을 나갔다. 그때도 청춘의 열기로 질주하는데 선배 장교가 말했다. "왜 그리 급해? 그래봤자 삼십 분 먼저 가고 그나마 서울 부근에서 다 만나" 머리를 꽝 맞은 느낌이 들었다. 목표는 서울 도심인데 급한 마음에 페달을 끝까지 밟고 모든 차를 앞질러도 서울 시내로 들어가는 시간은 비슷했다. 외곽에서 도시로 향할수록 길은 막혔다. 신나게 달리다 앞에서 차들이 서 있으면 길이 뚫리기를 기다린다. 거울을 보면 마치 먼지가 쌓이듯 뒤에서 차들이 연달아 늘어선다. 곧 끝이 보이지 않았다. 가다서다를 한참 반복하면서 느리게 차가 움직인다. 결국 미친 듯 달려도 도착 시간에는 차이가 거의 없다.

삶도 비슷하다. 광분하며 뛰어도 도착지는 하나다. 먼저 가냐 늦게 가냐의 차이는 있어도 지나고 보면 그게 그거다. 목표를 향한 돌진과 결과도 중요하지만 과정도 보람이 있고 의미가 있다. 삶은 시간이고 살아가는 과정이다. 그 순간순간이 모여 삶이 된다. 잘 산다는 뜻은 순간을 의미 있게 기쁘고 보람 있게 보냈다는 뜻이다.

삶의 큰 여행길에서 청소년기까지는 선택할 부분이 별로 없다. 젖먹이는 제 몸 하나 뜻대로 움직일 수 없고 생존을 보호자에 전적으로 맡기는 시기다. 몸을 가누어 봤자 할 수 있는 일이 별로 없다. 의사 표현도 불편하면 울고 짜증내고 배부르면 웃는 정도다. 더 자라 어린이가 되어도 약자다. 보살핌이 없으면 살아남기 힘들다.

몸이 성인과 비슷하게 자라는 청소년기는 어느 정도 생존의 확률이 증가한다. 그래도 사회적으로는 약자다. 몸은 컸지만 세상에서 할 일은 없다. 사춘기는 몸과 마음이 충돌하는 시기다. 그래서 자기도 힘들고 가족들도 힘들다. 또 의무 교육을 받는 시기다. 대부분 사회에서 이 시기까지는 비슷한 경로로 교육을 받고 성장을 한다.

고등학교를 졸업하면서 인생의 경로가 본격적으로 바뀐다. 이제부터 인생에 선택이 개입한다. 진학과 취업을 통해 지금까지 살던 집을 떠난다. 대학을 가더라도 몇 년 늦춰지는 것뿐이다. 스스로의 선택이 전면에 나선다. 삶의 방향에 따라 시간이 지날수록 차이가 커진다. 사는 곳도 직업도 개인마다 달라진다. 마치 물이 둑이 터져 사방으로 흩어지듯 삶도 세상으로 흩어진다.

사춘기는 몸 안에서 마음이 힘든 시기지만 청년기는 세상에서 몸과 마음이 힘든 시기다. 청년은 모든 게 새롭고 불안정하다. 확실한 것이 하나도 없다. 일부 정해진 길을 택하는 직종이 있기는 하지만 소수고 그 안에서도 선택의 연속이다. 한해 한해 같게 반복되는 시간이 없다.

미래가 불안한 한국 현실에 대부분 전문직을 선호한다. 안정된 직장과 안정된 길을 갈 수 있다고 기대하지만 전문직도 내부적으로 보면 안정과는 거리가 있다. 언덕을 넘으면 또 언덕이 나타난다. 초등학교를 마치면 인생이 바뀔 줄 알았는데 중학교가 있고 고등학교, 대학교가 연속으로 있다. 대학을 마치면 자격시험과 군대, 수련 과정이 있고 지난 해와 같은 해가 한 번도 없다. 자격증을 따고 인정을 받기까지 계속 노력을 해야 한다. 대부분 과정은 수련과 평가로 이루어져 마음을 놓을 수 없다.

전문직 자격증을 받고 나면 본격적인 선택과 경쟁이 시작된다. 취업을 하든지 개업을 하든지 인정받고 살아남기 위해 죽어라 뛰어야 한다. 그렇게 어느 정도 발판을 닦으면 한숨 돌린다. 대부분 청년기 후기에 도달한다. 이때 가장 중요한 선택을 한다. 결혼이다. 진정한 독립을 하는 시기고 가장 큰 모험이다.

결혼한 삶과 독신의 삶은 근본부터 다르다. 아이가 있는 삶과 없는 삶도 본질적인 차이가 있다. 적극적인 선택이든 상황에 의한 어쩔 수 없는 현실이든 대비가 된다. 옳고 그름이 아닌 삶의 방식에 크게 차이가 난다.

결혼을 하든지 안 하든지 생물학적으로 나이를 먹는다. 청년이 되고 중년이 되고 노년이 된다. 이때 결혼을 하고 아이가 생기면 같은 나이의 청년, 중년이라도 엄마, 아빠로 바뀐다. 자식이 생기면 홀몸일 때와 사고방식과 사는 방법이 달라진다.

아빠기의 남자는 특별한 행동 양식을 보인다. 먼저 개인의 생존 본능과 함께 가족을 지키고 부양해야 하는 책임감이 생긴다. 생업을 대하는 태도가 달라진다. 홀몸일 때는 기분에 따라 일을 했지만 아이가 생기면 가족을 떠올리면서 일을 한다. 일에 진지해지고 기분에 좌우되지 않는다. 슬프게도 자존심이 상해도 참는다. 나를 위해 쓰는 소비는 줄어들고 가족에게 쓰는 소비가 대부분이다.

시간 사용도 개인 용도로 쓰기 힘들다. 대부분 시간은 돈을 벌어야 하고 남는 시간마저 가족에게 투입한다. 사실 아빠는 개인의 삶이 거의 없다고 보면 된다. 직장에서 회식도 업무의 연속이다. 쉬고 싶어도 마지못해 나가는 경우가 많다.

아빠기는 남자가 인생에서 제일 보람과 책임감을 느끼는 시기다. 청년기의 꿈과 열정이 나를 위한 시기고 또 특정 상대를 향한 구애의 시기였다면 가정을 꾸린 남자는 아이가 자라는 과정을 보면서 의무감과 성취감을 만끽한다. 나를 향하는 아이의 웃음과 몸짓을 보면서 전율을 느낀다. "신이여 정녕 저 아이가 제 아이입니까?" 하는 감사가 절로 나온다. 아이가 커가면서 기쁨도 느끼고 아플 때 같이 아프다. 또 엄마와 달리 감정 표현이 서툰 아빠는 오해도 받는다. 그래도 묵묵히 디딤돌이 되고 보호막이 된다.

아빠는 임무를 다한 걸로 만족한다. 알아주지 않아도 자기 일을 한다. 자기 임무를 제대로 하는 데 아빠의 만족이 있지 남의 눈은 중요하지 않다. 가족을 위해 보이지 않는 곳에서 최선을 다하고 힘들어도 표현하지 않는다. 손님은 집에 오면 보이는 걸 칭찬한다. 지붕과 인테리어, 창문, 벽지 등. 눈에 띄지 않는 주춧돌과 토대를 칭찬하는 사람은 없다. 주춧돌이 튼튼해야 집이 바로 서고 외관을 꾸밀 수 있다. 아빠는 주춧돌이다. 묵묵히 가정을 받치는 바탕이다.

세월이 흘러 아이들이 독립을 하면 아빠의 임무는 끝난다. 더 이상 가장으로서 역할을 강요받지 않는다. 장년기를 거쳐 노년기를 향한 아빠의 삶이 시작된다. 하지만 인생의 황금기를 가정에 바친 아빠는 껍데기만 남는다.

그래도 꿈이 있는 남자는 최선을 다한 삶에 만족하고 그동안 미룬 자신의 꿈에 도전한다. 현실에 눌려 묻어둔 꿈을 꺼내 힘닿는 데까지 꿈을 좇아 발악한다. 중년을 지난 남성의 꿈도 아름답다.

03

삶에서 아빠는 한정된 축복

모든 생명체는 정해진 끝이 있다. 동물뿐 아니라 우주 안의 모든 존재의 숙명이다. 과정이 조금씩 달라도 시작이 있고 끝이 있는 건 진리다. 사람의 삶도 태어나고 자라고 부대끼다 늙고 아프고 죽는다. 인류 중 이 진리를 벗어난 사람은 없다. 예외는 없다. 예외 없는 법칙은 없다지만 이 법칙은 예외가 없다.

삶을 연장하려는 사람의 노력은 눈물 난다. 동서양, 고대, 현대 모두 죽지 않는 삶, 영원한 젊음은 매혹적인 주제이자 유혹이다. 권력자일수록, 부자일수록, 현세의 삶에 만족할수록 삶의 시간을 늘리려는 욕망에 빠진다. 불로초를 찾고 제우스의 허락을 받아 청춘의 여신 헤베가 주는 불멸의 음료 넥타르와 음식 암브로시아를 탐한다.

권력도 없고 재산도 없는 사람은 다른 방법으로 영생을 추구한다. 이론상 돈이 들지 않는 종교를 통해 내세의 삶을 추구하는 방법과 모든 생명체의 공통된 방법인 번식 즉 나를 닮은 후손을 낳아 생명을 대신 연장하는 방법을 모색한다.

사실 후손을 낳는 방법 말고는 아직까지 생명을 연장하는 방법은 없다. 냉동 인간도 불완전한 기술이고 신선이나 신은 상상의 영역이다. 천국도 입증되지 않았다. 책이나 사상이 수백 년을 내려간다지만 그건 그 사람의 극히 일부분일 뿐이다. 생명은 자기를 닮은 후손을 복제하는 방법으로 한정된 시간을 연장한다.

생명의 지혜인지 교활함인지 갓 태어난 생명체는 다 예쁘고 사랑스럽다. 파충류도 귀엽고 강아지나 고양이 새끼는 어쩔 줄 모르게 예쁘다. 사람도 갓난아이는 참 예쁘다. 말로 표현할 방법이 없다. 나도 내 아이를 보면서 눈물이 나왔다. 감동이 극한이 되면 눈물이 나온다.

갓난아이는 일상이 신비롭다. 몸짓 눈짓 옹알이 하나하나가 기적이고 환상이다. 조그마한 손으로 내 손가락을 꼬옥 잡고 놓치지 않으려고 발버둥을 치는 것을 보면 울컥 올라온다. 이 조그만 생명체가 뭔데 나를 이렇게 감동시키고 붙잡는지 눈을 맞추고 방긋 웃으면 심장이 뛴다. 웃음소리는 중독성이 있다. 자꾸 듣고 싶어서 앞에서 재롱을 떤다. 내가 애를 키우는 건지 애가 나를 키우는 건지 모른다.

아빠는 독립된 단어가 아니다. 전제 조건이 있다. 아이가 있어야 아빠가 된다. 아빠의 완성은 아이가 남자를 "아빠"라고 부를 때 이루어진다.

아빠의 무게와 감동은 아이의 입에서 처음 나올 때가 가장 벅차다. 아이가 나를 찾는 소리, 나를 부르는 소리, 나의 도움이 필요한 소리가 아빠다. 이때 아빠는 단순 명사가 아니다. 아이가 있는 남자를 칭하는 객관적인 누구 아빠가 아니다. 아이는 아빠란 단어로 무뚝뚝하고 수염이 덥수룩한 사내를 녹인다. 사내와 교류한다. 사내의 심장에 사정없이 닻을 내린다. 사내에게 멍에를 씌우고 코뚜레를 꿴다.

아빠가 된 사내는 아이의 조종에 따른다. 덩치 큰 사내가 조그만 아이에게 쩔쩔매고 어쩔 줄 모른다. 아이의 가장 큰 무기는 "아빠 미워"다. 아이의 웃음을 사려 사내는 갖은 노력을 한다. 자존심과 체면은 다 던지고 비굴하게 아양을 떤다. 이게 아빠다.

남자의 삶은 다소 거칠다. 남자는 태어나서 자라고 싸우고 다치고 죽는다. 남자의 본질은 투쟁이다. 남성 호르몬 자체가 호전성을 조장한다. 남성성의 근본은 겨루고 이기고 서열 짓는 데 있다. 과거부터 남자는 집 밖에서 맹수와 싸우고 절벽을 타고 강을 건너고 바다로 나가 먹이를 구해 가족을 부양하고 적과 맞서 싸웠다. 가정은 다음번 전투에 대비해 무기를 손질하고 피로를 풀고 힘을 보충하는 전진 기지였다. 육아와 가정 경제는 모두 여자의 몫이다. 아이는 후대를 이을 자산이었다. 아이와 교류하기에는 남자의 삶이 너무 위험하고 집에 있는 시간이 부족했다.

남자끼리는 위아래가 나뉘고 우두머리와 추종자가 바로 결정된다. 명령 체계가 잡혀야 효과적으로 전투와 사냥을 할 수 있고 살아남을 확률이 올라간다. 남자는 여자보다 먼저 죽었다. 사냥과 전투에서 죽거나 다

쳤다. 치명적인 상처를 받은 남자는 불구가 된다. 노동력이 떨어진 남자는 효용 가치가 줄어든다. 남자의 평균 나이는 여자보다 적다. 몸 자체가 여자보다 병에 더 잘 걸린다. 외부 활동을 하면 외상도 많이 입는다.

나이든 남자는 써먹을 데가 없다. 여자는 나이가 들어도 아이를 보면서 가족과 교감한다. 몸을 움직이는 한 집안일을 한다. 남자는 사냥을 못하면 할 일이 없다. 집안일은 여자가 차지한다. 육체는 늙는다. 사냥개는 사냥이 끝나면 팽당한다. 사냥을 못하는 남자의 노년은 쓸쓸하다. 밥은 주고 잠자리는 제공한다. 가끔 조언도 구한다. 그래도 뒷방 늙은이다.

현대는 과거에 비해 가정의 의미가 많이 바뀌었다. 수렵 시대의 재정비 기능에서 가정 자체가 삶의 목적으로 바뀐 듯하다. 아이는 이제 더 이상 단순한 후대 노동력을 담보하는 종족 번식의 대상이 아니다. 아이는 자체로 가정의 목적, 부모의 삶의 이유가 되었다. 예전처럼 많이 낳고 알아서 크는 시대가 아니라 적게 낳고 가정의 자원을 집중 투자 하는 시대다. 아이 한 명 한 명의 의미는 과거 모든 가문의 역량을 투입하는 무게와 같다. 특히 한국에서 아이의 성공은 부모의 성공, 가정의 성공, 가문의 성공과 동일시된다.

삶에서 아이가 차지하는 비중이 오르고 아빠의 역할도 변화가 왔다. 더 이상 일만 하는 아빠는 인정받지 못한다. 일도 하고 돈도 벌면서 가정에도 신경을 써야 한다. 아이와도 교류를 해야 한다. 맹모삼천지교와 맞먹는 헬리콥터 대디가 늘어난다. 그런다고 외부의 일이 줄어들지는 않는다. 가장의 권위는 책에서도 사라졌다. 가장을 이야기하면 고리타분하고 상투 튼 사람으로 본다. 가장의 직함에서 혜택은 사라지고 의무만 남았다. 이래저래 아빠는 힘들다. 남자가 살기 팍팍한 세상이다.

손해만 본 건 아니다. 이득도 있다. 맞벌이가 늘어난다. 가정 경제를 혼자 감당하던 시대에서 부부가 같이 감당하는 시대로 옮겼다. 외조하는 남자도 조금씩 늘어나고 있다. 전통적인 자존심만 포기하면 그럭저럭 몸은 편한 시대다. 그래도 선택이 없는 맞벌이는 즐겁지 않다. 둘이 벌어야 집안이 유지된다는 말이다. 남자는 능력이 있으면 여자가 일하는 걸 좋아하지 않는다.

가정으로 돌아온 남자의 가장 큰 축복은 아이의 존재와 아이의 성장을 인식한 일이다. 바깥 생활이 당연시되던 시대에 남자는 아이의 양육 기간에 함께하기 힘들었다. 일찍 나가 늦게 들어오면 아이는 항상 자고 있다. 자는 모습만 봤는데 어느새 훌쩍 컸더라는 이야기가 흔했다. 아이도 아빠를 본 적이 없다. 공휴일에 보는 아빠는 잠만 자고 있고 둘이 마주 볼 시기가 되니까 아이는 어른이 되고 아빠는 늙는 이야기가 현실이다.

아이에게 아빠가 필요한 시기는 삶의 일정 기간이다. 독립된 성인이 되면 아빠는 상징적인 의미다. 실질적인 도움을 주긴 힘들다. 누가 날 불러줄 때 꽃이 되듯 누가 날 찾을 때 존재의 의미를 느낀다. 내 도움이 필요한 존재는 삶의 기쁨과 책임감을 완수하는 보람을 제공한다. 힘이 있을 때 아이를 성인으로 키우는 성취감은 비교할 대상이 없다. 하루하루 자라는 아이를 보면 노동이 힘들지 않다.

아이를 키우는 기간, 아빠가 되는 기간은 남자의 삶에서 가장 활기가 차고 생산성이 높은 시기다. 인생의 황금기다. 아이가 없는 남자도 바쁘고 갈 데도 많고 오라는 데도 많다. 삶의 정점이다. 아름다운 나이에 가치 있는 일을 하는 시기다.

얼마전 「도깨비」라는 드라마가 큰 인기를 끌었다. 등장인물, 소재, 대사가 너무 시적이고 이야기도 탄탄해서 몇 번을 봤다. 도깨비는 업이 쌓인 칼을 가슴에 꽂고 지낸다. 칼을 빼면 죽는데 가끔 운명이 무거우면 칼을 빼고 삶을 마치려 한다.

도깨비는 말한다. "보통 사람은 기적의 순간을 잊지 못한다. 기적의 순간에 멈춰 서서 한 번 더 도와 달라고 한다. 마치 기적을 맡겨 놓은 것처럼." 그는 자격이 있는 사람만 응원한다. 목숨을 끊으려는 그에게 유년기에 그의 도움을 받고 평생을 그를 지키는 역을 자처하는 집사는 말한다. "나리로 인해 옳게 산 그 누군가에게 이상하고 아름다운 행운 한 번쯤, 기적 한번쯤 일어나는 것도 좋지 않겠는지요" 한다. 살다 보면 키다리 아저씨를 찾는다. 삶이 힘들 때 내 인생을 바꿔 줄 기적 같은 존재.

그러나 대부분 사람은 인생에 도깨비를 만났고 키다리 아저씨를 만났다. 모르고 있지만 부모다. 생명이라는 기적을 선사하고 성장을 책임지고 원하는 모든 것을 해준 존재. 기적처럼 지구에 왔고 성장했다. 지금 아이에게 나는 기적을 선사하는 존재다. 내 삶의 한 순간만 가능한 지금 나는 도깨비고 키다리 아저씨다.

귀찮고 힘들어도 시간은 간다. 아이는 큰다. 어느 날부터 아이는 저만의 시간, 공간을 찾는다. 아빠가 어색한지 아버지라고 부른다. 삶의 가장 아름다운 장이 넘어가는 순간이다.

04

아빠 때문에 자식 때문에

아이가 어릴 때 부모가 많이 듣는 말 중 하나가 “엄마 미워, 아빠 미워”다. 어린아이가 자기 뜻대로 안 되고 또 부모가 자기 말을 들어주지 않으면 달고 사는 말이다. 아이가 좀 자라면 자연히 쓰지 않는다. 아이의 말을 들으면서 부모는 웃는다. 귀엽기만 하다. 아이는 진짜로 부모 탓을 하기보다는 자기 감정을 부모라는 대상을 통해 나타낸다.

아이에게 부모는 우주와 같은 존재다. 어른이 뜻대로 안 될 때 세상을 탓하거나 하나님을 탓하며 ‘신이시여 왜 나를 버리시나이까’ 하고 한탄하듯 아이는 자신의 의지가 꺾일 때 투정을 부릴 뿐이다. 부모가 진짜로 밉다는 뜻은 아니다. 그리고 그때는 부모가 아이가 원하는 걸

다 들어줄 수 있다. 능력이 있지만 참거나 교육적인 뜻으로 안하는 것이다. 그걸 아는 아이는 더 떼를 쓴다. "왜 안 해줘, 할 수 있잖아" 하고.

아이가 자라면 부모의 한계를 안다. 태산과 같았던 아빠가 평범한 옆집 아저씨와 같은 존재고 나의 천사 같던 엄마도 성격 사나운 앞집 아줌마와 같다는 진실의 순간이 온다.

초등학교 들어가기 전까지 나는 산타할아버지가 있다고 철석같이 믿었다. 항상 크리스마스날 자고 나면 머리맡에 선물이 있었고 그날을 기다렸다. 어느 해 산타할아버지를 보고 싶었다. 잠을 억지로 참고 눈을 감고 기다리고 있으니 문이 살짝 열리고 살금살금 누가 들어와서 머리맡에 선물을 놓고 갔다. 예측했던 대로였다. 엄마였다. 자는 척하고 있었다. 그 뒤로 산타의 정체에 대해 말을 꺼내지는 않았다.

내 아이들이 어릴 때 교회에서 집으로 산타가 왔다. 그러면 아이들은 어리둥절하면서 눈이 휘둥그레 산타를 보았다. 교회 청년부 학생이 수염을 붙이고 빨간 옷을 입고 선물을 나눠 주러 다닌다. 선물은 미리 물어봐서 각 가정에서 준비한다. 그러면 산타는 그 선물을 들고 아이에게 전해 주면서 "메리크리스마스" 한다.

나중에 아이들이 중학생 때 물어봤다. 진짜 산타가 있는 줄 알았느냐고 했더니 담담하게 말한다. 처음에는 자기들도 믿었는데 어느 날 의심이 들었다고 한다. 왜 의심이 들었냐고 했더니, 이상하게 받고 싶은 물건을 적어 내면 그게 선물로 와서 의심했다고 한다. 내가 산타의 실체를 안 나이와 비슷한 나이다.

비교를 배우면서 아이는 사회에서 부모의 위치를 안다. 현실 파악이 된다는 말이다. 아이들은 더 이상 부모에게 밉다는 말을 하지 않는다. 섭섭한 게 있어도 표현하지 않는다. 생각보다 빨리 아이들은 세상을 알고 철이 든다. 다른 집처럼 잘 살지 못한다는 섭섭함이 있지만 대부분은 표현하지 않는다. 이때쯤 될 때 아빠는 아이에게 미안하다. 다른 집처럼 잘해 주고 싶어도 현실은 녹록지 않다. 열심히 살아도 살림은 제자리다. 아빠는 말이 없어진다.

아이들도 집안 형편은 쉽게 받아들인다. 가난하면 가난한 대로 이해를 한다. 아주 부자는 아니더라도 "우리 집이 어때서?" 하고 나온다. 나도 평범한 집에서 자랐지만 그걸로 부모님을 원망한 적은 없다. 남과 비교해서 우리 집은 2층집도 아니고 자가용도 없다고 창피한 적도 없고 크게 부러워한 적은 없다. 물론 일상생활에 지장이 없고 기본적인 학업이나 취미 생활이 가능한 생활 환경이어서 그러했는지도 모른다. 부유함은 아니지만 가난을 경험하지 못한 배부른 소리일 수도 있다.

보통의 가정에서도 가족 간의 원망이 나온다. 가족 구성원 누구 때문에 내가 지금 이 꼴이 되었다는 불만은 흔하다. 부모가 자녀 탓을 하기도 하지만 자식이 부모 탓을 하는 경우가 훨씬 많다. 경제적인 뒷받침이 안 되어 탓하기도 하지만 자신의 성격이나 외모의 문제를 탓하는 경우도 많다. 부모를 닮아 외모나 신체에 만족을 못한다고 하면 할 말은 없다. 그건 내 뜻대로 되지 않는다. 나도 부모님의 유전자를 물려받았고 부모님도 선조의 선조까지 수십만 년 전부터 내려온 유전자라 내가 끼어들 공간이 없다. 한마디로 팔자다. 아이들이 엄마 아빠 닮아 피부 색깔이나 코, 눈, 키를 놓고 불만을 이야기해도 잠자코 들을 뿐이다.

핑계를 댈 것도 없고 아이들도 안다. 부모 잘못이 아니라는 걸.

논란이 되는 부모 탓은 성격 문제다. 양육가설이라는 이론이 있다. 아이들이 성장할 때 부모의 행동이나 반응이 아이 성격 형성에 중요하며 평생 영향을 미친다는 이론이다. 이 이론에 따르면 부모는 아이의 평생에 걸쳐 책임을 져야 한다. 아이가 자라 어른이 되고 노인이 되어도 성격 형성에 미친 부모의 영향이 남아 있다는 주장이다.

부모의 입장에서는 억울하고 팔짝 뛸 일이다. 아기 키우기도 힘든데 일거수일투족이 아이에게 영향을 미친다니 말 한마디 행동 하나 조심하고 또 조심해야 한다. 아이에게 좋은 영향을 주기 위해 노력을 하지만 나중에 아이가 자라서 좋지 않은 습관이나 성격을 나타날 때는 죄책감이 든다. 애를 키우면서 내가 너무 화를 내었나, 너무 조바심을 부렸나 후회를 한다. 애들 키우면서 기쁨을 느끼기는커녕 행동 하나 말 한마디 조심해야 하니 키우는 게 아니라 모시고 사는 꼴이다.

양육가설은 현재는 비판이 많다. 성장기에 양육자의 역할이 중요하기는 하지만 절대적이지는 않고 사람은 자라면서 스스로 성장기의 트라우마를 교정하는 능력이 있다고 한다. 주디스 해리스 같은 학자는 결론적으로 말한다. '너의 현재 모습을 부모에게 핑계대지 마라'고. 반박할 수 없는 연구 결과와 통계 자료를 내밀고 이야기한다.

나도 아이한테 자기 성격의 단점은 엄마 아빠에게 배웠다는 말을 가끔 들었다. 나도 성격이 급하고 기다릴 줄 모른다. 말한 뒤 바로 하지 않으면 재촉하고 버럭 화를 낸다. 고치려 해도 잘 고쳐지지 않는다. 아이들도 버럭하는 성격이 있다. 가끔 경우에 맞지 않게 화를 낼 때가 있다. 그럴 때는 내 모습을 보고 배운 게 아닌가 하는 미안한 느낌이 든다. 화를 내지 않으려 노력하는데 지금도 가끔 터진다.

아이를 키우다 보면 아이는 부모의 거울이라고 하지만 아이가 부모의 행동을 유발하는 경우도 많다. 아이는 성격이 다 다르다. 그 성격과 반응에 맞춰 부모의 행동도 달라진다. 예로서 부모의 말을 잘 들을 경우 큰소리가 나오지 않는다. 외출을 준비할 때 바로 준비하면 큰소리 낼 일이 없다. 하지만 이유 없이 꾸물거릴 때는 큰소리가 나온다. 몇 번 이야기해도 시간은 가고 약속 시간은 다가오면 결국 큰소리가 난다.

더 황당한 일은 그런 경우도 왜 아빠는 갑자기 버럭 화를 내냐고 반문한다. 그 전에 몇 번 나긋나긋하게 "얘들아 챙겨라" 한 말은 전혀 기억하지 못한다. 오죽하면 녹음하려 한 적도 많고 숫자를 센다. "챙겨라 한 번, 두 번, 세 번" 식으로 세다가 이제 큰소리 낸다고 경고한다. 그래도 왜 갑자기 화를 내냐고 한다. 일부러 약 올리려 하는지 의심이 들 정도다. 그건 아니고 듣고 싶은 것만 듣는 나이라고 한다.

그런 아이들도 저희들이 원하거나 좋아하는 경우에는 아주 잽싸다. 외출할 때마다 옷 입고 준비하라고 해도 한없이 꾸물거리는 아이가 좋아하는 음식을 먹으러 가자고 하니까 1분도 안 되어 신발까지 신은 모습을 보고 놀란 적이 있다. 아이들도 의견이 있고 싫은 걸 싫다고 못하니까 꾸물거리는 방식으로 의사 표시를 한다.

아이들은 스스로 큰 줄 안다. 나도 어머니에게 "너는 네가 혼자 큰 줄 안다"는 말을 여러 번 들었다. 그때는 몰랐는데 아이를 키우니까 무슨 말인지 알았다. 사람 아이는 너무 약한 존재다. 동물과는 달리 양육 기간이 무척 길다. 자연계에서 제일 길다. 그 오랜 기간을 먹이고 재우고 보살피는데 성인이 되고도 고마움을 모른다.

생명부터가 부모에게 받은 은혜다. 연예인하고는 아주 거리가 먼 외모지만 감사하게 제대로 작동하고 천재는 아니지만 지적 능력도 세상 사는 데 지장이 없다. 그래도 지금껏 부모님께 유전자를 잘 물려주고 잘 키워주셔서 고맙다는 말은 하지 않았다. 쑥스러워 하루하루 미루고 있다.

아이들도 아직은 엄마 아빠 덕분이라는 말은 거의 하지 않는다. 듣고 싶은 생각도 없다. 어차피 말로 알아듣는 문제가 아니라 애들 키우면 느끼는 문제다. 받은 만큼 전해 주면 그걸로 만족한다. 생각해 보면 아이들도 원해서 세상에 온 것이 아니기 때문에 책임 문제를 따지면 부모가 더 크다. 지금은 다치지 않고 잘 자라기만 하면 감사할 뿐이다.

05

다시 아빠가 된다면

최근 『나는 아버지입니다』라는 책을 감명 깊게 읽었다. 팀 호이트(Team Hoyt)라는 이름으로 전 세계 마라톤 대회와 철인 3종 경기를 휩쓸고 다니는 아버지와 아들 이야기다. 팀 호이트는 미국 매사추세츠 주 출신의 딕 호이트(Dick Hoyt)와 아들 릭 호이트(Rick Hoyt) 부자를 일컫는 말이다.

아들 릭 호이트는 태어날 때 탯줄이 목에 감겨 말도 못하고 몸도 제대로 못 가누는 뇌성마비 상태로 태어났다. 병원에서도 포기하라고 했지만 아버지는 포기하지 않았다. 아버지는 릭을 가정에서 키우고 또 릭에게 컴퓨터를 선물했는데 그로 인해 의사소통이 가능했다.

12세 때 아들은 아버지에게 달리고 싶다는 뜻을 전한다. 이미 중년을 훌쩍 넘은 아버지는 아들의 소원을 들어주려 마라톤에 나간다. 릭은 마라톤 완주 후 몸의 장애가 사라진 듯하다고 의사 표시를 했다. 아버지와 아들은 팀으로 계속 마라톤 대회에 나갔고, 1984년 보스턴 마라톤 대회에서 2시간 53분 20초 만에 완주했다. 그 뒤 아들이 원해 3종 철인 경기에 출전했다. 휠체어를 밀고, 자전거에 매달고, 고무보트에 태워 헤엄을 쳐서 3종 철인 경기를 완주했다. 1989년 하와이에서 열린 대회에서는 14시간 26분 4초의 기록으로 완주했다.

릭은 대학을 진학한 뒤 컴퓨터를 전공해서 스스로 힘으로 졸업하고 취직을 했다. 아들은 "아버지가 없었다면 할 수 없었을 거예요"라고 하고 아버지는 "네가 없었다면 아버지는 하지도 않았다"라고 말한다.

제목이 눈에 바로 들어왔다. 『나는 아버지입니다』. 내가 아이가 없다면 "대단하네" 하고 넘어갔을 것이다. 그런데 같은 아버지 입장에서 읽으니 남의 일 같지 않았다. 먼저 내 아이들이 건강하다는 사실에 무한히 감사했다. 그리고 같은 아버지로서 그에게 박수와 찬사를 보냈다. 그리도 반성을 많이 했다.

딕은 남들이 다 포기하라는 아들을 확신을 가지고 지켰다. 말도 못하고 감정 표현도 못하고 몸도 제대로 못 가누는 몸이라 아들의 생각을 알 방법이 없었다. 정상적으로 생각하는지 감정은 있는지 지능은 어느 정도인지. 그래도 그의 부모는 아들을 믿었다. 아들을 관찰해서 아들이 지능이 정상이란 사실을 알았다. 영혼이 몸에 갇혀 나오지 못할 뿐이라고 확신했다. 아들을 믿었기에 편견과 싸우고 사회에 도전했고 아들은 대학 교육까지 마쳤다. 수십 년 전 미국은 지금보다 장애인에 대한 편견이 심했다. 집에 숨기거나 단체로 시설에 격리하는 분위기였다. 그런데 남의 시선을 의식하지 않고 과감하게 아들과 외출하고 장애인 권익 운동을 해서 제도까지 바꿨다.

나는 건강한 내 아이를 대할 때 얼마나 믿고 참았는지 반성했다. 조금만 내 뜻과 어긋나면 화를 내고 강요한 사실이 부끄러웠다. 아이는 믿는 만큼 자란다고 한다. 내 아이를 믿지 못하는 게 아니라 나를 믿지 못한 건 아닌지 창피했다.

아이들이 어느 정도 자란 뒤라 후회는 의미가 없다는 걸 알지만 그래도 몇 가지 사건은 기억이 난다. 아이들은 잊었을 것이다. 기억하고 있을지도 모르겠다. 하지만 그때는 너무 피곤하고 짜증나 뿌리쳤는데 지금 생각하면 아주 많이 후회가 된다.

대학교 때 어머니와 아버지 옆에 있다가 두 분이 하는 이야기를 본의 아니게 엿들었다. 형이 중학생 때 통닭이 먹고 싶다고 했는데 안 사 주었다고 했다. 이유는 기억나지 않지만 시간이 흘러도 그게 그렇게 마음에 남는다고 했다. 부모가 되면 자식에게 잘해 준 것은 다 잊어버린다. 형편이 안되었거나 사정상 못해 준 일만 오래도록 기억에 남는다.

가장 후회되는 일은 딸아이가 어릴 때이다. 딸은 그때나 지금이나 고집이 무척 세다. 나도 한 고집 하는데 딸은 두 고집 한다. 휴일에 피곤해서 자고 있는데 놀아 달라고 계속 깨웠다. 아빠 피곤하니까 좀 있다 놀아주마고 몇 번을 말해도 계속 옆에서 흔들고 졸랐다. 잠결에 너무 화가 났다. 벌떡 일어나서 확 밀어버렸다. 아이는 울면서 나가고 나도 잠이 깼다. 바로 후회가 되고 십수 년이 지난 지금도 후회한다. 얼마 전 딸과 이야기하다가 아빠가 정말 사과하는 일이 그때라고 했다. 딸은 기억을 하는 듯 마는 듯했다. 아이를 키우면서 평생 두고두고 후회할 첫 번째 일이다.

다시 그런 기회가 온다면 아무리 피곤해도 일어나서 놀아 줄 것이다. 잠은 나중에 자면 되지만 아이의 어린 시절은 쏜살같이 지나간다. 그때 더 어울리고 더 놀아 줘야 했는데 해봐야 부질없다.

인턴 수련 중 소아과를 돌 때다. 아침 컨퍼런스 시간에 과장님이 요새는 잠이 부족해 너무 피곤하다고 했다. 아이가 유치원 갈 나이가 되어 아이가 자기 전에 책을 보고 아침에 아이가 깰 때쯤 되면 책을 보는 시늉이라도 한다고 했다. 부모가 책을 보는 모습을 보면서 아이가 자연스럽게 책과 가깝게 지낼 수 있게 교육시킨다고 말했다. 탁월한 가정교육이라고 생각했다. 나도 나중에 아이가 생기면 책을 가깝게 하는 아이로 키우겠다고 결심했다.

결혼하고 아이가 태어났다. 처음에는 아이와 함께 또 아이가 보는 앞에서 책을 많이 읽었다. 아이가 어릴 때는 가능하면 책과 가까운 환경을 만들려 노력했다. 그 덕인지 아이들도 책을 자주 읽는 편이긴 하다. 그런데 언제부터 책보기가 힘들었다. 유혹하는 매체가 너무 많다. 게임, 휴대 전화, TV, 늦잠, 낮잠, 초저녁잠 등등. 초심을 잃고 아이와 TV를 보는 시간이 너무 늘었다. 집에 TV를 없애고 사방에 책장을 놓고 싶었는데 지금은 안 된다. TV를 없애자면 아이들이 기겁을 한다. 시간을 돌린다면 아이들이 어린 몇 년만이라도 집을 책으로 가득 채우고 살고 싶다.

나와 아내의 꿈 중 공통점이 마당이 있는 집에서 사는 것이다. 지금도 항상 꿈을 꾼다. 마당에 나무와 꽃을 심고 채소를 키우고 애들이 마당에서 뛰어노는 꿈을. 아이들이 어릴 때 마당에서 맘껏 뛰놀게 하고 싶었다. 하지만 용기가 없어 미적미적하다 보니 계속 아파트에서만 살았다. 아내나 나는 시골집에서 컸다. 흙을 만지며 자랐다. 화단도 만들고 채송화, 봉숭아, 맨드라미로 정원을 만들고 놀았다. 작은 집이지만 항상 흙으로 두꺼비집을 만들고 화단을 가꾸었다. 심심하지 않았다. 생각대로 만들고 부수고 또 내 작품에 흐뭇했다. 아이들에게 흙하고 노는 추억을 제공하고 싶었다. 이제는 늦었지만 오히려 마당 있는 집에서 살고 싶은 욕망은 진행형이다. 아이가 아닌 내가 살고 싶은 집을 찾으려 한다.

나는 부지런한 편은 아니다. 아내는 내가 아이와 잘 놀지 못한다고 한다. 맞다. 사실 노는 방법도 모르고 운동보다는 정적인 활동을 선호하다 보니 애들과 몸을 부대끼면서 논 기억은 별로 없다. 후회가 된다. 시간을 되돌린다면 아이와 지치도록 뛰고 싶다. 뛰다가 아이가 잠들면 땀에 질척이는 아이를 업고 들어오면 좋겠다.

내 꿈 중 하나가 천문학자가 되기였다. 별을 보면서 밤새 하늘을 지키려 했다. 아이를 낳으면 같이 새벽까지 별을 보며 신화를 이야기하다 잠들고 싶었다. 다행이 막내가 꿈이 물리학자라고 한다. 담임 선생님이 막내의 별을 보면서 살고 싶다는 꿈을 보고 멋있다고 한 적이 있다. 천체 망원경을 장만해서 둘이 별보기 여행을 떠나자고 가끔 이야기했다. 지금은 아이도 좀 시들해진 듯하다. 사실 내가 귀찮아서 미루고 미뤘다. 아이는 이제 별을 물리학적 시각으로 본다. 큰곰자리, 작은곰자리가 아닌 백색왜성, 블랙홀로 본다. 아이도 이젠 별이 꿈이 아니라 학문이다. 아름다운 추억을 남길 기회가 또 지나갔다.

첫아이가 태어난 뒤 사진과 영상을 최대한 많이 찍었는데 지금 보니 놓친 순간이 많다. 아이들이 어릴 때는 하루에도 몇 번씩 모습이 바뀐다. 어제 사진과 오늘 사진이 다르다. 지금도 눈에 선한 장면이 있다. 아이들이 유치원 다닐 때 보름달이 환한 밤에 집 옆 공원에서 아내와 아이들과 조카들이 손잡고 춤을 추었다. 나무숲이 있고 풀밭에서 치마를 펄럭이며 춤을 추는데 정말 동화 속 한 장면이었다. 달빛을 배경으로 추는 춤은 환상 그 자체였다. 그날은 산책하러 나와서 사진기를 가지고 나오지 않았고 지금처럼 휴대 전화가 흔한 때도 아니었다. 그냥 나 혼자 감상한 환상이었다. '사람이, 아이가 이렇게 아름다울 수 있을까' 하는 생각이 들었다.

성장이 끝나고 성숙의 단계로 접어든 아이들은 사진에 변화가 보이지 않는다. 그래도 괜찮다. 찍어 놓은 사진만 봐도 충분하다. 그런데 많이 찍었다고 하지만 아쉬움이 남는다. 더 다양하게 예쁜 모습을 담을 수 있었는데 미련이 남는다.

아이들이 독립할 시간이 별로 남지 않은 지금, 더 사랑하려 노력해야겠다.

06

내 아이로 태어나 줘서 너무 고맙다

내 일과 중 하나가 아침에 아이들 방을 순례하는 일이다. 큰아이부터 방문을 살짝 열고 자는 모습을 바라보고 있으면 흐뭇하면서 감사하고 신기하다. 어릴 때는 마냥 예쁘고 사랑스럽기만 했는데 이젠 엄마 아빠보다 덩치가 더 크다. 그래도 잘 때는 아기 때 모습이 보인다.

어떤 때는 한참을 물끄러미 볼 때도 있다. 그러다 가끔 잠을 방해한다고 쫓겨나기도 한다. 나도 모르게 머리카락이나 볼을 만지면 아이들은 기겁을 한다. 가끔은 자는 척 가만히 있을 때도 있다. 꼬옥 안고 있으면 양팔에 가득 찬다. 조금 있다 "아빠, 이제 고만 하시지" 한다. 괜히 머쓱하다.

문득 아이들이 언제부터 내 삶에 들어왔을까 생각을 했다. 분명 전에는 없었는데 언제부터 내 공간에, 내 시간에, 내 인생에 터억 자리를 잡았을까? “나보고 불꺼 줘”, “물 가져다 줘”, “배고파” 하면서 주인 노릇을 할까. 그것들이 뭔데 내 인생을 좌지우지할까.

어떤 인연으로, 어떤 축복인지, 운명인지 애들은 내 아이가 되었고 나는 그애들의 아빠가 되었을까? 생물학적으로 단지 유전자의 전략이고 종족 번식의 결과라고만 보기는 너무 건조하다. 단지 종족 번식만 목적이면 물고기처럼 수십만 마리 새끼만 낳고 나 몰라라 하든가 일부 동물처럼 새끼가 생존 능력을 얻으면 바로 내치고 다시 번식 과정에 들어가는 게 효율적이다.

자식은 부모의 소유물인가. 절대 아니다. 인연이 되어 부모 자식으로 만난 것이고 부모는 자식을 임시로 맡은 보호자라 생각한다. 옷깃만 스쳐도 인연이라고 한다. 인연은 솜과 같다. 마르면 가볍고 젖으면 무겁다. 부모 자식 간에도 정이 마르고 사랑이 마르면 가볍다. 솜털같이 흩어지고 찢어진다. 정이 쌓이면 무겁다. 쉽게 찢어지지 않는다. 켜켜이 쌓인 정과 촉촉한 추억이 인연을 무겁게 한다.

‘천륜’이라고 한다. 부모와 자식 간은 하늘의 인연으로 정하여 있다는 뜻이다. 세상에서 제일 무거운 관계다. 어떤 인연보다 강하고 질기다. ‘피는 물보다 진하다’는 말이 있다. 그런 인연도 다듬고 키우지 않으면 시든다. 깨물어 아프지 않은 손가락은 없다고 하지만 분명 덜 아픈 손가락이 있다. 살살 깨무는 손가락이 있다. 남녀 관계의 애정보다는 강한 본능이지만 부모 자식 간에도 인연의 경중은 있다.

자녀가 여럿이라도 자녀에게 부모는 하나다. 하지만 부모에게 자녀는 여럿이다. 자녀도 여럿이면 비교가 된다. 차이가 보여도 부모는 표현하지 않는다. 하지만 사람이 품을 수 있는 자식의 수는 셋이라고 한다. 그 이상이 되면 고르게 관심과 애정을 주기 힘들다는 말일 거다. 자녀가 여럿이면 관심이 분산될 수밖에 없다. 아무래도 어릴수록 약할수록 관심이 더 간다. 그래서 '아픈 손가락'이라고 한다.

아이는 '신이 잠깐 맡긴 보석'이라는 글을 본 적이 있다. 내 아이라는 소유 의식이 있던 차에 많은 생각을 하게 한 글이다. 나도 부모님이 키웠고 몸과 마음에 가장 큰 영향을 미쳤지만 결국은 독립된 나로 성장하고 생존한다. 몸도 부모님이 먹인 음식이 기본이 되지만 지금은 내가 먹은 음식으로 다 바꿨다. 세포는 죽고 새로운 세포로 바뀐다. 피도 뼈도 다 바뀐다. 몸에 부모님의 유전자는 건재하지만 몸을 이루는 구성품은 다 바꿨다.

마음도 기본 성격은 남아 있지만 부모님 슬하에서 배운 경험과 기억은 소수다. 대부분 추억으로 저장되고 기억조차 가물거린다. 내 삶에 필요한 판단, 경험은 독립해서 살아오면서 배운 기억이 대부분이다. 내 아이가 태어난 뒤로는 부모님과 형제의 기억도 급속도로 한편으로 밀렸다.

찍은 사진은 폴더로 만들어 정리한다. 아이가 태어난 뒤로는 한 해 한해 폴더를 만든다. 그전까지 사진은 전부 '몇 년도 이전' 하고 밀어 넣는다. 추억도 기억도 경험도 시간이 지날수록 압축해서 몰아넣는다. 그리고 열어 보지 않는다.

내 아이들도 지금은 내 품에서 싸우고 기뻐하고 슬퍼하면서 지내지만 독립하면 엄마 아빠는 압축 폴더를 만들어 한쪽으로 몰아넣을 것이다. 추억은 좋은 말이지만 본질은 현재에서 잊는다는 뜻이다.

새는 자라면 둥지를 버리고 떠난다. 아이도 자라면 둥지를 버리고 자기 세상으로 떠난다. 엄마 아빠의 둥지는 아직 튼튼한데 아이는 자기의 둥지를 지으러 간다. 집안 곳곳에 아이의 흔적을 선물로 남기고 세상으로 나간다.

부모는 아이의 주인이 아니다. 아이가 자라서 독립할 때까지 맡아 키우는 보육자다. 내가 낳았지만 아이는 분명 타인이다. 독립된 존재다. 단지 나와 유전자를 공유하고 삶의 일부분에서 나와 시간과 공간을 공유하고 추억을 같이 했다는 이유로 나의 소유는 절대 아니다.

추억도 아이의 추억과 부모의 추억은 다르다. 아이의 세상과 어른의 세상이 다르듯 한 공간, 한 시간에서 느낀다고 같은 기억이 아니다. 아이의 눈은 물리적으로 어른보다 낮다. 세상을 낮게 보고 올려 본다. 올려 보는 세상과 내려 보는 세상의 차이만큼 아이와 어른의 느낌은 차이가 크다. 아이와 어른은 한 방향을 보지만 보는 세상은 다르다.

아이가 넘어져 울 때 어른은 웃는다. 귀엽다고 한다. 아이는 진짜로 놀라고 아파서 울어도 어른의 눈에는 예쁘기만 하다. 아이를 놀래 놓고 웃기도 한다. 작고 연약한 아기는 어른보다 면역력과 저항력이 약하다. 같은 자극에도 충격을 더 받는다. 몸뿐 아니라 마음도 영향을 크게 받는다. 아이가 사는 세상은 어른의 세상보다 작고 좁고 단순하다. 그 세상에서 아이가 느끼는 변화는 어른의 세상과 동일하다. 연약한 아이를 어른의 세상에 바로 내놓으면 거대한 충격을 이기지 못한다. 아이는 어른의 세상을 직접적으로 이해하지 못해 일시적으로 충격을 피해 가지만 한계가 있다. 한계를 넘으면 아이의 세상은 파괴된다.

부모는 아이를 잘 키워 세상으로 내보낼 임무가 있다. 임무이자 축복인 양육의 어려움에 대한 대가로 기쁨을 받는다. 부모의 희생과 아이의 성장을 바꾼다. 부모가 태우는 몸과 마음의 에너지로 아이는 성장한다. 아이가 자라는 만큼 부모는 비어 간다. 아이가 세상으로 나갈 때 부모는 껍데기만 남는다. 부모의 부모도 그렇게 부모를 키웠다. 아이도 그 아이를 그렇게 키울 것이다.

인연은 인(因)과 연(緣)이다. 불가에서는 어떤 결과를 만들어 내는 직접적인 원인을 인(因)이라 하고, 인과 협동하여 결과를 만드는 간접적인 원인을 연(緣)이라 한다. 모든 사물은 이 인연에 의하여 생멸한다고 한다. 모르는 사람끼리 길에서 소매를 스치는 사소한 일도 모두 전생(前生)의 깊은 인연(因緣)에 의한 것이라 한다.

인이 직접적인 원인이고 연이 간접적인 원인이라면 아이는 인이고 부모는 연이다. 아이의 인생에 아이가 주인공이고 부모는 보조역이다. 다른 의미로 아이는 다른 부모에게 가도 그 아이다. 또 내게 다른 인연의 아이가 와도 그 아이는 제 뜻대로 성장한다. 물론 부모와 아이가 시너지가 있는 것이 제일 좋지만 아이 인생은 아이 것이 맞다.

아이의 성장에 환경이 중요한 것은 상식이다. 하지만 제일 핵심은 아이 자체다. 아이의 성향이나 품성은 씨앗에 든 대로다. 한계 내에서 차이는 있어도 한계를 넘기는 힘들다. 비슷한 환경에서 자란 아이들도 성장한 뒤 보면 너무 차이가 크다. 같은 부모, 같은 집안 분위기에서 자란 형제도 인생은 제 각기 길을 간다. 아이는 자기 씨앗을 가지고 온다. 부모라는 토양에서 자기 씨앗을 틔운다. 인연이 닿아 부모에게 날아온 거다. 인연이 찰나만 어긋났다면 다른 부모에게 갔을 것이다.

아이가 태어나면 가장 섬뜩한 상상 중 하나가 '만약 이 아이가 없었다면 어떠했을까' 하는 가정이다. 아이가 없는 삶은 상상할 수조차 없다. 언제부턴가 슬그머니 내 삶에 자리 잡고 주인 행세를 하는 아이가 없는 삶은 생각조차 싫다.

기숙사에 있는 아이는 주말에 집에 온다. 그럼 나는 드디어 우리 가족이 완전체가 되었다고 말한다. 완전체, 하나라도 빠지면 불완전이다. 내 삶에 가족이, 아이가 생겨 삶이 완전하다. 삶을 채운 아이에게 감사하고 부족한 나에게 내 아이로 태어나 줘서 너무 고맙다.

07

내 인생 최고의 선택

얼마 전 아이들이 물었다. 아빠는 몇 살 때로 돌아가고 싶냐고. 망설임 없이 대답했다. 2003년 6월 이전이라고. 무슨 말이냐고 되묻는다. 그날은 막내의 생일에서 앞으로 며칠 더한 날이다. 실수로라도 날짜 계산이 잘못되어 막내가 태어나지 못할까 지레 걱정을 해서 여유 있게 잡은 날이다. 억만장자가 되어도 지금 내 아이가 없는 세상은 무의미하다. 다른 삶을 선택할 수 있다고 하더라고 지금의 가족을 그대로 유지한다는 전제로 할 것이다.

인생은 선택의 연속이다. 선택이 옳았는지 잘못됐는지 당장 알 수 있을 때도 있지만 대부분 지나고 봐야 안다. 제일 중요한 출생은 내 선택이 아니다. 부모님의 선택에 의해 삶은 시작한다. 그리고 독립할 때까지 중요한 선택도 내 몫이 아니다. 집이 이사를 하거나 학교에 진학하는 일 등은 부모와 사회의 결정이다. 나의 선택은 하겠다 아니면 하지 않겠다는 저항뿐이다. 이사하기 싫다. 학교 가기 싫다 등 안 하겠다고 버텨 본다. 하지만 대부분 한계가 있다.

그렇지만 성장기의 자그마한 선택이 무의미하지는 않다. 부모님의 보호를 받는 어린 시절이나 학생 시절 심지어 일상의 선택이 거의 없는 군대 생활에서도 모든 선택은 미래에 영향을 미친다. 학생 때 공부를 하고 안 하고는 자기의 선택이다. 학교를 가고 안 가고까지는 어쩔 수 없어도 같은 시간을 보내면서 공부를 열심히 한 학생과 소홀히 한 학생의 차이는 당장 시험 성적뿐 아니라 장래 직업과 인생의 큰 방향까지 영향을 미친다. 공부가 인생의 전부는 아니고 길게 보면 학교 성적도 인생의 성적과 큰 연관성은 없다. 하지만 성적이 우수한 학생이 기회가 더 많은 것이 사실이다.

제일 공평한 조직이 군대다. 같은 시간에 일어나서 정해진 일과대로 보낸다. 식단도 같다. 그러나 군대를 마칠 때는 차이가 있다. 체력에 큰 차이가 나고 군대에서 학업을 병행하거나 자격증을 딴 사람도 있다. 짧은 개인 시간을 어떻게 쓰느냐에 따라 차이가 난다. 눈에 보이는 차이보다 눈에 보이지 않는 차이는 더 크다. 자신감이나 리더십, 인내심을 기르기는 군대도 적합한 조직이다.

진정한 선택은 가정을 떠나 경제적으로 심리적으로 독립한 상태서 가능하다. 이때부터 나의 의지가 주로 작용한다, 물론 부모님이나 사회의 압력이 있으나 그래도 최종 선택은 내가 한다.

선택이 꼭 하겠다는 선택만 있지는 않다. 상황에 따라 거부하지 않는 것도 선택이다. 사실 나는 결혼을 할 때 적극적으로 행동하지 않았다. 적지 않은 나이지만 결혼은 인생 계획의 아래 순위였다. 그런데 우연히 아내를 본 부모님이 서둘렀다. 나는 원래 성격이 적극적으로 앞장서거나 계획을 세워 추진하는 성격은 아니다. 앞에 나서기를 부담스러워하고 드러내길 싫어한다. 그래도 한번 결정이 나면 집요하게 끝을 본다. 굳이 이름을 붙이자면 햄릿형이라고 할까.

부모님도 내 성격을 아셨던 것 같다. 아들이 총각귀신이 될까 봐 염려가 되었나 보다. 멍하니 있다 보니 결혼식 끝나고 신혼살림하고 아기도 태어났다. 그제야 현실감이 들었다. '이젠 독립된 가정을 꾸리고 내가 가장이구나' 하는 느낌이 들었다.

지금 생각해도 어머니에게 죄송한 일이 있다. 결혼하고 얼마 되지 않아 어머니에게 선언했다. 내 집에 일절 관여하지 마시라. 죽이 되든 밥이 되던 둘이 해결할 거라 했다. 주변에서 갓 결혼한 집에 시댁이나 친정이 너무 관여해서 다툼이 난다는 말을 많이 들었다. 그리고 나중에도 부부가 사는 집에 시댁 식구들이 너무 시도 때도 없이 찾아오고 이래라 저래라 해서 부부 간에 불화가 생기는 경우도 봤다. 그래서 처음부터 각오를 했다. 독립을 선포했다. 어머니는 크게 말은 안 했지만 무척 섭섭한 눈치였다.

어머니는 자식들 집에 갈 때도 미리 양해를 얻고 날짜를 잡는다. 사실 거의 오지 않았다. 집들이나 특별한 날 초대했지만 손가락으로 꼽을 정도다. 또 집에 오더라도 집을 구경하는 정도지 냉장고를 열거나 서랍을 열어 보지는 않았다.

나는 결혼하면 극단적으로 표현해서 원가와 관계는 끊어야 한다고 생각한다. 물론 왕래를 단절하고 인연을 정리하자는 말이 아니다. 심리적인 의존을 줄이고 부부 간의 관계는 둘이 만들어 가야 하며 양쪽 집안에서 구심력을 행사하면 안 된다고 생각한다. 자식도 독립된 개체고 또 결혼을 하면 성인으로 완성이 되는데 그 뒤 사는 일은 자식의 몫이라는 생각이다.

집안의 가풍이나 행사는 유지하되 각 가정의 문제는 각자 해결하자는 뜻이다. 시시콜콜 부모에게 이르고 부부 사이에 양가 부모가 끼어드는 일은 없어야 한다. 부모는 지켜보고 응원만 해도 충분하다. 사실 부모가 계시다는 것도 살면서 큰 의지가 된다. 부모가 끼어들지 않아도 어릴 때 보고 배운 모든 것의 영향에서 벗어날 수 없다. 먹는 것, 입는 것, 취미, 종교, 대화 방식 그리고 이 모든 걸 주관하는 유전자까지.

아직 살아갈 시간이 많이 남았지만 그래도 중간 중간 인생의 마디마디 선택이 있었다. 고등학교까지는 추첨으로 결정했지만 대학과 학과의 선택이 첫 큰 선택이었다. 여기에서 아버지의 간곡한 권유가 크게 작용했다. 처음 내가 원했던 전공은 달랐지만 위험한 길을 달려온 아버지의 말을 거스르긴 힘들었다. 마지 못해 따랐는데 지금까지 살아온 바탕이 되는 선택이었다. 학교에 다니면서 스스로 선택한 일도 많다. 동아리, 여행 등등 수많은 선택을 했고 경험을 풍성하게 했다. 하지만 큰 틀을 바꾸는 선택은 아니었다.

진짜 고독한 선택은 대학 졸업하고부터다. 대학까지는 남과 같이 다닌다. 특히 우리 과는 졸업 후 군대를 가기 때문에 거의 비슷하게 진급하고 졸업한다. 졸업하면 그때부터 다른 길을 간다. 수련 병원을 찾아 각자 선택한다. 인턴 때 갈라지고 레지던트는 또 여러 과로 쪼개진다. 이젠 대학 동기지만 사는 길이 다르다.

나는 인턴은 서울에서 하고 레지던트는 원하는 과를 떨어져 군대를 갔다. 단기 장교지만 근무지를 선택할 작은 기회는 있다. 경기도에서 군대를 마치고 시험을 봤는데 또 떨어졌다. 두 번은 참을 만했는데 세 번은 엄두가 나지 않았다. 부모님은 말은 안 했지만 많이 죄송했다.

마침 모교 대학병원에 지원 기회가 있어 합격 후 4년간 수련을 받았다. 수련 과정에서 결혼을 하고 첫애가 태어났다. 전문의가 되고 일 년간 대학병원에 있다가 고민을 했다. 월급쟁이는 싫어 개원을 하기로 마음먹었다. 여기서 인생이 사소한 일로 참 크게 바뀌는 걸 배웠다.

집에 있는 도시에 개원을 하려 장소를 찾다가 주유소에 들렀는데 고등학교 친구가 사장이었다. 반가워 이런저런 이야기를 하다가 개원 자리를 알아보고 있다니까 바닷가 읍에 동창이 약국을 크게 한다고 가면 도움이 될 거라 했다. 시간이 있고 바람도 쐴 겸 동창을 찾았다. 그 친구는 내 말을 듣더니 바로 좋은 자리가 있다며 데리고 가서 내친김에 계약까지 해줬다. 엉겁결에 개업을 해서 1년 남짓 있다가 출퇴근도 힘들고 개인적인 사정으로 집 가까운 데로 옮겼다. 이전한 뒤 결과가 좋지 않았다. 어쩔 수 없이 다시 옮겨서 출퇴근을 했다. 그런데 사업장에 불이 나서 집 부근으로 옮겼다. 나비의 날갯짓이 태풍을 부른다고 우연한 만남이 이십 년가량 영향을 미쳤다고 생각한다.

선택이 항상 좋은 결과만 가져온 건 아니다. 지나고 나니 하지 말았어야 하는 후회가 큰 선택도 있고 선택을 잘못해 한참을 힘들게 한 경우도 많다. 하지만 인생이 양지만 있다면 사막과 같다. 그늘과 볕이 같이 있어야 살기 좋은 환경이다. 또 톱니가 견고한 건 요철 부위가 맞물리기 때문이다. 다 돌출되어 있다면 서로 미끄러진다. 과거의 실수나 잘못된 선택도 내 인생의 한 부분이고 지금의 나를 만드는 데 밑거름이 되었다.

그래도 아직까지 결정적인 잘못된 선택이 없는 걸 항상 감사한다. 숱한 선택 중에 후회되지 않고 잘한 선택을 꼽자면 역시 아내와의 결혼이다. 6천 겁의 인연이 쌓여 부부가 된다고 한다. 생각해 보면 셀 수 없는 우연과 인연이 만나 결혼을 했다. 어머니에게 항상 붕 떠있다는 말을 듣던 내가 결혼을 한 뒤 책임감과 인생 계획을 배웠고 또 삶의 의미인 세 아이가 태어났다.

현재의 나를 있게 한 제일 고마운 부모님은 내 선택이 아니라 그저 감사할 뿐이고 내 인생에서 내 뜻대로 선택한 결혼과 내 가정이 최고의 선택이다.

08

나는 아버지보다 아빠가 좋다

아버지와 아빠. 같은 말이다. 아이가 있는 남자를 뜻하거나 아이나 제삼자가 아이의 남자 부모를 부르는 말이다. 아이가 어릴 때 아빠라 많이 부르고 자라면 아버지라 부른다. 아빠는 편하고 접근하기 쉽지만 아버지는 권위가 있고 거리가 있다.

나는 내 아버지를 아빠라고 부른 기억이 없다. 엄밀히 말하면 기억이 나지 않는다. 아빠라고 부를 나이에 따로 살다가 아버지라고 부를 나이에 같이 살았다. 아빠라고 부르면 응석도 부리고 떼도 쓰고 재롱도 부린다. 아버지라고 하면서 응석을 부리면 어색하다. 어울리지 않는다.

아이들은 떼쓰면서 "아빠 미워" 하지 "아버지 미워" 하지 않는다. "아빠 최고" 하지 "아버지 최고" 하지 않는다. "아빠 과자 사 와", "아빠 놀아 줘" 하지 "아버지 과자", "아버지 놀아 줘" 하지 않는다.

이름이 존재를 규정한다. 아빠는 날 보호해 주는 사람, 내 말을 들어주는 사람, 나와 놀아 주는 사람, 나를 업어 주는 사람, 잠을 재워 주는 사람, 내 뜻을 받아 주는 사람이다. 아버지는 어렵다. 거리가 있다. 나를 지켜보는 사람, 나를 응원하는 사람, 인생을 상의하는 사람이다.

아기가 아이가 되고 소년이 되듯 아빠는 아버지가 된다. 아빠와 아버지는 생각과 행동이 다르다. 아빠는 아이를 들고 어부바를 하고 업고 목마를 태우지만 아버지는 아이와 대화를 하고 토론을 한다.

아이가 "아빠" 하고 부르면 맘이 열린다. 긴장이 풀리고 평안한 느낌이 든다. 아이는 "아빠" 하고 달려든다. 아빠라고 하면 무장해제가 된다.

아이도 안다. 아빠의 약점을.

"아버지" 하고 부르면 긴장이 된다. "아빠 왔어"는 있어도 "아버지 왔어"는 없다. 아버지는 "오셨어요"가 어울린다. 아이가 크면 아버지라 부른다. 아빠와 동등한 인격체라는 선언이다. 나도 컸다. 내 삶에 너무 관여하지 마라는 선포다. "아빠 돈 주세요"와 "아버지 돈 필요해요"는 단가가 다르다. 최소 뒷자리에 0이 하나 더 붙는다.

큰아이가 처음 아버지라고 부를 때는 어색했다. 고등학생이 되니까 스스로 아빠에서 아버지로 바꿨다. 듬직한 느낌도 있었지만 섭섭함이 더 컸다. 아들이 품에서 떠나는구나 생각이 들었다. 아버지라 하면서 더 이상 안기지도 재롱을 떨지 않는다. 대화도 존댓말로 바꿨다. "아빠 물 줘"에서 "아버지 죄송한데 물 좀 주실래요"로 달라졌다. 부자지간에도 예의를 차린다. 성장 과정에서 당연하지만 아쉬움도 있다.

아빠는 아버지지만 엄마는 아직 엄마다. 그래서 엄마와는 자주 싸운다. 엄마에게는 신경질도 부리고 가끔 짜증도 낸다. 엄마는 가끔 분하다. 아빠에게는 대들지 못하면서 엄마는 만만하냐고 한다.

엄마는 만만하다. 어머니는 어렵다. 아버지는 어렵다. 아빠는 만만하다. 호칭이 친밀하면 관계도 친밀하다. 관계가 어려우면 말도 어렵고 대하기도 어렵다. 대들기도 어렵다. 가끔 나도 아빠 소리를 듣고 싶을 때가 있다. 큰아들도 가끔 "아빠" 했다가 바로 아버지로 정정한다.

아빠는 참 가슴 뛰는 호칭이다.

딸은 계속 아빠를 고수한다. 가끔 "아부지"라고 한다. 돈이 필요할 때만 쓰는 말이다. 사실 딸에게 어릴 때부터 너는 계속 아빠라고 불러 달라고 부탁했다. 아빠는 아버지보다 아빠란 말이 더 좋다고 했다. 딸은 커도 아빠라 부를 것 같다. 존댓말도 잘 하지 않는다. 그래도 딸이 말하는 아빠 이거 해줘, 저거 해줘 하는 말이 듣기 좋다. 아이는 이미 엄마보다 덩치가 크지만 아빠 눈에는 조그만 품속의 아이로 보인다.

가장 아빠와 거리를 두는 아이는 딸이다. 아빠가 방에 들어와도 질색을 하고 토닥거리면 기겁을 한다. 안고 업고 키울 땐 딱 달라붙어 떨어지지 않으려 찡찡거렸고 그때 모습이 눈에 선한데 지나간 일이다. 한번은 약속이 있어 나가려는데 딸이 하도 붙잡고 나가지 말라고 울어서 약속을 취소한 적도 있다. 지금은 밥 먹으러 나가자고해도 시큰둥하다.

딸은 아들과 느낌이 다르다. 아들은 듬직하지만 예쁘고 귀여운 맛은 적다. 딸은 조그마하다. 사랑스럽다. 불면 꺼질까 쥐면 깨질까한 느낌이다. 인형 같고 앙증맞고 예쁘다. 그런 딸이 컸다고 아빠를 멀리하고 외면한다. 아빠는 슬프다. 아들은 독립이고 딸은 외면이다.

중학생인 막내는 아직 아빠다. 물 줘라. 불꺼 줘라. 라면 끓여 줘라.

과자 사 와라. 요구 사항이 많다. 가끔 화를 내기도 한다. "네가 해라" 그러면 "아빠가 그것도 못해 줘" 한다. 분명 큰아이라면 절대 안 해줬을 것이다. 그런데 막내에겐 약하다. "담부터 네가 해라" 하면서 물도 떠다 주고 불도 꺼 준다. 막내는 아빠의 약점을 안다. "에이 아빠 이렇게 아들에게 해주는 것도 복이야"라고 한다. "내가 부탁 안 하면 누가 하겠어" 한다. 막내가 "아버지"하면 많이 슬플 듯하다.

중학생이 되면서 막내는 훌쩍 자란다. 하루하루가 다르게 키가 크고 말투와 행동이 어른스러워진다. 아내와 나는 막내를 보면서 시간이 너무 빠르게 가고 막내는 너무 빠르게 자란다고 아쉬워한다. 성장을 흐뭇하게 보면서 사라지는 아기의 모습을 붙잡고 싶어 한다. 첫째, 둘째는 동생이 있어 덜했다. 아이가 자라도 동생이 있어 믿는 구석이 있었다. 막내는 동생이 없다.

이 아이가 나의 마지막 아이라 생각하니 시간이 아깝다. 아이는 자라면서 내 삶의 한 시대의 문을 닫아가는 느낌이다. 마치 신나게 놀다가 이제 놀이 시간이 끝났다 집에 가야지 하면서 장난감을 정리하는 아쉬움이다. 막내는 자라면서 아기 때 모습과 행동을 하나씩 버린다. 엄마 아빠의 사랑을 독차지했던 어린아이의 모습이 조금씩 사라진다. 더 이상 내 무릎에 안고 있을 수도, 업고 있을 수도 없다. 아쉬움을 잔뜩 남기고 아이는 매일 무섭게 자란다.

아이가 나를 필요로 하고 나를 찾으면 내 존재를 인정받는 느낌이다. 아이가 성장하고 독립하면 더 이상 나를 찾지 않는다. 독립은 남의 손이 필요하지 않다는 뜻이다. 더 이상 부모의 역할이 필요하지 않다는 말과 같다. 가정의 존재 이유의 한 축인 부모의 양육 기능이 멈춘다. 부부는 계속되지만 가정의 가장 큰 기능인 자녀를 키우는 일이 이제 끝난다. 능동적 부모 임무에서 퇴직을 한다.

직장에서 퇴직 후 느끼는 변화 중에 일에서의 소외감이 제일 크다고 한다. 더 이상 세상이 자기를 필요로 하지 않는다는 느낌, 갈 곳이 없다는 무력감과 넘치는 시간 앞에 무료함, 내가 없어도 세상은 잘 돌아간다는 무기력, 찾는 사람이 없는 외로움 등이 같이 온다.

아이가 자라 부모의 양육에서 졸업하면 비슷한 느낌을 받는다. 더 이상 부모를 찾지 않으면 소외감, 내 일을 다했다는 안도감과 아이가 떠난 빈자리를 보면서 빈둥지 증후군을 겪는다. 아이에게 올인한 경우일수록 심하다. 아이 삶은 아이가 사는데 너무 깊이 관여하면 부모나 아이에게 불행이다. 부모는 아이보다 먼저 죽는다. 아이는 언젠가는 혼자 서야 한다. 혼자서기 방법을 알려 주는 일도 부모의 큰 임무다.

시간은 피할 수 없다. 때가 되면 떠나야 한다. 아무리 아쉬워도 붙잡으려 해도 아이는 자란다. 어른이 되고 품을 떠난다. 내 삶의 가장 아름답고 빛나고 즐겁고 황홀했던 아빠의 시대는 저문다. 이젠 먼발치에서 아이들의 세상을 묵묵히 응원하며 나와 결별한 채 세상을 열심히 헤쳐나갈 아이들의 영원한 응원단이 될 것이다.

아아, 아빠 그 아름다운 이름이여.

아이들은 신이 주신 보석이고 부모는 잠시 맡아 키우는 것뿐이라고 한다. 품안의 자식이라는 말이 있듯 아이는 크면 자기 세상으로 날아간다. 부모는 아쉽지만 아이들이 자랄 때까지 최선을 다해 돌볼 뿐이다. 부모의 임무는 아이들의 내재된 잠재력을 최대한 계발하게 뒷받침을 하고 독립한 뒤에는 방해하지 않고 응원만 하는 걸로 다했다고 생각한다.

현대 한국 사회는 부모에게 너무 많은 것을 요구한다. 맹모삼천지교, 헬리콥터 대디, 금수저, 흙수저 등등 평범한 부모는 좌절감이 들 정도다. 세상으로 나아가는 내 아이가 다른 애들에 비해 출발선이 늦는 것을 보며 마음 편한부모는 없다. 또 아무리 해줘도 더 해주고 싶은 것이 부모의 마음이다.

형이 결혼할 때 어머니가 패물을 준비하는 데 내가 모시고 다녔다. 보석

단지의 매장을 여기저기 다니면서 신이 나서 고르셨다. 꽤 금액이 나가는 보석을 고르는 데 망설이지 않았다. 평생을 아끼고 당신에게 돈 한푼 쓰지도 않은 분이 돈을 팍팍 쓰는 걸 보고 아주 낯설었다. 나중에 어머니 친구와 통화하는데 돈을 쓸 때 하나도 아깝지 않더라고 하면서 이럴때 쓰라고 모은 거라고 했다.

어머니는 지나고 보니까 인생의 황금기가 아이들을 키울 때라는 말을 자주 하신다. 힘은 들지만 재미있고 보람도 있고 희망이 있었다고 한다.

그 시기는 남의 식구가 들어올 때까지라고 하신다. 결혼을 시킨 뒤에는 내 자식이 아니고 며느리의 남편이 되어 함부로 대하기 힘들고 독립을 시키면 품을 떠나 남이 된다고 했다. 아이를 키우는 지금이 제일 행복한 때라고 항상 강조하신다.

책을 쓰며 반성을 많이 했다. 이런 귀한 아이들을 내가 함부로 대했다는 생각도 들었고 품에서 같이할 시간이 얼마 남지 않았다는 조바심도 들었다. 너무 내 시각으로 아이들을 평가하고 재단하고 강요하지 않았나 생각도 했다.

행동도 많이 바뀌었다. 책에서 아이들보다 먼저 욕심을 내려놨다고 써놓고 화를 낼 수도 없어 화가 줄었다. 당연히 분위기도 좋아졌다. 가끔 감정이욱 올라올 때 책에 쓴 내용에 거짓말하기 싫어서 대부분 참는다. 참으니까 아무 일 없이 지나갈 때가 많다. 아이들도 "우리 아빠가 달라졌어요" 한다.

요새는 아이들과 이야기하다 보면 깜짝 놀란다. 항상 어린 줄 알았는데 상황을 분석하고 파악하는 눈이 날카롭다. 가끔은 엄마 아빠도 생각을 못한 부분을 지적한다. 내가 알던 품안의 아이가 아니라 듬직한 성인이 되고 있어 흐뭇하다. 내가 생각하는 것보다 아이들은 훨씬 빨리 자라고 세상을 정확히 파악한다. 어떤 때는 더 어른처럼 느껴진다. 한편으로는 내가 살던 세상보다 요즘이 꿈을 간직하기 더 어렵다는 생각도 든다.

아이들이 자랄수록 내가 과연 아이들의 안전기지 역할을 제대로 했는지 반성이 된다. 지금도 아이들을 대할 때 후회되는 행동이 많은데 철없던 때에 했던 행동을 생각하면 얼굴이 화끈거릴 정도다. 그래도 부족한 엄마 아빠를 이해하는 아이들을 보면 감사할 뿐이다.

강물이 흐르듯이 시간도 흐르고 인생도 흐른다. 우리 부모 세대가 흘러간 물이듯 우리 세대도 곧 지나간다.

우리 아이들이 세상의 주인공인 시간이 곧 다가온다. 이젠 무대에서 내려와 관객석에서 조마조마하며 지켜볼 시간이 올 것이다. 실수가 안타까워도 객석에서는 가슴 졸이며 격려의 박수만 칠 수밖에 없다.

지금까지 내가 아이들의 인생을 끌어왔지만 이젠 쫓아가기도 지친다. 아직은 아빠를 부르며 "어서 와" 하고 뒤를 돌아보지만 곧 보이지 않게 뛰어갈 것이다. 이젠 응원하면서 기도하고 불 꺼진 집과 빈방에 익숙할 준비를 할 때다.

부족한 나를 아빠로 만들어 주고 책임감을 알고 인생을 가르쳐 준 아이들에게 진심으로 고마움을 전한다.

마지막으로 부족한 내용을 책으로 낼 용기와 기회를 제공한 출판사에게 감사의 인사를 올린다.